여행의
시간

여행의 시간
도시건축가 김진애의 인생 여행법

초판 1쇄 발행 / 2023년 3월 3일
초판 4쇄 발행 / 2023년 5월 24일

지은이 / 김진애
펴낸이 / 강일우
책임편집 / 이하림
조판 / 신혜원
펴낸곳 / (주)창비
등록 / 1986년 8월 5일 제85호
주소 / 10881 경기도 파주시 회동길 184
전화 / 031-955-3333
팩시밀리 / 영업 031-955-3399 편집 031-955-3400
홈페이지 / www.changbi.com
전자우편 / human@changbi.com

여행의 시간

도시건축가 김진애의
인생 여행법

창비
Changbi Publishers

여행의 시간은 짧지만,

여행을 품은 인생의 시간은 길다.

프롤로그

여행을 품은 인생의 시간들

떠올리고 되새기며
또다른 의미를 발견하는
여행의 시간들.
여행의 시간에서 나는
무엇을 찾았을까?

여행의 시간이 다시 찾아온다. 지난 3년 동안
정지되었던 여행, 우리 몸속의 여행 유전자가 다시 활동을
개시한다. 마음이 소란스럽다. 궁리가 난다. 벗어나고 싶다.
탈출하고 싶다. 떠나고 싶다. 다시 날개를 펴고 싶다. 나도
여행 기지개를 켠다.

포르투갈 한달 여행을 포기했다

코로나19로 인해 출간하지 못했던 책을 이제야 낸다. 2019년에 '김진애의 도시 3부작'을 출간하면서 일종의 번외 이야기로 여행책을 쓰기 시작했다. 2020년 여름에 내기로 계획하고 리스본 여행을 담고 있는 2장을 빼고는 집필을 거의 완료했다. 책을 끝내려면 리스본에 다녀와야 했다. 3월 한달 동안의 포르투갈과 스페인 여행 일정을 완벽하게 잡아놨다. 교통편과 주요 건축물 방문을 예약하고 비용까지 지불했다. 스페인에 여러번 가면서도 이상하게 포르투갈은 내 여행 일정에서 빠지곤 했는데, 20여년 동안 구상만 했던 여행을 이번엔 제대로 하리라 작심하고 남편과 몇달을 머리 맞대고 일정을 짰다. 마침 스페인에는 사촌들이 바르셀로나와 마드리드에 살고 있어서 여행 중간에 쉼표도 넣는 일정을 짜며 기대를 부풀렸다. 이런 여행을 할 수 있게 된 것이 너무 뿌듯했다. '꿈을 꾸면 이루어진다'는 상투적인 말이 틀린 말은 아니구나!

코로나19 발발로 모든 게 무산됐다. 연초에 중국의 몇 도시들이 봉쇄되고 세계 곳곳에서 감염자가 급증하고 '팬데믹'이라는 무시무시한 말이 등장했다. 상하이에 파견되어

일하던 큰딸 가족이 연말연시를 보내겠다며 서울에 나와 있다가 발이 묶여버렸는데 설이 지나서야 겨우 돌아갈 수 있었다. 그때 우리도 포르투갈 여행을 포기했다. 비용 손해를 감수할 수밖에 없었다. 전대미문의 글로벌 위기 속에서 어쩌랴. 그 이후 큰딸 가족을 다시 본 것은 2년 반이 지나서였다. 오미크론 변이바이러스로 닥친 위기를 한국이 겨우 넘겼을 시점에 상하이 당국은 우악스럽게 도시 봉쇄를 단행했는데, 두달 동안 속수무책으로 아파트에 갇혀 살던 큰딸네가 겨우 엑소더스를 한 후였다. 세계화시대에 한곳의 문제는 곧 다른 곳의 문제가 된다는 것을 여러 측면에서 알게 되는데, 코로나19 팬데믹은 그 절정을 찍고야 말았다.

지난 3년여 동안 낯선 세상이 펼쳐졌다. 마치 영화처럼 온 세상이 멈춰버린 듯했다. 소리도 풍경도 사람도 사라져버린 느낌이었다. 때로는 시간이 멈춰버린 느낌마저 들었다. '거리두기'라는 낯선 세상에서 마스크는 일상이 됐다. 사람 많은 곳은 되도록 멀리했고 낯선 곳은 경계 대상이 됐다. 야외는 괜찮은 줄 알았더니 그마저 안전하지 않았다. 거리엔 사람 소리 대신에 택배 오토바이 굉음이 울려 퍼졌다. 밖에서 마스크를 벗게 된 지도 얼마 안 됐다. 재택근무가 늘어나며 직장 소음에서 해방되고, 저녁 있는 삶을 방해했던 회식도 없어지고, 출퇴근 시간이 줄어들고, 영상회의와 SNS 대화에 익숙해지면서 시간에 덜 쫓기게 된 것은 반가운 변화였다. 그러나 어딘지 마음은 허전해졌고 탈출구 없는 쳇바퀴 삶이 이어지며 창살 없는 감옥에 갇힌 것 같았다. 강제된 '집콕'은 외로움으로, 우울증으로, 코로나 블루로 이어지기도 했다. 그 와중에 모든 여행이 멈춰 섰다. 팬데믹으로 가장 타격을 받은 행위가 여행이다.

이제 멈춰 섰던 여행의 시간이 다시 찾아온다. 그동안 눌러왔던 욕구가 터져 나온다. 근질근질했던 여행 근육이 다시 불끈거린다. 코를 간질거리는 바람이 다시 분다. 그동안 국내여행으로, 캠핑 차박으로, 무박여행으로 달래던 여행의 욕구는 이제 과연 어떤 방식으로 분출될까? 한풀이하듯, 복수하듯 폭발할까? 유가 폭등과 함께 항공비 급등이라는 돌발 변수가 있고 여전히 코로나 변이바이러스의 재유행이라는 위험 변수가 있으니 예측하기란 쉽지 않다.

다만 이것만은 확실하다. 우리 마음속의 여행 로망이 되살아날 것이라는 사실이다. 여행에 대한 로망이란 거의 본능적인 것이어서 아무리 누르려 해도 사라지지 않는다. 대체 여행이란 뭐기에? 어떤 로망을 여행에 담기에? 여행에 담긴 인생의 뜻이 뭐기에?

다시 여행 로망을 떠올린다

여행은 쉼표일까, 느낌표일까, 의문표일까? 여러 부호가 등장할 수 있겠으나 적어도 마침표는 아니다. 이번 여행은 어떤 부호의 여행이 될까? 궁금해진다.

여행은 끊임없이 우리를 유혹한다. 훌쩍 떠나자고, 바람 쐬자고, 훌훌 털어버리라고, 일할 만큼 했다고, 잊어버리라고, 아무도 모르는 데로 잠시 도망가자고. 여행은 우리 인생에서 면면히 이어지는 주제 중 하나가 되었다. 세계화시대, 미디어시대, SNS시대, 속도의 시대, 예측 불허의 시대, 불안한 시대적 분위기까지, 이 시대는 우리를 여행이라는 파도 위에 올려놓는다. 모든 사람이 여행자, 여행러[ler] 또는 여행가가 되는 시대다. 우리는 타고난 여행자이자 훈련된 여행가가 되고 싶어하고, 여행에 대한 로망과 판타지를 마음에 담으면서, 우연은 물론 운명까지도 만나는 여행을 꿈꾼다. 우리 인생은 그런 여행을 품게 될까?

여행작가나 프로 여행가가 아닌 이상 현실 여행은 어쩌

다 찾아올 뿐이다. 어차피 여행의 시간은 짧다. 그러나 여행을 품은 인생의 시간은 길다. 여행이란 당장 눈앞의 새로움을 즐기는 시간만은 아니다. 여행길이 끝나도 여행의 기억은 시시때때로 떠오른다. 때로는 미소로, 때로는 이불킥으로, 때로는 떨리는 가슴으로, 때로는 격정적인 감동으로, 때로는 지적 호기심으로. 그렇게 여행의 여파는 인생 내내 간다. 여행길 이후 우리는 알게 모르게 조금씩이나마 달라져 있다. 기분이 바뀌었을까? 기운이 붙었을까? 마음이 자랐을까? 그윽해졌을까? 유쾌해졌을까? 너그러워졌을까? 호기심이 커졌을까? 앎이 생생해졌을까? 영혼이 깊어졌을까?

여행길이란 일상을 깨뜨리는 시간이다. 모르던 세계, 처음 가보는 공간, 낯선 문화, 익숙지 않은 문물, 낯선 사람들이 만들어내는 세계에 떨어지는 상황 그 자체가 비일상이다. 이 비일상은 나의 일상을 비추는 거울이 된다. 낯선 여행길은 나를 비추고, 나의 관계, 내가 익숙해했던 모든 것을 비춰준다. 그 과정에서 여행은 인생에 풍부한 소재와 주제를 던져준다. 여행을 하다가 저도 모르게 잃어버렸다고 생각한 나를 다시 찾고, 찾았다고 생각한 나를 다시 잃어버리기도 하고, 내가 몰랐던 또다른 나를 만나게 되기도 한다.

짧지만 농밀한 비일상적 체험으로 가득한 여행의 시간은 그래서 일상의 시간으로 돌아왔을 때 두고두고 곱씹게 만든다. 여행은 각 여행길 하나로 그치는 게 아니라 인생의 스토리를 만들어가는 과정이다. 여행의 시간은 비록 짧아도, 여행을 품은 인생의 시간은 무척 길어진다. 인생의 시간을 풍성하게 만들어주는 것 중, 여행만 한 게 없다.

여행의 시간에서 발견하는 것들

　　　　　이 책을 아주 즐거운 마음으로 쓰리라는 예감이 처음부터 들었다. 여행은 한없이 즐거워도 여행 이야기가 꼭 재미있으리란 법은 없음을 잘 의식하면서 쓰려고 했다. 독자가 자신의 여행에서 건져냈던 것을 다시 떠올리고, 또다른 여행의 가능성을 꿈꾸기를 바라는 마음으로 썼다.

1부는 어차피 홀로 가는 인생에서 '나'라는 인간이 어떻게 여행의 시간을 통해 자라는지에 대한 이야기다. 내가 최고의 여행으로 꼽는 '홀로여행'이 어떻게 인생의 근력을 길러주는지, 자신과 맞는 궁합을 찾는 능력을 키워주는지, 멍때리기라는 비범한(?) 능력을 되찾게 해주는지, 최고의 인간을 만나게 해주는지, 그런가 하면 여행길이 어떻게 우리의 어리석음과 집착과 트라우마를 드러내는지, 여행의 시간 속에서 나의 가능성을 발견하는 이야기다.

2부는 우리 각자가 맺고 있는 일상의 관계가 여행에서 어떻게 증폭되는지, 폭로되는지, 또는 재발견되는지에 대한 이야기다. 커플여행이 과연 축복만 할 일인가? 아이들과의 여행은 봉사하는 시간인가? 어떻게 하면 효도여행을 부모와의 여행으로 만들 것인가? 강아지와 하는 여행 로망을 어떻게 이루어볼 것인가? 여행의 시간 속에서 우리가 맺고 있는 관계는 의외의 방향으로 튄다.

3부는 여행에 대한 우리의 선택에 대한 이야기다. 여행이란 가볍게 노는 거라고? 그렇지 않다. 여행은 우연한 것이라고? 그것만은 아니다. 여행이 돈과 시간의 문제라고? 절대 그것만이 아니다. 여행에는 수많은 선택이 개입한다. 우리의 가치관, 취향, 스타일, 후회, 기대, 여망, 모험심, 인생의 모든 체험들이 녹아들며 선택하는 것이 여행이다. 우리의 선택을 점검해보자.

부록에서는 '김진애의 도시여행법'을 따로 묶어 제시해본다. 선천적으로 또는 후천적으로 나는 도시여행자다. 도시건축가라는 직업적 배경도 작용한 것이지만 도시여행을 최고의 여행으로 친다. 자연여행에는 그다지 취미가 없다. 우주의 이치를 헤아리거나 우주가 자아내는 신비로움에 찬탄하기보다는 인간의 마음과 본성과 욕망과 위대함과 허무함의 역학을 헤아리는 게 훨씬 더 흥미롭다. 지극히 인간적인 호기심으로 도시여행에 매혹되는 것이다. 도시여행을 잘하는 요령이 있을까? 내가 제시하는 도시여행법이 꼭 도움이 되기보다는 독자들을 안심시켜주리라 기대한다.

다음 여행을 기약한다

여행은 인생에 맛을 내는 시즈닝이다. 어떤 양념으로 어떤 맛을 내는가는 온전히 우리의 선택이다. 어떤 양념이든 여행은 인생에 맛을 더해주니까. 여행길을 떠올리며 두근두근하고, 여행길 위에서 잘 몰랐던 나를 발견하고, 길을 찾으며 잃었다고 생각한 나를 다시 찾고, 여행 후에 조금씩 달라진 내가 궁금해지니까.

여행의 시간은 우리 인생을 키운다. 여행은 우리가 인생에서 바라는 많은 것을 가능케 한다. 인생의 체험을 농밀하게 해주고, 더 많이 느끼게 만들고, 더 많이 생각하게 만들고, 더 많이 묻게 만들고, 더 많이 알고 싶게 만들며, 더 많은 호기심을 끌어낸다. 더 많이 걷게 만들고, 더 많이 몸을 움직이게 하고, 평소 안 쓰던 근육을 쓰게 하면서 근력이 붙게 만든다. 여행 근력이 붙으면 순발력도 생기고 모험심도 강해지고 용기도 자라난다. 대범해지면서도 섬세하고 치밀해지기도 한다. 무엇보다도 여행은 더 많은 의문을 갖게 만들고, 답을 찾지 못하더라도 답을 구하는 과정 자체가 얼마나 흥미로운지, 의문하는 것 자체가 얼마나 괜찮은 느낌인지 새삼 깨닫게 한다.

여행이 인생을 행복하게 만든다고 장담하진 못하더라도, 인생의 시간을 더 풍부한 의미로 채워 넣는 것만은 분명하다. 여행은 일상의 시간을 빨리 흐르게 하지만 기억의 시간을 훨씬 더 길게 만든다. 인생이 펼치는 수많은 여행의 기회를 기꺼이 잡자. 여행의 파도 위에 올라타자. 어떤 인생으로 태워 갈지 모를 여행의 바람에 기꺼이 나를 싣자.

2023년 3월
김진애

차례

여행의
시간

1부

나 ——————— 인생을 헤쳐 가듯

홀로여행은 나를 발견하게 해주는 최고의 기회다.

나의 가능성과 한계, 나의 기질과 성향,

나의 동기와 목표, 나의 역량과 준비 태세,

나의 심리와 행위, 나의 불안과 약점 등.

물론 주의 깊게 발견해주어야 한다.

나에 대한 최대의 성의이자 삶을 살아가는 기본 태도다.

그 호기심 가득한 발견의 태도는

주변 사람에게도 기분 좋은 설렘을 선사한다.

이 사람은 또 날아오르리라!

나도 날아오를 수 있으리라!

홀로여행으로 나를 발견한다

① 홀로여행의 근력

인생은 어차피 홀로 가는 것

홀로 떠나는 여행만큼은
이번 생에서 놓칠 수 없는 기회다.
홀로 가는 인생의 근력을 키워주는 홀로여행.

사람들은 나를 마치 타고난 여행가처럼 여기지만 전혀 그렇지 않다. 내가 본격적으로 홀로여행을 떠난 나이가 스물아홉이 되어서다. 요즘에는 20대 초반에 벌써 세계 곳곳을 섭렵하고 산전수전 여행을 한 사람이 무척 많다. 그에 비한다면 20대 말이 되어서야 겨우 홀로여행을 떠났던 나는 늦깎이 여행자에 불과하다. '홀로여행이 진짜 여행이다. 홀로여행을 해봐야 진정한 여행자로 태어난다'는 소신을 가진 나로서는 아주 늦은 나이가 되어서야 다시 태어난 셈이다.

유학 3년 차였을 때다. 세계 각지에서 온 학우들이 자신의 여행체험을 자연스러운 일상으로 얘기하는 것에 약간 주눅이 들어 있던 시절이다. 아시아문화권에서 온, 책과 이미지로 간접체험만을 한 처지를 의식하지 않을 수 없었다. 이른바 유럽문화 패권주의를 뼈저리게 느꼈고, 미국 중심주의에 학을 떼던 시절이었기도 하다. 수업에서는 유럽문화권의 도시와 건축물이 주요 사례로 거론되고 자주 참조되는 분위기였다. 내가 유학했던 보스턴(MIT가 있는 케임브리지는 보스턴 대도시권에 속해 있다)은 역사도시인지라 유럽 도시문화의 영향을 많이 받았다는 점도 작용했다. 이런 분위기에서 콤플렉스가 생기지 않는 게 더 이상하지 않나? 찬탄하든 비판하든, 일단 직접 체험해봐야 내 시각과 목소리에 힘이 실리지 않겠는가?

유학 3년 차 박사과정이 시작되기 직전 여름방학에 남편이 서울에 다녀올 일이 생겼다. 마침 꽤 괜찮은 아르바이트를 뛰고 있었던지라 내 주머니 사정이 다소 나았던 때였다. 네살 딸을 남편과 함께 보내고 나는 유럽으로 향하기로 했다. 이번이 아니면 언제 또 기회가 오랴 하는 심정이었다.

가족이 함께 가는 유럽여행이란 생활비와 학비 버느라 허덕이고 애까지 딸린 부부 유학생으로서는 감히 꿈도 못 꾸던 시절이었으니 말이다.

처음 해보는 홀로여행에 기대감과 긴장감은 최고조에 달했다. 계획은 촘촘했고 일정은 빡빡했다. 그도 그럴 것이, 처음 가는 유럽여행에다가 완전히 혼자 몸이다. 스마트폰은커녕 국제전화 한통에도 비용을 걱정하고, 구글은커녕 여행안내 책자와 지도 한장 달랑 들고 다녔던 시절이다. 무모하게도 첫 행선지 파리 외에는 호텔조차 예약하지 않았다. 유럽 곳곳을 연결하는 유레일패스를 이용하면 여차하면 기차간에서 잠자리도 해결할 수 있고, 기차역 앞에 있는 관광안내소가 숙소까지 수배해준다는 친구 말을 덜커덕 믿었다.

내가 그렇게
어리숙한 여행자로 보였나?

여행이란 아무리 계획을 짜고 또 짜더라도 예기치 못한 사건사고가 끼어들게 마련이다. 사실 그 사건들이 여행에 묘한 매력을 선사한다. 지나치게 순탄한 여행은 여간해선 기억에 잘 남지 않는다. 인생을 아롱대게 만드는 것이 갖은 사건사고이고 보면, 여행의 효용 중 하나는 예기치 못한 사건에 부딪힐 확률을 높이는 데 있을지도 모른다. 그렇다고 테러나 자연재해, 전염병이나 안전사고 같은 극한 상황은 상상하기도 싫지만, 교통편을 놓치거나 예약이 어그러지거나 길을 잃거나 발이 묶이는 정도라면 여행이 선사하는 특별한 스토리가 생길 조짐이라 여겨도 좋을 것이다.

나의 첫 홀로여행에서도 여지없이 사건이 일어났다. 하필이면 첫 행선지 파리에 도착하자마자였다. 여행을 망치기 일쑤인 바로 그 소매치기 사건이다. 공항에서 파리로 들어가는 지하철 안에서였다. 한 손에 트렁크를 꽉 쥐고 다른 한 손에 지도를 챙겨 든 나는 아주 좋은 먹잇감으로 보였던 모양이다. 갑자기 내 숄더백을 뒤지는 손길을 느꼈다. 돌아보니 허리춤에 걸친 가방이 열려 있다. 손도 보이는 것 같았다. 손을 진짜로 본 건지 봤다고 여겼던 건지 잘 모르겠지만, 손의 존재를 느낀 것만은 확실하다. 순간 나는 가방을 당기고 뭐라 소리도 치며(영어인지, 불어인지, 한국말인지 생각이 안 난다) 눈에 불을 켜고 위험신호를 주변에 알렸다.

당장 주변 사람들이 웅성거렸고, 그 손의 주인공은 자기는 아무 짓도 안 했다는 몸짓을 하며 순식간에 나에게서 떨어져 나갔다. 이상한 것은 그 작자가 지하철에서 내리지 않고 내 쪽을 자꾸 힐끔힐끔 쳐다보는 것이었다. 어색한 미소까지 띠고서(이 얼굴이 마치 영화 장면처럼 가끔 꿈에 나온다. 스토커의 표정이란 이런 걸까?).

혹시 쫓아오지 않을까, 일당이 있는 건 아닐까, 보복하려 들지 않을까 가슴이 벌렁거렸다. 두루두루 살피면서 경황없이 찾아간 호텔 방에서 보낸 파리의 첫날 밤에 당연히 나는 잠을 설쳤다. 도심 한가운데 있는 그저 그런 호텔 방의 문에는 안전고리도 없고 발코니를 통해 쉽게 창문을 타고 도둑이 올라오겠다 싶은 구조여서 마음이 뒤숭숭했다. 파리의 6월이 한밤이 되도록 훤한 현상을 이상해하면서 나는 밤새 그 사건을 곱씹었다.

미수에 그쳤기에 망정이지 내가 성공적으로 방어하지 못했더라면 어떡했을까? 그래도 픽치기가 아니니 얼마나 다행이야? 단독 범행이었으니 망정이지 여럿이 둘러싸고 위협하면 여권만 건지고 다 던져줘야 한다던데 불행 중 다행이라 여기며 그만하면 잘 대처했다고 스스로 칭찬하다가,

다음에는 나 자신을 의문하는 단계로 넘어갔다. 내가 얼마나 어리숙한 여행자로 보였으면 그런 일이 생겼을까? 아무리 여자 혼자라지만 내가 그렇게 미숙해 보였나? 두려움이 일상인 미국의 거리에서 나름 대처하는 법을 익혔다고 여겼건만 여행자로서는 초보에 불과한 것인가? 어떡하면 능숙한 여행자로 보일 수 있을까? 이 여행을 과연 제대로 할 수나 있을까? 소매치기 미수 사건 하나가 나의 존재감에 대한 근본적 회의를 던져줬던 셈이다.

다행히 이 흔들림은 다음 날 스르르 사라졌다. 종일 걸으며 내 튼튼한 다리를 확인하고, 파리 거리의 울퉁불퉁한 포장을 발바닥으로 느끼고, 종종 일어나는 환경미화원 파업으로 인해 쓰레기 천지가 된 거리를 보며 '뭐 파리도 별수 없구나!' 하는 생각에 기분이 제법 괜찮아졌고, 찾아볼 데가 하도 많으니 잡념이 끼어들 틈이 없었다. 몰입은 잡념을 치유하는 최고의 방식이다.

니케 여신이 도와주기도 했다. 어릴 적에 화보를 보고 홀딱 반했던 바로 그 조각상이다. 루브르박물관의 한 코너에서 다른 코너로 방향을 돌리는 순간, 니케 여신과 마주쳤다. 너무 놀란 나머지 나는 가슴을 쓸어내렸다. 그 강렬한 존재감이라니! 그 조각이 여기 있었구나! 「사모트라케의 니케」 (정확히는 「날개를 단 사모트라케의 승리의 여신」)라 불리는 이 조각 은 기원전 2세기경에 만들어졌는데 19세기가 되어서야 발 굴된 조각이다. 승리의 여신 니케는 대개 지혜와 전쟁의 여 신 아테나의 부속 신으로 표현되는데, 이 조각은 완전히 홀 로다. 머리는 잘리고 두 팔마저 잘려나간 이 여신의 활짝 편 날개는 더없이 힘찬 팔뚝 같고, 날아오르려는 듯 대지를 구 르는 다리는 굳건하기 짝이 없다. 어떤 남자의 조각보다 더 파워풀한 니케 조각상은 앞에서 보나 옆에서 보나 올려보 나 눈높이로 보나 압도적이다. 거친 바다를 향해 나아가는 배의 앞머리에 니케 여신상을 세웠다는 그리스 사람들은 그 자태를 보고 용기를 얻으려 했으리라. 나도 그 기운을 흠 뻑 들이마셨다. 나의 홀로여행을 진정으로 축복해주는 것 같았다. 사실 모든 여행은 일종의 전투이기도 하지 않나? 아무도 모르는 곳에서 살아남아야 한다는 점에서 말이다. 이 전투를 승리로 이끌리라!

　니케 여신 흉내를 내보기도 했다. 어깨를 활짝 펴고, 고 개를 곧게 쳐들고, 시선은 확고하게 앞에 두고, 땅을 구르 듯 탄탄하게 걷는 등, 날개만 없을 뿐 다 할 수 있다. 장담하건대, 흉내만 내어도 크게 도움이 된다. 이른바 자신감과 목표의식과 도전정신을 풍기는 자세인데, 니케 여신만 그런 자세를 하라는 법은 없지 않은가? 사실 여자 여행자가 홀로 다니다가 부딪히는 위험하고 기분 잡치는 일들은 수없이 많다. 소매치기만이 아니라 거리에서의 캣콜$^{cat\ call}$, 은근히 차별하는 서비스, 드러내놓고 말로 내뱉는 차별, 눈빛에 드러나는 경계심, 또는 정체 모를 과도한 호의 등, 하나하나 상황에 어떻게 대응할지 내 나름의 노하우를 익히는 과정에서 니케 여신의 포즈는 확실히 도움이 됐다.

마치

니케 여신처럼

　　　　　이 여행에서 나는 '홀로'를 진정 존중하는 자세를 배우기도 했다. MIT에서 만난 오스트리아 친구 헬가의 집에서 신세를 졌을 때다. 바르셀로나에서 잘츠부르크까지 야간열차를 타고 새벽에 내린 나는 부스스했다. 침대칸에 같이 탔던 독일 가족의 흥건한 맥주 냄새를 참기 어려워서 복도로 도망쳐 나와야 했고, 달리는 기차에서 내다보는 밤과 여명의 느낌을 만끽하느라 별로 못 잤거니와 배도 엄청 고팠다. 환대를 기대하며 친구 집에 도착한 내가 발견한 것은 현관문에 붙어 있는 쪽지였다. "안녕, 진애? 열쇠는 관리인에게서 받아. 식탁 위에 먹을 거 있다. 내일 아침에 데리러 올게." 나는 좀 황당해졌다. '그 멀리에서 친구가 더구나 홀로 찾아오는 건데 이런 푸대접? 괜히 왔나?' 하는 생각이 스쳤다.

그런데 그 아침에 나는 '인생의 빵'을 만났다. 소박한 원룸의 동그라미 식탁 위에 치즈, 소시지, 포도가 접시에 담겨있고 빵바구니가 있었다. 꼭 돌덩이처럼 거무튀튀하고 거친 빵이 어찌나 맛있던지, 인사치레로 남겨두려는 마음조차 사라졌을 정도였다. 호밀 통곡물빵이었다. 구수한 냄새에 씹을수록 고소해지는 맛이 내 혀에 각인되어 그후 세계 어디를 가건, 또 요즘은 우리 도시에서도 검은 통곡물빵을 찾는다. 하지만 그 아침의 그 맛을 다시는 찾을 수 없다. 허기와 고마움과 푸근함이 버무려졌던 빵맛이 아니었을까 싶다.

친구가 차려놓은 간단한 아침을 흡입하듯 먹고 샤워를 하고 '그래, 급할 게 없지' 하며 나는 단잠에 빠져들었고, 오후에 홀로 잘츠부르크 도심을 소요한 후에는 더욱 달콤한 밤잠을 잤다. 다음 날 아침 나타난 헬가가 하는 말, "잘 쉬었니?" 그제야 친구의 뜻을 알아챘다. 친구가 거나하게 마중해주고 여기저기 안내하며 화려한 하루를 같이 보내주는 것 이상으로, 긴 밤차 여행의 피곤함을 날리며 홀로 하루를 쉬게 해주는 게 훨씬 더 몸과 마음에 좋은 것이다. 나는 가뿐해진 몸으로 친구의 부모님과 할머니가 사는 시골에 가서 오스트리아 마을의 삶을 근사하게 맛봤다. 도시보다 알프스 시골의 풍경과 삶을 보여주고 싶다던 헬가의 마음이 헤아려졌다. 도시는 홀로 다녀도 충분하지만 시골의 삶은 그 마을 주민과 함께하는 게 훨씬 더 맛다.

헬가는 여러모로 나를 부추기고 각성하게 만든 친구다. MIT 시절에 한번은 학교 아파트에 살던 우리 집에서 밤늦게까지 파티를 했다. 그런데 헬가가 혼자 사는 집까지 걸어가겠다고 해서 위험하다고 차로 데려다주겠다고 했더니, "너 웃긴다. 한국의 밤거리는 홀로 걸으면 위험하니?" 되물어서 나를 무색하게 했다. 거리 안전이라면 세계 최상급에 속하는 한국에서 자란 나는 미국의 거리를 왜 그리 무서워하며, 거리가 활발한 유럽에서 자란 헬가는 어떻게 미국의 거리조차 자신의 거리처럼 받아들이는가?

홀로여행을 부추겼던 사람도 헬가다. 자기가 여행 다녔

던 이야기를 해주면서 은근히 바람을 넣었고, 유명한 대도시가 아니라 작은 도시들의 흥미로운 스토리를 들려주면서 내 호기심을 자극했다. 베네치아와 밀라노 사이의 작은 도시들인 베로나와 비첸차를 발견하게 해준 것도 그다. 스스로 자신의 나라를 '그저 그런^{mundane} 나라가 되어버렸다'고 냉정하게 자아비판을 하면서도 자신의 사회 속에서 가능한 자유와 다양성을 추구하는 쿨한 태도가 멋져 보였다. '한국문화를 모르지만 잘 몰라서 더 가깝게 느껴진다'며 속내를 털어놓는 솔직함을 배우기도 했다. 우리는 서로에게 니케여신 역할을 해줬던 것 같다. 이 친구의 유혹에 끌려 알프스 검은 호수에서 한밤중에 수영하던 시간은 두고두고 추억으로 남는다.

헬가를 만나고 나서 더 용기백배했던지 이 여행의 마지막 일정인 이탈리아에서 나는 기억에 남는 에피소드를 만들었다. 한번은 소설 『로미오와 줄리엣』(1597)의 배경으로 유명한 베로나에 저녁께 내렸다. 철석같이 믿고 있던 역 앞 관광안내소에 들르니 비싼 호텔이건 여러명이 자는 숙소건 한 자리도 없단다. 나중에 알고 보니 다음 날이 베로나의 명물 이벤트인 콜로세움 오페라가 열리는 날이었다. 황당해진 나는 저녁이나 먹고 다시 기차에 오르기로 했다. 그런데 그 가정식 식당 주인이 아주 마음씨 좋게 보여서 잠자리를 물어봤다. 영어 한마디도 못하는 아저씨였다. 그런데 우리는 통했다. 나는 온갖 제스처로 잠자리를 찾는다고 표현했고, 그 아저씨는 이탈리아 사람 특유의 요란한 손짓 몸짓을 섞어가며 땀을 뻘뻘 흘리며 가르쳐줬다. 요즘 같으면 통역기를 돌리면 바로 알아먹을 테고 내비게이션에 주소만 찍으면 바로 찾아가련만, 그런 시절이 아니었다. 여하튼 나는 뭔가 가능한 것으로 알아들었고 세계 공통어인 '오케이' 사인을 받고 길을 나섰다.

몸짓도 통역이 될까? 내가 식당 주인의 몸짓에서 알아들은 것은 이렇다. "이 앞길로 쭉 가다가 길을 만나면 오른쪽으로 가. 더 걸어가면 큰 나무들이 있고 긴 담장이 나와. 담장을 따라가다 문이 나오면 두드려. 그럼 잘 수 있을 거야." 나는 그대로 따라 했다. 그런데 그 길이 마을 밖으로 가는 길이고 인적이 전혀 없는데다 가로등이 점점 줄어들더니 깜깜한 시골길이 되는 것이었다. 작은 모텔이라서 마을 밖에 있나보다 하면서도 너무 어두워서 불안해졌다. 돌아갈까 하는 순간에 정말 높은 가로수길이 나왔다. 이탈리아 특유의 사이프러스 나무다. 더 걸어가니 정말 기다란 돌담장이 나왔다. 높아서 안을 들여다볼 수는 없었지만 멀리 불 하나가 켜진 게 보였다. 마치 불빛 하나 보고 찾아가는 순례자처럼 두근두근 다가가 문을 두드렸다. 잠시 후 문이 열리고 나를 맞아준 사람은 '수녀'였다.

아, 내가 몸짓으로 통역하지 못한 것이 바로 이거구나! 머리에 무엇을 쓰는 몸짓이 뭘까 했었는데 그 식당 주인은 바로 수녀를 묘사한 것이었다. 여행객들을 위해서 잠자리를 제공해주는 수녀원이었다. 젊은 여자 혼자 밤길에 찾아온 게 기특해서였던지 따뜻하게 맞아주며 방으로 안내해주었다. 그런데 방을 여는 순간 나는 또 깜짝 놀랐다. 마치 야전병원의 병실처럼 침대가 주르르 있었다. 수십명이 자는 방이었다.

그 밤에 나는 푹 잤다. 수녀님들이 이 수십명의 여행객을 지켜주시니 혼자 자는 호텔 방과 달리 안도했던 모양이다. 다음 날, 베로나 도시를 탐험하다가 길 곳곳에 붙어 있던 광고에 홀려서 나도 오페라를 봤다. 로마시대에 만든 콜로세움에서 별하늘 아래 펼쳐지는 오페라 「나비부인」(1904)도 멋졌지만, 수많은 시민과 여행객들이 나름 근사하게 차려입고 콜로세움에 삼삼오오 모이던 광경, 오페라가 끝난 후에 주변 길거리 카페에서 뒤풀이를 하던 분위기가 더 근사했다. 이런 게 도시 라이프의 맛이다.

홀로여행에는
응원과 근력이 필요하다

나의 늦깎이 첫 홀로여행은 비록 시작은 당황스러웠으나 끝은 대성공으로 마쳤다. 엄청난 기대감과 상시적 긴장감으로 가득했으나 여행의 목적은 확실히 이루었다. 내 발로 걸어보고 내 눈으로 보고 나니 막연함이 없어졌다. 알고 있던 것도 생생한 앎으로 다시 내 삶에 들어왔고 머리로 알고 있던 것에 영혼이 불어넣어졌다. 무엇보다도 가장 큰 소득은 홀로여행을 '해냈다'라는 뿌듯함으로 나 자신에 대한 신뢰가 커졌다는 것이다.

'늦었다고 할 때가 가장 빠르다'는 말이 가장 적절하게 적용될 수 있는 행위가 홀로여행이다. 인생에서 놓치는 일들은 피치 못하게 많지만 홀로여행만큼은 놓칠 수 없다. 인생은 어차피 홀로 가는 거다. 홀로여행을 해봐야 하는 으뜸 이유다. 물론 인생은 수많은 관계로 이루어지는 것이지만 그 관계의 주체는 어디까지나 나 자신이다. 홀로여행을 해보면 주체성에 대한 자의식이 커진다. 자신이라는 존재를 충만하게 느끼고 자신의 용기에 대한 믿음이 뿌리내린다. 홀로여행의 과정을 통해 자신의 선택에 대한 책임감이 확실해지고 인생의 수많은 갈등과 역경과 미스터리를 헤쳐갈 힘도 커지는 한편, 인생이 펼쳐놓는 수많은 기쁨과 감동의 순간을 포착하는 역량도 함께 자란다.

홀로여행을 감행하는 데에는 응원이 필요하다. 이국의 친구 헬가가 나를 응원해주었듯이 말이다. 누구에게나 홀로여행에 대한 로망은 잠재해 있다. 그 로망을 실현하는 데에는 자신의 용기와 함께 든든한 응원도 필요하다. 계기가 왔을 때 다른 핑계를 대지 않도록, 계기를 호시탐탐 노리게 만들기 위해서 말이다. 우리는 서로에게 그 역할을 해주면 된다.

물론 여행 근력이 절대적으로 필요하다. 모든 근력이 그러하듯이 여행 근력도 하루아침에 키워지지 않는다. 나의 본격 홀로여행이 가능했던 것도 나름대로 여행 근력을 기르는 훈련을 어릴 적부터 꾸준히 해왔기 때문일 것이다. 초등학생 시절에 홀로 산본 할머니 댁에 가던 여행은 각별한 기억이다. 경기도 군포시 산본이니까 지금은 전철로도 훌쩍 갈 수 있지만, 내 어린 시절에는 서울역 앞에서 시외버스를 타고 가야 했다. 초등학생이 집에서 서울역까지 가는 것만도 모험이었고, 시외버스를 타고 안양을 지나 그다음 정거장에서 내리는 버스 여행은 굉장한 모험이었다. 먼지 풀풀 나는 국도 한가운데에 내려서 할머니 댁이 있는 산본 마을까지 걷는 10리길은 비밀을 가득 담은 길이었다. 논길, 밭길, 서낭당길, 밤나무길, 농협길, 교회길을 걸어가다가 멀리 할머니 댁이 보이면 안도하던 심정, 할머니 댁 앞마당에 들어서던 기억, 무뚝뚝한 할머니는 전혀 반가워해주시는 것 같지 않았지만 끼니를 챙겨주시고 떠날 때면 간식까지 싸주셨던 기억이 생생하다. 차가 거의 안 다니는 국도에서 절대 오지 않을 것 같던 버스를 기다리던 조마조마한 시간, 그러다 갑자기 흙먼지 꼬리를 달고 홀연히 사막에서 나타나는 것같이 버스가 등장하던 장면, 서울역 앞에서 버스를 내릴 때의 안도감 등 어릴 적 홀로여행이 남긴 추억은 유독 생생하다.

사실 일상 속의 모든 오가기는 일종의 여행이다. 시간에 쫓겨 목적지에 도달하겠다는 생각에서 살짝만 벗어나면 더욱 그렇게 된다. 아마 모두 한번은 그런 기억이 있음직하다. 버스비가 없어서건, 일부러 그래봤건, 뭐에 씌어서 그리했건, 하교길에 걸어서 도시를 뚫고 집에 돌아온 경험이 있지 않은가? '이 길이 맞나? 버스에서 볼 때와 걸을 때 어쩌면 이 길이 이렇게 달라 보이지? 중간에 이렇게 재미난 동네가 있었네' 등 일상의 여행 기록이 쌓인다. 여러번의 경험 중에서도 소낙비를 쫄딱 맞고 서소문의 이화여고에서부터 오장동 집까지 걸어왔던 길은 사춘기 시절 내 최고의 경험 중 하나다.

지금도 출퇴근을 그렇게 홀로여행으로 삼는 사람들이 있을 것이다. 걸어서건 자전거를 타고서건 또는 운전을 하면서건 마냥 혼자 있는 시간이다. '아무도 나를 막지 못할 거야! 이 세상에는 나 홀로만 있는 거야!' 하는 분위기에 흠뻑 빠져서 말이다. 지금도 근무 시간 사이사이에 잠깐 짬을 내어 낯선 동네를 거니는 사람들도 있을 것이다. 외근을 나갔다가 근처 맛집을 찾으며 낯선 동네를 어슬렁거리는 사람들도 있을 것이다. 이런 경험들이 쌓이면서 홀로여행의 근력이 붙는다. 다리 근육만 탱글탱글해지는 게 아니라 심장 근육도 불끈불끈하고 뇌 근육도 다채롭게 발달한다. 아무리 짧더라도 하루에 일정 시간을 홀로여행의 시간으로 삼으면, 하루가 풍성해질 뿐 아니라 저도 모르게 여행 근력이 붙는다.

홀로여행도
자기 스타일대로

홀로여행을 해봐야 한다고 해서 당장 혼자서 배낭여행을 떠나라거나 세계 무전여행을 떠나라는 말은 아니다. 그런 여행을 하는 사람은 사실 아주 특이한, 예외적인 사람들이다. 보통의 사람은 벼르고 별러서 여행을 떠나는 것만도 엄청난 일이려니와 홀로 떠나는 여행은 더욱 첫 단추를 꿰기 어렵다. 혼자 떠난다는 것 자체가 일단 두렵기 때문이다.

그래서 홀로여행은 일단 국내에서부터 시작하는 게 좋다. 말이 통하고, 위험을 피하는 요령도 알고, 안전수칙을 알고 있고, 관례를 익히고 있고, 급할 때 기댈 데도 있으니 일단 덜 무섭다. 아는 것을 기반으로 약간 더 넓힐 수 있다는 점이 좋다. 일상의 오고 감, 반차여행, 월차여행, 주말여행, 휴가여행 등 기회도 많고, 우리나라 방방곡곡 가볼 데도 많다.

홀로 다니면 불편한 점들도 물론 있다. 무리 짓기와 끼리 끼리 문화가 강한 우리 문화에는 홀로 다니는 사람을 이상한 눈초리로 보거나 안쓰럽게 여기는 풍토가 있으니 거북한 상황이 생기기도 한다. 이 세상 모든 것이 짝을 전제하고 만들어지는 게 아닌가 싶을 정도로, 좌석도 호텔 객실도 그룹여행도 짝을 상정하니 홀로 다니자면 마음이 불편하다. 내가 제일 불만스러워하는 것은 맛난 요리를 먹는 데 제한이 있다는 사실이다.

선풍적인 인기몰이를 했던 일본의 맛집 탐방 드라마인 「고독한 미식가」(2012~)를 보면서 항상 부러웠던 것은, 혼자서도 회도 고기도 튀김도 탕도 별미도 먹을 수 있다는 점이었다. 상인문화, 직장문화, 홀로문화가 일찍이 정착된 일본 특유의 식당문화다. 홀로 먹어도 전혀 눈치 볼 필요가 없다. 우리도 혼행, 혼밥, 혼거문화가 더 널리 퍼지면 맛있는 1인 메뉴들이 많아지지 않을까? 기대하는 바다.

무섭고 불안해서 정 홀로 떠나기 어렵다면, 그룹여행에 홀로 참가하는 것도 괜찮은 방법이다. 동행이 있는 홀로여행인 셈이다. 가까운 사람, 잘 아는 사람과는 동행하지 않고 모르는 사람들과 동행하는 것이다. 여차하면 기댈 데는 있지만 항시 비빌 데는 없는 상태로 만든다고 할까? 홀로 참가하면 '무슨 사연이 있기에?' 공연한 관심을 보이거나 은근히 거북해할지도 모른다. 그러나 장담하건대 여행이 끝날 무렵이면 훨씬 더 많은 새로운 친구들이 생긴다. 짝과 동행의 존재가 얼마나 새로운 만남의 기회를 줄이는지 깨닫게 될 것이다. 홀로 있어야 주변에 사람도 붙는다.

겉모습과 달리 꽤 겁이 많은 나는 그룹 자유여행을 슬기롭게 이용하려 든다. 큰 도시나 여행객이 많은 관광지들은 약간의 안전수칙만 익히면 홀로 다녀도 전혀 문제없다. 그렇지 못한 지역을 여행하고 싶을 때는 기꺼이 그룹여행을 택하되, 최대의 자유시간을 부여하는 프로그램을 선택한다. 필요한 만큼 사람 접촉을 할 수 있다는 점이 아주 좋다.

홀로여행 후
나는 달라졌을까?

홀로여행을 하는 도중의 느낌도 근사하지만 홀로여행에서 다시 일상으로 돌아올 때의 그 느낌은 정말 괜찮다. 어딘가 변했을까? 분위기는 확실히 좀 달라진다.

남도 나를 다르게 보고, 나도 나를 다르게 느낀다. 사실인즉 그리 크게 달라진 것은 아니다. 소설이나 영화에서처럼 인생을 뒤바꿀 엄청난 에피소드를 만나지 않는 한, 뭐 그리 달라지겠나? 그런데도 뭔가 내면에서 꿈틀거린다. 날갯죽지에 날개의 흔적이라도 남아 있는지도 모른다. 뭔가 스스로 해냈다는 자긍심은 말할 것도 없이 나를 부풀린다. 홀로 자신에 푹 빠졌던 느낌은 같이하고 싶다는 넉넉한 마음을 다시 찾게 해준다.

'내 인생에 또다른 홀로여행이 있을 거야!'라는 기대감은 꿈을 좇는 사람의 싱그러움을 풍긴다. '나만의 비밀스러운 느낌'을 간직한 상태는 영혼에 깊이를 드리운다. 이런 분위기는 알게 모르게 주변에 풍긴다. 자유와 방랑과 도전과 모험의 분위기라고 할까?

"또 떠나려는 거 아닐까?" 가까운 사람에게는 약간의 긴장감까지 조성한다. 그 조이는 느낌도 괜찮다. 약간의 긴장감을 불어넣으면 일상의 지루함이 훨씬 덜어진다. '도망갈수 있다'는 가능성은 당신의 인생에 여유로움과 깊이감을 드리워준다. '도망갈지도 모른다'는 불안감은 당신의 인생에 적절한 긴장감을 불어넣는다.

일상에 남겨둔 사람이 신경 쓰여서 홀로여행을 주저하는 사람들이 있을 것이다. 나도 본격적으로 홀로여행을 시작했을 때 이것저것 따지고 신경 썼지만, 돌아보니 다 부질없는 짓이었다. 가족들은 내가 없어도 잘 살아가고, 집도 그런대로 굴러가고, 자기네들끼리 새로운 이야기들도 만든다. 그 이후 수많은 홀로여행을 할 때마다 가족들은 그저 그러려니 한다. 그러더니만 자기네들도 다 각자 홀로여행들을 잘도 떠난다. 특히 막내는 가장 젊은 세대답게 일찍이 홀로여행을 개척하더니 결혼 후에도 아이를 낳은 후에도 홀로여행을 잘 떠나서 나를 뿌듯하게 해준다.

홀로여행은 나를 발견하게 해주는 최고의 기회다. 나의 가능성과 한계, 나의 기질과 성향, 나의 동기와 목표, 나의 역량과 준비 태세, 나의 심리와 행위, 나의 불안과 약점 등을 홀로여행이라는 의외의 상황에서 자연스럽게 알게 된다. '나를 발견해주는 태도', 사실 이것이 여행이 궁극적으로 우리에게 선사하는 것 아닐까? 물론 주의 깊게 발견해주어야 한다. 막연히 여행이 나에게 무엇을 주리라 기대하는 것 이상으로 나를 발견해주려는 태도가 전제되어야 한다. 그것이 나에 대한 최대의 성의이자 삶을 살아가는 기본 태도다. 그 호기심 가득한 발견의 태도는 주변 사람에게도 기분 좋은 설렘을 선사한다. 이 사람은 또 날아오르리라! 나도 날아오를 수 있으리라!

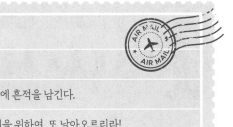

홀로여행은

우리의 날갯죽지에 흔적을 남긴다.

또다른 나의 발견을 위하여, 또 날아오르리라!

그 공간 안에 들어설 때, 다르다

②
궁합 맞는 공간을 찾아서

리스본에 대체 무엇이 있기에?

궁합이 맞는 그 무엇과의 만남은
우연일까, 운명일까?
내가 찾은 걸까, 나에게 다가온 걸까?

"리스본을 정말 좋아할 거예요!" 나에게 이 말을 했던 사람들이 꽤 많다. 다 남자들이었다. 리스본이 뜨는 도시가 되기 훨씬 이전부터. 포르투갈은 최근 최고의 여행지로 부상했지만 사실 통념적인 인기 여행 루트에서는 꽤 벗어나 있었다. 나 역시 스페인에 가면서도 포르투갈은 일정에서 빼곤 했다. 차라리 스페인의 다른 도시들을 더 찾아보자는 심산이었다. 그런데 리스본에 무엇이 있기에 내가 좋아할 거라고 하는 걸까? 나는 꽤 궁금해졌다. 그래서 책도 영화도 찾아봤다.

「리스본행 야간열차」(2013)는 원작소설의 깊이를 성공적으로 표현하며 리스본의 영혼을 보여주는 최고의 영화다. 스위스에서 마치 칸트처럼 규칙적인 생활을 하던 중년의 고전문헌학자가 빗속에서 우연히 구해준 여성의 코트에서 발견한 작은 책과 15분 후 떠나는 열차표를 쥐고 무작정 리스본행 야간열차에 오른다. 그는 전혀 모르던 도시 리스본에서 1974년 독재를 종식한 카네이션 혁명 시대를 뜨겁게 살았던 한 인물의 수수께끼를 풀어가며 자신의 다른 내면을 발견해간다.

낯선 공간에 우연히 떨어지는 여행을 통해 인생의 전환이 가능하다는 로망을 사무치게 만드는 영화다. 제러미 아이언스라는 독특한 배우의 쿨한 연기 덕분도 있겠으나 리스본 특유의 공간감이 로망을 키운다. 도시 야경을 조망하는 언덕 위의 벤치에 한 남자가 앉아 가로등 노란 불빛 아래 책을 뒤적이는 장면만 봐도 그의 쿵쾅거리는 가슴이 느껴진다. 저 순간 어떤 소용돌이가 저 남자 가슴에 몰아치고 있을까? 가파른 언덕을 누비는 전차가 유명한 리스본의 풍경 속에서, 골목이 휘어지고 올라가고 뚝 떨어지는 풍경에서 두근두근한 만남이 일어날 것만 같고 실제로 일어났다.

사실 나는 오래전부터 「러시아 하우스」(1990)라는 영화에 나온 리스본에 매력을 느껴왔다. 러시아에 조건 없는 사랑을 품은 숀 코너리가 런던의 패권 플레이를 지켜보며 영혼의 안식처 리스본에 작은 아파트를 마련해놓고 스테이 여행을 하는 출판사 대표로 나온다. 그는 가파른 골목길을 따라 이어지는 길거리 선술집에서 대낮부터 동네 사람들과 대작하며 시대에 대한 울분을 시니컬한 유머로 푼다. 핵물리학자가 등장하는 러시아 첩보 사건에 어쩌다 휘말린 후 그가 '유일한 조국'이라 부르게 된 러시아 여인을 하염없이 기다리는 곳도 리스본 언덕 위의 아파트 창문이다. 바다를 바라보며 기다리는 느낌에 끌려 구했다는 집이다. 그의 리스본은 구슬프고 애달프다. 그러다가 '뿌웅~' 고동을 울리며 항구로 들어오는 배가 그에게 새로운 인생을 선사한다.

이 두 영화는 이방인 남자가 리스본에서 그 무엇을 찾는 이야기다. 이 서사는 리스본이라는 도시와 꽤나 잘 어울린다. 리스본의 본질은 그리움과 아련함일까? 인생의 변곡점을 가능케 하는 공간일까? 새파란 대서양이 펼쳐지는 수평선에서 그 무엇이 떠오르는 걸까? 슬픔으로 가득한 포르투갈의 노래「검은 돛대」처럼 포르투갈은 인생의 절망과 기적의 탄생을 품고 있는 걸까? 그런데 왜 내가 리스본을 좋아할 거라 사람들이 말하는 걸까? 정말 나는 리스본을 좋아할까? 마음으로는 이미 기울어져 있지만 실제로 그렇게 될까?

내가 리스본에 끌리는 이유를 짐작해본다. 첫째는 달동네를 연상시키는 드라마틱한 입체적 풍경이다. 계획도시라기보다는 자연발생과 우연과 계획이 섞여 있어서 혼란스러워 보이면서도 의외의 놀람이 가능한 도시라는 점에 끌린다.

둘째는 너무 새롭지도 너무 낡지도 않은 시간의 깊이가 드리워진 도시라는 점이다. 유럽에서 가장 먼저 대항해시대를 개척하며 최고의 항구도시와 패권도시로 떠올랐던 과거의 영광은 비록 사라졌지만, 그 유산은 도시의 뿌리를 이루고 있는 듯하다.

셋째는 바다를 향한 모험과 기다림의 숙명이 얽힌 도시의 분위기가 매력적이라는 점이다. 숙명이라는 뜻의 어원을 가진 '파두'fado라는 노래 양식이 괜히 만들어진 게 아닌 것 같다.

넷째는 로마, 무어, 아랍의 문화가 섞이고 기독교와 이슬람문화가 섞이고 유럽과 아프리카 인종이 섞이면서 독특한 혼합적 문화 분위기를 만들고 있다는 점이다. 건축양식, 문양, 장식, 광장, 색채에서 드러나는 분위기가 이채롭다.

내가 리스본을 좋아할 거라 했던 사람들은 나의 성향을 파악했음이 틀림없다. 그런데 이런 끌림을 갖고 리스본에 실제로 갔을 때 내가 가진 끌림의 이유를 확인할 수 있을까? 정말 나와 궁합이 맞는 도시라고 느끼게 될까?

여행지는
선택인가 우연인가?

리스본에 대한 나의 끌림은 긴 세월 동안 이런저런 사연으로 점점 상승해왔고 그 이유도 점차 뚜렷해졌지만, 모든 여행지가 이런 것은 아니다. 수많은 선택지가 있는 상황에서 우리는 어떻게 여행지를 정하게 되는 걸까? 마음이 먼저일까, 생각이 먼저일까? 계획일까, 우연일까? 여행 패턴은 어떻게 생기는 걸까? 자신의 성향과 취향은 어떻게 작용하는 걸까?

여행이 일의 한 부분인 직업을 가진 나를 사람들은 부러워하지만, 나 역시 애로점이 없지 않다. 첫째 애로점은 여행지를 정함에 있어 '원하는 데'보다는 '가봐야 할 데'가 먼저라는 점이다. 즉 일과 관련된 여행이 우선이다. 이러다보니 나의 여행지 패턴은 저절로 만들어진다. 이를테면 나에게는 시대적으로 고대문명에 가까운 공간일수록 후순위로 밀린다. 그래서 터키나 이집트, 중동, 남미 지역은 아직 제대로 여행해본 적이 없다. 인간문명보다 자연이 우세한 지역도 후순위다. 일상과 너무나 다른 환상적인 리조트나 별세계 같은 휴가지 역시 후순위로 밀린다. 가려 들면 갈 수도 있었겠지만 일이 바쁜 인생의 시기에는 아무래도 '여행 시간 총량제'가 작용하게 마련이다.

그러니 내 통상적인 여행지 목록이 그리 흥미로울 리가 없다. 이른바 잘 알려진 세계도시, 최근에 만든 도시가 주를 이루기 때문이다. 시대적으로 말하면 르네상스 이후 특히 근대 이후에 크게 성장한 도시, 현대의 도시문제를 나름 해결한 도시들이 우선 대상이 된다. 그러니까 희귀한 맛이 덜하거니와 아기자기한 맛도 덜하다. 그나마 다행이라면, 세계도시들은 많은 경우 역사도시이기도 해서 짬을 내 들러볼 데가 많다는 점이다.

둘째 애로점이라면, 여행 자체가 일이 되어버리는 경우

가 많다는 것이다. 여행의 순수한 기쁨을 구하러 갔는데도 나의 전문적 훈련이 작동하고 있음을 시시때때로 느낀다. '왜 여기에 이렇게 지었지? 왜 이런 방식으로 모여 살지? 지붕 모양은 왜 이럴까? 비가 안 오는데 왜 습도가 높을까? 더운 날씨인데도 왜 상쾌하게 느껴지지? 나무가 별로 없는데 왜 목재를 많이 썼지? 돌을 주로 쓰면서 왜 목조구조처럼 만들었지?' 등 남들은 무심하게 보는 것을 관찰하고 의문을 던지는 것이다. 좋게 보면 탐구하는 태도이지만 여행분위기를 간섭하기 일쑤여서 현장에서 내가 질문이 너무 많아지는 것을 느끼면 속으로 '아차!' 한다. "버려! 그냥 즐겨!" 나에게 주문을 한다.

셋째 애로점이라고 하면, 사람들이 별로 안 가는 데를 찾아보는 습성이다. 가령 건물을 봐도 사람들은 주로 외관이나 장식에 관심을 가지지만 나는 지하실이나 꼭대기 기계실을 찾아보는 식이다. 화장실은 꼭 들러보는 편이고 쓰레기·환경·에너지·안전 관련 시설을 찾기도 한다. 건물 앞만 아니라 주변을 돌아보는 습성도 있다. 전문가로서는 신나는 탐험이지만 동행이 있으면 눈치를 보게 된다. 일례를 들자면, 국회의원직을 하고 있을 때 국토위원회의 몇몇 위원들과 '4대강 사업' 관련하여 뮌헨과 프라하에 출장을 갔었는데, 내가 자꾸 현장을 찾으려 들고 현지 공무원에게 질문을 해대는 바람에 시간을 많이 잡아먹었다. 동료 의원들에게 눈총을 많이 받았는데, 전문가가 아닌 그들과 달리 질문이 자꾸 생기는 것을 어쩌란 말인가?

넷째 애로점이라면, 전문가로서 비판적인 시각을 견지하는 성향이다. '감탄사'보다 '의문사'를 더 많이 표하는, 이른바 까칠한 태도다. '못 말리는 전문가 체질'이라고도 할 수 있다. 특히 동시대의 작업에 대해서 의심을 거두지 못해서 흔쾌하게 인정하지 못하는 태도로 이어질 수도 있다. 동서고금을 막론하고 전문가에게 내재한 못 말리는 질투심도 작동한다. 자칫 '아는 만큼 느낌을 방해받는' 심리가 작동하게 된다. 지식이 감수성을 억제하는 심리를 이기고 정직하게 보는 훈련이 필요한 지점이다. 완벽한 작업이란 없다는 것, 훌륭하게 풀어낸 부분이 있다는 것을 기꺼이 인정하게 되면, 제대로 배우는 태도가 갖춰진다.

여행에 대한 직업적 애로점을 토로했지만 독자들은 '그래도 부럽다, 그래서 더 부럽다'고 하실 것 같기도 하다. '여하튼 많이 다니지 않느냐, 남이 못 보는 것까지 포착하지 않느냐, 얼마나 신나겠느냐?' 솔직히 인정하자면, 일과 놀이의 경계가 분명하지 않은 것이 나쁘진 않다. 일이 놀이가 되고 놀이가 일이 되는 상태란 상당한 축복이다.

일과 놀이를 섞는
여행

　　　　요즘 시대에는 어떤 직종에서 일하든 여행이 일의 한 부분이 되는 경우가 적잖다. 글로벌 기업에서 일하지 않더라도 여행 기회는 많다. 시장조사, 상품 구입, 마케팅, 계약을 위한 출장뿐 아니라 각종 박람회, 국제회의, 해외연수도 많다. 학자, 작가, 문화예술인, 기술인, 경영인, 행정인들뿐 아니라 시민활동가, 농·어업인도 여행 기회가 생긴다. 정치인도 우물 안 개구리처럼 여의도에만 처박혀 있지는 않는다. 정규직이든 비정규직이든, 서비스직이든 생산직이든, 초보든 경력자든 간에 시간에 매이는 방식이 다를 뿐 여행의 기회는 찾아온다.

　그렇다면 일과 연관된 여행 기회를 잘 살리는 게 최고다. 돌아보면, 최고의 여행은 일을 기회로 또는 핑계 삼아 떠났던 여행이었다. 출장, 훈련, 교류, 근무, 자료 수집 등 일석이

조의 기회다. 일단 놀기만 하는 게 아니니 마음이 편하다. 내 돈만 쓰는 게 아니니 비용 부담도 줄어든다. 기간은 길면 길수록 좋다. 주말이 끼어 있으면 '여행 속의 여행' 기회가 늘어난다. 출장에서 야근까지 하지는 않으니 제법 넉넉한 저녁 시간이 근사하고, 하다못해 아침, 점심 먹기도 다 여행 체험이니 이게 웬 떡이냐 싶다.

자신의 직업적 성향, 업무적 특성을 짚어보는 게 좋다. 알게 모르게 우리의 인식과 선호도와 여행 행태에 영향을 미치기 때문이다. 언제나 그렇듯 긍정적 태도가 좋다. 한번은 국제행사에 아르바이트하러 홍콩에 갔었다는 활동가와 얘기를 나누는데, 마침 그 일이 지하에서 하는 거라서 망했다 싶었단다. 그런데 지하세계를 탐험하는 계기가 되었다며 "글쎄 홍콩이 지하도시더라고요!" 하는데, 부러웠다. 내가 맛보지 못한 홍콩의 지하도시 면모를 발견했으니 말이다. 그 친구는 제한된 환경 속에서도 여행이 주는 가능성을 최대한 활용한 것이다.

공무원이나 국회의원의 해외출장 일정에 관광코스가 끼어 있다고 비난하는 뉴스가 곧잘 나오는데, 비용 부담에 대해 선을 분명히 긋기만 한다면 꼭 비난만 할 필요는 없다.

각종 예술 관람, 도시 인근의 주요 관광지를 방문하는 것은 그 도시의 경제에 도움이 되는 교류 활동이고 여행객의 체험을 넓히는 데에도 좋은 역할을 한다. 마련된 일정만 소화하고 주어진 숙소에만 틀어박히는, 요령 없는 여행객이 되지는 말자.

밀라노에서 열리는 국제도시전시회 프로젝트 때문에 설치 개막 시에 한달, 폐막 해체 시에 보름을 묵은 적이 있는데, 내 인생에서 최고의 행운이 깃든 여행이었다. 이탈리아에서 업무차 묵는 행운이라니 얼마나 근사한가? 주중에는 밀라노 도시 곳곳을 훑고 주말에는 베네치아 쪽으로, 피렌체 쪽으로, 시에나 쪽으로 작은 여행을 끼워 넣을 수 있는 최적의 상황이었다. 주중엔 여느 시민처럼 도시인의 삶을 맛보고 주말엔 여행객의 삶을 맛봤으니 이보다 더 좋을 수 없었다.

오직 한 도시에서만 온전한 열흘을 보냈던 행운도 있었다. 이념적, 정치적, 문화적, 예술적, 도시적으로 복잡한 역사를 가진 빈에서였다. 지금은 작은 도시로 인식되지만 19세기 말에서 20세기 초까지 유럽을 호령하던 세계도시였던 빈은 켜켜이 이야기를 안고 있는 도시다. 모차르트와 베토

벤을 안은 음악도시, 구스타프 클림트와 에곤 실레를 낳은 미술도시, 시세션^{Secession, 分離派} 운동을 품은 디자인 도시, 오토 바그너와 아돌프 로스라는 혁신적 근대 건축가를 낳은 건축도시, 강력한 왕정이 만든 '링슈트라세'^{Ringstraße}(19세기 말에 구도심을 에워싼 성곽을 허물어 순환도로를 만들고 주변공간을 화려한 관청과 업무지구로 확장함) 개발도시, 공산주의 정권이 만든 레드 빈 도시 등 탐험할 주제를 꼽으려면 열 손가락이 부족할 정도로 풍성한 도시다. 마침 시세션관에서 열렸던 '변화 중의 세계도시' 전시회에 출품하고 각종 토론에 참여하며 세계 전문가들을 만나는 계기였던지라 지적 자극도 잔뜩 받았고, 빈의 풍성한 도시감성이 얽혀서 아주 특별한 여행길이 되었다. 이 빈 탐험을 『인생을 바꾸는 건축수업』(2012)에 수록했는데 이 책은 도시 탐험의 안내자 역할을 톡톡히 하고 있다.

그런데 나에게 있어 서구도시는 아무리 흥미로워도 서구도시다. 다른 문화를 알아가고 이해하고 흥미로워하는 데까지 이르는 과정이 아주 즐겁지만, '나와 다르다, 내 문화와 다르다, 나의 것은 아니다'라는 느낌에서 벗어나기 어렵고, '달라서 더 흥미롭다'라는 경지에 도달하기도 하지만

'더 깊이 들어가지지 않는다'는 거리감도 있음을 부인하지 못한다. '문화적 유전자를 공유하는 아시아 도시들에 대해서는 어떨까?'라는 의문에서 벗어나지 못했고, 나의 여정에서 이 의문을 풀어보려 노력했다.

일본은 우리에게 왕래가 가장 쉬운 공간이다. 나도 가장 자주 갔던 여행지다. 학회나 회의 참석 기회도 많고 전문가 교류도 활발하다. 솔직히 토로하자면 일본 여행을 자주 하면서도 나 역시 감정적인 거리감에서 완전히 벗어나지는 못했다. 지금도 정치적 요인에 의해서 '구매 거부, 여행 거부'와 같은 일들이 일어나지만, 요즘 세대들은 근본적 저항감에서 상당히 벗어난 경향인지라 나도 배우려 노력한다. 일본 기관의 초청으로 보름여 동안 일본 곳곳을 다닌 적이 있는데, 초대 측이 최상의 통역을 붙여주고 내가 가고 싶은 데와 만나고 싶은 사람들을 연계해주어서 피상적으로 접했던 인상들이 모자이크처럼 하나의 그림으로 들어맞는 경험을 했다. 그럼에도 불구하고 여전히 감정적인 거리감을 거두지 못하는 나를 보면 역사의 그림자가 드리우는 강한 영향력을 느끼지 않을 수 없다. 일본의 작은 도시들과 지방의 문화를 접하는 자유여행을 꽤 한 후에 점점 나아지고 있다.

그렇다면 중국은 어떨까? 오랫동안 기대감만 컸던 곳이 중국이다. 문화적 뿌리를 공유하는 반면 이념적인 거리가 멀어서 오히려 호기심이 높았다. 한국과 중국의 교류가 일천했던 1991년에 한달 동안 중국을 여행했던 적이 있다. MIT와 칭화대학이 공동 주최하는 여름 워크숍의 강사로 초대받은 것이었는데, 지나치게 상업화되기 이전의 중국을 알아가는 맛이 대단했다. 남부의 선전, 광저우, 항저우, 쑤저우, 상하이를 거쳐 북부 베이징으로 이어지는 여행은 마치 오랫동안 소문으로만 듣던 친구의 속내를 발견해가는 느낌이었다. 이때 받았던 인상이 하도 강렬해서 여행 후 나는 1993년에 『찬란한 중국』('Splendid China'라는 공원이 선전에 있다)이라는 책까지 냈다. 너무 많이 알면 쓰지 못한다는 중국이라는 주제에 흠뻑 빠질 수 있었고 이 여행으로 중국 도시를 넓게 조감하면서 아시아 도시들의 특성과 미래를 고민하게 된 계기가 되었다.

　점점 더 아시아의 도시들이 좋아지는 것을 느끼고 있다. 여행지로서 자주 선택하게 된다. 궁합이 맞아가는 것일까, 아니면 워낙 궁합이 맞았는데 모르다가 찾게 된 것일까? 특히 동아시아의 중국, 일본, 한국은 도시조영造營 이론의 역사적 뿌리를 같이하고 있고, 현대 도시의 각종 문제 상황을 공유하는 바가 많으니 그럴 법도 하다. '다시 가보고 싶은 도시'가 되면 나와 완전히 궁합이 맞는 것이겠는데, 살아보고 싶은 도시까지 생겼으니 아주 좋은 징조다. 말레이시아의 쿠알라룸푸르, 태국의 치앙마이가 바로 그런 도시들이다. 밀라노와 바르셀로나를 가장 매력적인 도시라고 여겼었는데, 그 마음은 변하지 않았지만, 살아보고 싶은 다른 문화의 도시가 나타난 것은 아주 좋은 변화의 징조다.

여행은
연애와 같다

여행은 연애와 아주 비슷하다. 나와 궁합이 맞는 바로 그 사람을 만나 사랑에 빠지면 된다고 기대하지만, 사랑이란 결코 그렇게 이루어지지 않는다. 궁합이 맞는 사람을 찾아내는 과정이 연애다. 연애의 경험이 쌓이면서 궁합을 맞춰보는 요령, 자신이 원하는 사람을 헤아리는 지혜가 생긴다. 여행도 마찬가지다. 궁합이 맞는 공간에 가는 게 여행이 아니라 궁합이 맞는 공간의 성격을 발견해가는 과정이 여행이다. 처음에는 어슴푸레하다가 점점 더 감을 잡게 된다. 처음에는 잘 모르면서도 막연한 호기심이 생기고 좀더 알게 되면서 호감 여부를 파악한다. 호기심과 호감이 결합하면 상승작용이 생기고 그에 따라 더 알고 싶어지고 더 접하고 싶어진다.

여행은 연애처럼 어차피 편파적이다. 사람을 편애하지 않는다면 사랑할 기회가 생기지 못하는 것처럼 여행지에 대해서도 눈에 콩깍지가 씌지 않는다면 사랑은커녕 찾아갈 기회조차 없을지 모른다. 다만 연애와 달리 여행은 수많은 시도가 가능해서 좋다. 우리는 수많은 여행지와 사랑에 빠질 수 있고, 각기 다른 매력 때문에 새로운 여행에 나선다. 매번 다른 여행지를 선택할 수도 있지만, 같은 곳을 방문하고 또 방문해도 그때마다 달라 보이고 다른 것이 보인다. 우리의 인생처럼 여행에는 어차피 우연이 결부된다. 우연을 가장한 운명이라고 하면 그것도 나쁘지 않다. 어떤 여행지를 만나게 될지, 어떤 여행을 하게 될지 모르는 것이다.

나는 이 책을 결국 리스본에 못 가본 채 쓴다. 프롤로그에 쓴 대로 포르투갈과 스페인을 엮은 긴 여행을 20여년 동안 궁리만 하다가 드디어 모든 계획을 세우고 필요한 예약까지 마쳐놨는데, 코로나19 발발 때문에 여행 자체를 포기할 수밖에 없었다. 2021년 하반기에 포르투갈 여행을 했다는 친구에게서 '사람이 없어서 너무 좋다, 사진 찍기 너무 좋다, 지금이 여행하기 최고다'라는 얘기를 들으며 다시 여행 카드를 만지작댔으나 결국 성사시키지 못했다.

리스본은 나에게 못 이룬 사랑, 마음속 연애 대상으로 남아 있다. 아련한 감정과 여전히 남아 있는 끌림과 더 강해진 호기심, 리스본은 나의 마음속에서 더 커졌다. 이것도 나쁘지 않다. 언젠가, 나는 리스본에 가게 될까?

연애와도 같은 여행.

연애처럼 여행도 깨진다.

못 가본 여행지는 못 이룬 사랑처럼 아련하다.

느린 여행에 나를 묶는다

메콩강을 따라 멍때리기

시간을 맬 수 없다면
느리게 가게라도 하자.
느린 시간이 가장 오래 남는다.

느림의 덕목을 찾으라는 원칙론에 백 퍼센트 동감하면서도 나의 대부분 여행은 빠른 여행이었다. 빠르다 못해 아침 6시부터 밤 10시까지 하루 열여섯시간씩 빨빨거리고 다니는 게 통상적인 나의 여행 스타일이다. 아무도 없는 길거리를 밟고 싶고, 새벽시장의 수선거림을 듣고 싶고, 어떤 아침식사가 유명한지 알고 싶고, 야경 속의 도시 라이프를 맛보고 싶고, 깜깜한 마을에 호롱불이 켜질 때 피어오르는 따뜻한 적막함을 느껴보고 싶어서다. 그렇다고 열여섯시간을 내처 걷는 것은 아니다. 아무리 철통같은 체력이라 하더라도 불가능한 일이다.

빠름 사이사이에 느림을 배치하는 게 내 스타일이다. 하루에 세번은 밥을 먹고, 세번은 차를 마시고, 수없이 주전부리를 먹을 수 있음이 얼마나 고마운지 모른다. 식욕을 동원하는 쉼이야말로 가장 즐거운 쉼이 아닌가 싶을 정도로 여행 중 식욕이란 아주 고마운 쉼거리다. 여행 중에는 몸의 순환이 빨라지니 죄책감을 덜 느끼며 먹을 수 있고, 다리 쉬기에 좋고, 느긋하게 거리를 구경하기도 좋다. 도시의 먹거리를 이것저것 맛보는 즐거움뿐 아니라 요즘은 쿠킹 클래스에 참여하며 요리하는 과정까지 즐길 수도 있으니 일석다조다.

'빨빨거린다'는 표현에 대한 나의 정의는 '밖에서 시간을 보냄'이다. 호텔은 몸 씻고 밤에 눈 붙이는 곳일 뿐이다. 그래서 비싼 호텔에 묵을 필요가 전혀 없다. 아침 뷔페를 마음껏 채워 먹는 이점이 있지만, 그렇게 꽉꽉 채우다가는 하루 중 맛집 여행에 흥미를 잃을지도 모르니 뷔페가 훌륭한 고급 호텔에 갈 이유도 없다. 내가 도시여행을 즐기는 이유도, 종일 밖에서 시간을 보낼 만큼 체험거리가 넘쳐나는 공간이 도시이기 때문이다. 잠시라도 낮잠을 자지 않으면 버티지 못하는 나를 위해 맘 놓고 눈 붙일 공간을 찾는 데에도 도시가 세격이다. 당연히 나는 한가한 여행을 그리 내켜하지도 않거니와, 온종일 빨빨거리는 사이에 느린 쉼표를 배치하는 것만으로도 충분히 여행길 속의 느림을 만끽할 수 있다고 주장한다. 내 나름의 '빠름 속 느림' 철학이다.

그런데
느린 여행은 달랐다

이런 나에게도 느린 여행의 매력을 완벽하게 깨닫게 된 기회가 찾아왔다. 이틀 동안 배를 타고 메콩강을 따라 내려오는 여행이었다. 그룹여행이었는데, 방콕에서 치앙마이까지 밤 열차로 열두시간을 달려가는가 하면, 가로등도 없는 깜깜한 오지마을에서 민박하고, 현지인의 집밥을 맛보는 가정집 만찬도 끼어 있는, 이른바 '착한 투어'였다. 착한 투어란 여행 일정에 지역민의 활동을 연계함으로써 여행객은 지역문화를 맛보고 주민들은 경제적 혜택을 얻는 호혜적 개념의 관광을 일컫는다. 환경권과 동물권에 대해서도 각별하게 관심을 기울이니, 지나치게 상업화된 관광상품이 늘어나는 이 시대에 그나마 마땅한 관광 개

넘이다.

나는 이 일정을 잘 믿을 수가 없었다. 메콩강이 얼마나 긴 강인지 잘 알고 있다. 티베트에서 발원해서 메콩삼각주에 이르기까지 4000킬로미터에 달한다. 한강이 약 400킬로미터이니 무려 10배 더 긴 강이다. 게다가 내 머릿속에 있는 메콩강의 이미지는 바다같이 넓은 강에 검붉은 흙탕물이 흐르고 꽤 큰 배가 떠다니는 강이었다. 그런 큰 강을 이틀씩이나 타고 내려오다니 무슨 크루즈 여행처럼 큰 배를 타나? 그게 무슨 재미가 있으려고?

내 예상은 완전히 틀렸다. 시작은 태국과 라오스의 접경 도시인 치앙콩에서 배를 타서 라오스의 그 유명한 방비엥에서 끝난다. 배를 본 순간 너무 놀랐다. 길이 15미터, 폭 2~3미터 남짓한 목선이어서 쪽배나 다름없다. 스무명 정도 되는 우리 그룹만 타는 배다. 뱃사공의 집이기도 하단다. 낮에는 일터가 되고 밤에는 뱃사공 가족의 집으로 변하는 것이다. 수상 주거도 아니고 아예 선상 주거다. 배로 하는 건 뭐든지 다 한단다. 고기잡이, 물류선, 여객선, 유람선 등 짧은 도강 코스부터 긴 코스 주행까지. 열악한 경제 상황의 증표라 볼지도 모르겠으나 메콩강이라는 젖줄에서 얼마나 다양하고 풍성한 경제활동이 일어나는지 보여주는 증표다. '이 작은 배를 타고 그 긴 메콩강을 항해한다니 위험한 것 아냐?' 대뜸 이런 생각이 들었는데, 이것도 틀렸다. 우리가 내려오는 메콩강은 상류 부분이어서 강폭이 좁다. 낙동강의 상류나 섬진강과 비슷한 형국이다.

떠나는 새벽은 어찌나 춥던지, 난방조차 없는 호텔 방에서 오들오들 떨었던 지난밤의 추위까지 겹쳐서 몇십년 만에 와들와들 떨어봤다. 동남아시아의 겨울이라지만 우리의 초여름 날씨라 추위에 대비하지 못한 이유가 컸다. 국경은 세계 어디나 긴장감이 가득하지만 무장군인들의 살벌한 모습이 추위를 더했다. 배에 들어가면 따뜻해지리라 기대했건만 배는 지붕만 있고 옆은 바람 막는 비닐만 달랑 쳐 있을 뿐이다. 어찌나 덜덜 떨리고 특히 발이 어떻게나 시리던지 양말 여러켤레를 끼어 신고 뱃사공이 던져주는 담요 몇장을 걸쳐도 아무 소용이 없었다. 이런 배 여행을 왜 한다고 했단 말인가? 이 여행 코스는 남편이 골랐는데, 나는 아주 독특한 코스라고 찬양까지 했었으니 투덜거릴 수도 없었다.

오, 위대한 태양이여! 해 뜨고 한시간쯤 지나자 언제 그랬던가 싶게 온기가 피어오른다. 덮고 또 덮었던 담요들을 거두고, 바람막이와 스웨터와 양말을 하나씩 벗어젖힐 정도가 되더니만, 어느새 반팔 티만 남았다. 몸이 녹으니 그제야 풍경이 눈에 들어온다. 큰 배에서 물을 바라보는 것과는 완전히 다른 감흥이다. 강에 푹 몸체를 담근 작은 배에서 바라보면 강물이 바로 옆 눈높이에서 찰랑거린다. 강폭은 20~30미터 정도지만 깊어 보였고 물살이 상당히 셌다. 물이 꽤 맑거니와 강 중간중간에 기기묘묘한 모양의 검은 바위들이 솟아올라 있어서 마치 수석이 있는 수묵화 같은 풍경이 펼쳐졌다. 강을 잘 아는 뱃사공만이 안전하게 운행할 수 있는 강임에는 분명해 보였다.

사방은 온통 초록이다. 하늘빛에 물든 초록, 나뭇잎을 머금은 초록, 물빛에 흔들리는 초록 등 초록색이 펼치는 섬세한 스펙트럼이 황홀하다. 물의 원초적 유혹에 온갖 생명이 흠뻑 빠진다. 숲에서 불쑥 나와 강변 모래밭에서 어슬렁거리다가 미역을 감으며 장난치는 코끼리 가족들, 우르르 나타났다가 또 우르르 사라지는 반들반들 새까만 물소떼들, 한 사람만 겨우 앉는 쪽배에서 온갖 신기한 방식으로 낚시로 또 그물로 고기를 잡는 어부들, 여울목이 형성된 마을 근처가 되면 떼를 지어 첨벙첨벙 물놀이를 하는 어린아이들,

이것이 겨울 풍경이란 말인가? 때는 2월이었으니 우리나라는 한파에 시달리고 있는데, 이게 웬 호강이란 말인가? 열대의 겨울은 우리의 여름보다 더 여름답구나!

설마 이 배에서 자라는 것은 아니겠지? 노을이 깔리자 배는 어느 강변 마을에 닿는다. 동네 아이들이 너도나도 트렁크를 들어주겠다면서 아르바이트를 뛴다. 강가 언덕에 마치 수상 주거처럼 말뚝을 박고 지은 방갈로들이 줄지어 서 있다. 작은 마을이지만 메콩강 교류의 중심답게 장터가 분주하고 갖은 채소와 과일과 생선과 가정에서 만든 빵을 판다. 라오스의 프랑스 식민 유산은 혼합된 양식의 건축물이 아니라 맛난 빵이 아닌가 싶을 정도다. 프랑스 원조 바게트보다 더 쫄깃쫄깃 맛있다. 갓 구운 빵, 물에서 갓 나온 생선 요리, 나무에서 갓 딴 신선한 과일로 행복한 만찬을 하고, 낭만적인 모기장이 쳐 있는 방갈로 침대에서 행복한 잠을 잤다.

다음 날은 마음이 더 푸근해졌다. 어떤 일이 벌어질까 하는 긴장감이 줄어든 덕분이다. '그래, 그저 이 장면, 이 순간에 존재하면 되는 거야. 나를 어디로 데려가든 하염없이 있으면 되는 거야!' 배는 강변에 있는 사찰을 방문하러 멈췄다가, 또 사르르 흘러갔다가, 강물 위로 튀어나온 바위들이 많은 부분에서는 바짝 강변에 붙어서 가다가, 강이 넓은 부분에서는 역행하는 배들과 만나 인사도 했다. 우리는 유유자적하고 있지만 뱃사공은 면밀하게 물밑을 살피면서 마치 오리처럼 부지런히 헤엄치고 있는 것 같다. 대형 선박이 빙산 같은 몸으로 거침없이 물을 가르는 것과는 얼마나 다른가? 이 배를 타고 가며 지루해했던 적이 있던가? 느렸지만 지루하지는 않았다. 몸을 움직이지는 않았지만 마음은 계속 움직였다.

노을 무렵 방비엥에 도착했을 때 나는 강변에 들어선 유원지 관광단지의 모습에 놀랐다. 아니 그 느리고 고요한 배 타기 뒤에 이런 전형적 관광지가 기다리고 있다니. 메콩강과 남쏭강이 만나는 지점에 있는 방비엥이 그리 유명한 곳이었나? 다음 날 남쏭강에서 카약을 탄 후에야 그 유명세를 알게 되었다. 한국 관광객들이 그리 좋아하는 장소라는 것을, 캠핑족과 배낭족의 성지라는 것을, 고산 트레킹으로 땀에 흠뻑 젖은 이들이 남쏭강의 카약 래프팅에 첨벙 뛰어든다는 것을, 이 물놀이에 반해서 한때는 음주 물놀이뿐 아니라 마약 물놀이까지 성행했었다는 것을. 이틀 동안 하염없이 메콩강 물을 바라본 후 하루 온종일 남쏭강 물속에 몸을 담그니, 천국이 따로 없었다. 메콩강은 디베트 히말라야 영산에서 내려온 물이고, 남쏭강의 물은 정령이 산다는 기기묘묘한 형상의 주변 산이 머금었던 물이니, 물을 통해 산의 정기까지 마셨다 치기로 했다.

멍때리기:
불멍과 물멍의 차이

신조어 중에 아주 마음에 드는 말이 '멍때리기'다. 어쩌면 이렇게 우리 심정을 딱 짚어서 표현해줄까? '멍하다' 하면 왜 그런지 바보 같다는 느낌이 들고, '넋 나갔다' 하면 어쩐지 미친 사람 같다는 느낌이 들지만, '멍'을 '때리니까' 아주 '능동적인 수동성'이자 '수동적인 능동성'을 표현하는 게 딱 마음에 든다. 내가 메콩강에서 시간을 보냈을 때는 이 말이 아직 나오기 전이었다. 돌아보니, '멍때리다'라는 말이 가장 정확하게 들어맞았던 시간이 바로 메콩강에서 배를 탄 이틀이었다.

사실 모든 여행이란 멍때리기 위해 가는 거다. 내가 빨빨거리는 여행을 하면서도 중간중간 느림의 시간을 갖는 것은 바로 멍때리는 시간을 갖기 위해서다. 도시여행법을 담은 이 책의 부록에서 '돌이 말을 걸어올 때까지'라고 한 것은 멍하니 앉아 있는 시간이 꼭 필요함을 강조하는 표현이다. 그것이 1분이든 5분이든 한시간이든 상관없다. 갑자기 주변의 소음이 사라지고 고요해지면서 무언가 다른 소리가 들리고(자신이 생각하는 소리다) 무언가 솟아오르는 느낌을 의식하게 되는 시점이 온다. 멍때리기가 정점에 다다르는 순간이다.

팬데믹 상황에서 '멍때리기'라는 말이 더욱 유행하고 사람들의 공감을 얻는 것은, 그만큼 일상에서 벗어나고 싶은 우리들의 욕구가 더 절박해졌기 때문일 것이다. 불안하고 초조하고 도망가고 싶고 극도의 피로감에 시달리는데 도망갈 수도 없으니 멍때리기만이라도 하고 싶은 것이다. 캠핑과 '차박'을 로맨틱하게 만들려고 '불멍'이 유행하는 것도 그런 심정의 발로일 것이다. 타닥타닥 장작 타는 소리 속에서 하늘하늘 춤추는 불꽃을 멍하니 바라보는 것을 불멍이라고 표현하는 게 얼마나 절실한가? 가끔 그런 생각이 든다. 코로나19로 여행이 멈춘 3년 동안의 시간에 의미를 부여한다면, 멍때리는 시간의 가치를 다시 발견하게 해준 것 아닐까?

멍때리기는 온갖 데에 적용된다. 불멍, 물멍, 파도멍, 산멍, 숲멍, 풀멍 등. 내가 메콩강에서 했던 게 바로 물멍이었다. 불멍보다 훨씬 더 긴 시간 동안 할 수 있고, 불꽃처럼 타오르진 않아도 촉촉이 젖어들 수 있었다. '강물멍'이라서 더 그랬을지도 모른다. 바닷물에 몸이 젖으면 피곤해지는 반면, 강, 호수, 개울의 민물은 상쾌하게 만든다. 왜 미역을 감는다고 했겠는가? 그 물속에 몸을 담그면 한없이 평온해질 것 같다. 엄마 배 속에서의 부유감을 내 몸이 기억하고 있어서인지도 모른다. 물멍때림이 주는 평온함이다.

내가 영 이해하지 못하던 민물낚시도 이젠 이해할 수 있을 것 같다. '시간을 낚는다'는 낚시의 의미를 알 것도 같다. 낚시를 지루한 시간으로만 생각했었는데, 그게 아닐 것 같다. 고기가 안 잡혀야 시간을 더 낚을 수 있는 건지도 모른다. 하염없이 물멍하는 동안 시간은 느리게 흘러가지만 지루한 시간이 아니라 기대하는 시간이다. 느린 시간과 지루한 시간은 다르다. 지루한 시간은 어떤 욕망을 안고 있으면서 막연한 기다림으로 채워지고 항상 헛헛하기만 하다. 느린 시간은 기대와 호기심으로 충만한 시간이다. 자유롭게 마음속에서 이것저것 끄집어내는 시간이자, 무엇보다 생각이 자유로워지는 시간이다. 실제 길이보다 훨씬 더 길게 느껴지는 시간이 느린 시간이다.

예전에 겪었던 이상한 시간의 흐름도 떠오른다. 인간의 마음은 참으로 요상하게 작동해서 오래전 제주도 협재 해변에서 보냈던 시간은 내 기억 속에서 자꾸 길어진다. 그게 한시간이었나, 한나절이었나, 아니면 하루 종일이었나? 생전 처음 만난 쪽빛 바다, 새하얀 모래도 신기했거니와 앞에 떠 있는 비양도가 어떤 때는 멀어지는 듯, 어떤 때는 다가오는 듯한 신기한 경험을 했다. 기억 속에서 나는 비양도로 헤엄쳐 갔다가, 새하얀 모래 위에서 뒹굴었다가, 파라솔 아래에서 소설 『본 아이덴티티』(1980)를 읽다가, 검은 바위 사이를 서성인다. 꿈에서는 SF영화의 한 장면처럼 수평선에서 투명한 큰 공이 하나 떠서 비양도를 넘어 나에게 날아오는데, 주변의 쪽빛 바다와 하얀 모래는 컴퓨터 그래픽처럼 더 새파랗고 더 새하얗다. 너무도 인상적인 풍광 때문이었을까, 너무도 오랜만에 가졌던 여유 때문이었을까? 느린 공간, 느린 시간은 상상을 키운다.

이틀 동안 메콩강을 따라 배를 타고 내려오면서 햇볕을 관찰하다가, 바람을 관찰하다가, 노곤하게 잠에 빠지다가,

몽롱한 상태로 잠에서 깨다가, 하염없이 강물을 바라보다가, 마치 영화「흐르는 강물처럼」(1992)에서와 같이 물보라가 햇빛에 반짝이는 장면에 감탄하며 멍때리는 시간 속에 있었다. 손에는 성석제의 소설『단 한 번의 연애』(2012)가 들려 있었다. 이틀의 시간이 있어도 다 읽지 못했지만 느낌은 강렬했다. 가끔씩 읽은 몇 문단이 백일몽처럼 꿈에 나타났다. 포항 구룡포 앞바다에 나타났다던 고래들이 메콩강의 코끼리와 물소와 함께 어울려 나타났다가 사라지곤 했다. 지금도 가끔씩 멍때리고 있다보면, 고래가 나타나서 코끼리처럼 '뿌우' 하고 소리를 내고는 사라진다. 오, 황홀한 멍때림이여!

여행은 멍때리러 가는 시간.

멍때리며 시간을 잡는다.

느린 시간이 가장 오래 남는다.

최고의 인간은 세상 곳곳에 있다

④

최고의 인간을 만난다는 것

미켈란젤로, 또다른 나를 찾아서

> 사람은 사람에게 기적이다.
> 인간의 위대함과 초라함을 동시에 깨닫는다.
> 인간적인 지극히 인간적임을 발견한다.

여행에서 최고의 만남이라면? 공간과의 만남은 당연하다. 평소에 못 보던, 막연히 동경했던, 간접적으로 알던 공간으로 들어가는 일 자체가 신선하다. 마치 그림 속, 소설 속, 역사 속, 영화 속으로 들어가는 듯한 마술적 순간이다. 그래서 사람들은 이색적인 공간을 좋아하는 것이리라. 명소라는 이름값에서 구체적인 풍경으로, 풍물로, 먹거리로, 예술로, 문화로 폭이 넓어지면서 여행은 수많은 만남의 단서들을 제공한다. 개중에서도 최고의 만남이라면 역시 사람과의 만남이다.

도시여행이란 사람의 마음을 헤아리는 여행이라는 말을 자주 하는데, 정말 그렇다. 도시가 만들어진 과정 자체가 다채로운 사람의 이야기를 담고 있으니 말이다. 권력자들의 우당탕탕 다툼, 상인들의 극성스러운 활력, 장인들의 부지런한 노동, 예술인들의 불꽃 튀는 작업, 지식인들의 치열한 논쟁, 시민들의 절박한 저항, 주민들의 신나는 축제 등 사람들의 역학을 통해 만들어지고 엮이는 공간이 도시다. 그 사람들이 흥미로운 유산을 도시에 남겨놓았으니 그 흔적을 더듬다보면 사람의 마음이 헤아려진다.

게다가 여행에서 만나는 사람의 좋은 점은 전혀 위험하지 않다는 것이다. 대부분 오래전에 세상을 떠난 사람이니 말이다. 역사 속 인물의 행적을 되밟고 곱씹다보면 온갖 호기심이 떠오른다. 위대한 인물은 물론이고 때로는 악인이나 기인조차도 흥미롭다. 우리가 왜 이토록 사람에 매혹되는지 그 자체도 흥미로운 현상이다. 나와 비슷한, 전혀 다른, 닮은 것도 같은 또는 닮지 않은 것도 같은 점을 보면서 우리는 안심하기도 하고 설레기도 한다. 위대함을 넘보는 인간의 가능성, 허무하게 몰락하는 인간의 초라함을 깨달으면서 깊이 흔들리게 된다.

미켈란젤로 비밀의 방에서
왜 울었나?

　　tvN「알쓸신잡 3」의 피렌체 편 중 미켈란젤로 비밀의 방에서 내가 울었던 장면에 대해서 사람들이 많이 묻는다. 눈물 흘리는 모습에 자기도 눈물이 나더라, 그런데 왜 울었나? 솔직히 나로서는 무척 민망하다. 여간해서는 남 앞에서 우는 모습은 안 보이려는, 이른바 '씩씩 콤플렉스'로 무장한 내가 카메라가 돌아가는 것을 알면서도 저도 모르게 눈물을 흘렸으니 말이다.

　그날은 각별하게 행운이 깃든 날이었다. 피렌체에 몇번 갔지만 하도 대기 줄이 길어서 지레 포기했던 우피치미술관에도 갔다. 생명의 봄바람이 신비로운 산드로 보티첼리의 「봄」, 공포의 표정이 압권인 카라바조의 「메두사」, 복수의 본색이 통쾌한 아르테미시아 젠틸레스키의 「홀로페르네스의 목을 자르는 유디트」 등 화보로만 보고 매혹되었던 작품들의 황홀한 세례를 받았다. 그날 첫 일정으로, 안 올라가고 싶다는 유시민 패널을 유희열 진행과 함께 밀고 당기며 두오모에 올라서 뿌듯했던 터다. 두오모에서 보이는 오렌지빛 피렌체 풍경에 유시민이 "우아~" 감탄사를 내질렀을 때 괜히 내가 자랑스러웠다. 내가 사랑하는 장면, 내가 매혹된 작품을 다른 사람도 사랑하고 공감해주기를 각별히 바라게 되는 도시가 피렌체다.

해가 떨어질 무렵 미켈란젤로가 설계한 메디치가 영묘에 가서 사람이 없는 공간에서 그가 만든 조각 「여명」과 「황혼」, 「밤」과 「낮」을 원 없이 봤다. 사람들 머리를 잔뜩 걸고 보던 것과 완전히 다른 감흥이었다. 인체의 비례라고는 깡그리 무시한 미켈란젤로의 후기 작품을 보면 이 사람이 「다비드」나 「피에타」처럼 완벽한 리얼리즘 작품을 20대에 조각했던 인물과 같은 사람인가 싶을 정도다. 미켈란젤로는 대표적인 르네상스 인간일 뿐 아니라 그 한계를 뛰어넘어 새로운 경지를 개척한 위대한 마인드의 소유자였다. 바로크 시대를 연 것도 모더니즘의 씨앗을 뿌린 것도 미켈란젤로에서 비롯되었다. 조각을 하는 게 아니라 돌 속에 이미 들어 있는 생명을 끌어낼 뿐이라던 그의 「노예」 연작을 보면, 돌에 갇힌 노예가 꿈틀거리며 살아 나오는 듯하다. 그가 나이 들어 작업한 다른 「피에타」 작품들은 마치 미완성 작품처럼 보이는데(실제 미완성이라는 설도 있다), 초기의 완벽한 피에타가 자아내는 마리아의 연민보다 훨씬 더 진한 인간적 고통이 전해진다.

"오늘 놀라실 게 있을 거예요"라고 담당 작가가 귀띔했지만 나는 귓등으로 흘렸었다. '산전수전 다 겪은 내가 뭐 놀랄 게 있으려고?' 하는 속마음이었다. 영묘 안의 조각들에 홀려 있던 나를 관리인이 벽감壁龕으로 안내한다. 작은 부속 공간이었다. 바닥의 판을 드니 지하로 내려가는 계단이 보인다. 내려가니 아주 단순한 공간이 나온다. 길이 8미터, 폭 2미터 남짓한데, 볼트vault라 불리는 반원 모양의 천장이 보인다. 군대 막사나 비닐하우스 안에 들어왔다고 연상하면 된다. 어스름한 가운데 벽과 천장은 온통 하얗다는 것이 느껴진다. 불을 켜니 드러나는 하얀 석고 위의 스케치들.

"미켈란젤로가 숨어 있던 곳이랍니다. 그때 그렸던 스케치들이죠." 영묘 관리인이 설명해준다. 메디치가의 전속 조각가이자 건축가이다시피 했던 미켈란젤로가 영묘를 만든 몇 년 후에 메디치가는 권력을 잃고 피렌체에서 추방당했다. 그리고 몇 년 후 다시 권력을 찾았는데, 그 기간 동안에 다른 정적 가문에 부역했다는 이유로 미켈란젤로는 체포될 위험에 빠졌고 그래서 이 지하공간에서 몇달 동안 숨어 살았다는 것이다.

목탄으로 그린 스케치들이다. 인체다. 누드다. 큰 획이 대담하다. 어디서 본 듯한 스케치들이다. 저건 「천지창조」의 한 부분 같은데? 이건 「다비드」의 발이잖아? 그러다가 마주쳤다. 라오콘의 얼굴이다. 그 순간 나는 흔들렸다. 나도 모르게 글썽거리기 시작했다. 「라오콘 군상」은 기원전 그리스 조각인데 로마 폐허 속에 묻혀 있다가 1506년에 발견되어 교황청이 일반에 공개했다. 내가 화보로만 처음 봤을 때도 그리 충격적이었는데, 이 조각을 실제로 봤던 사람들은 얼마나 충격에 빠졌을까? 트로이전쟁 시 트로이의 사제였던 라오콘은 목마를 성에 들이는 것을 반대했다가 그리스를 지원했던 바다의 신 포세이돈이 보낸 거대한 바다뱀에 의해 두 아들과 함께 칭칭 묶여 죽음을 당한다. 바로 그 장면을 포착한 조각이다. 심연에 빠진 인간의 고통을 이토록 처절하게 그릴 수 있을까? 거대한 분노와 운명적 통찰과 극한적 괴로움이 온통 얽혀 있다. 고통으로 온몸을 뒤트는 라오콘과 두 아들, 그리고 그들을 칭칭 감고 있는 뱀까지.

미켈란젤로는 「라오콘 군상」을 본 이전과 이후로 나뉠 정도로 큰 영향을 받았다고 한다. 조각 앞에서 얼마나 많은 시간을 보냈을까? 얼마나 많은 스케치를 했으면 이 어두운 지하공간에서 라오콘의 얼굴을 거친 목탄으로 벽에 고대로 그려냈을까? 고통 속의 라오콘에 얼마나 깊이 공감했을까? 라오콘의 얼굴에서 미켈란젤로의 얼굴이 보였다. 라오콘의 스케치에 내가 울먹였던 것은 바로 이 때문이다. 고통에 잠긴 미켈란젤로가 고통의 아이콘인 라오콘을 스케치하면서 느꼈을 감정이 전해왔기 때문이다. 인간은 얼마나 약한가? 인간은 얼마나 스스로 위안을 찾고자 애를 쓰는가?

세간에 알려진 미켈란젤로는 거장으로 성공한 예술가이지만, 인간 미켈란젤로는 고통 속에 살았다. 그는 얼마나 못생겼던가? 싸우다가 코뼈까지 주저앉았다. 그 못생긴 얼굴을 자신의 그림 속에 그려 넣곤 했다. 「최후의 심판」에서 우그러진 그의 얼굴 그림은 미켈란젤로의 높은 자조적 자존감을 보여주는 듯하다. 성격이 괴팍하기 짝이 없어서 친구라곤 없었고 선배 다빈치를 무시하는 등 사교와는 담쌓고 살아서 예술계에서도 백안시되던 사람이다. 천재를 권력에 이용하려는 르네상스 군주들과 교황들에 의해 끊임없이 불려 나왔을 뿐이다. 얼마나 이용하고 싶었으면, 교황 율리우스 2세는 그의 전공인 조각이 아니라 그림을 그리라고 주문했을까? 그 황당한 주문에 문을 걸어 잠그고 4년 동안 드러눕다시피 한 자세로 「천지창조」 천장화를 그려낸 미켈란젤로의 뚝심도 대단하다. '어디 두고 보자! 해내리라!' 신의 손길이 닿은 미켈란젤로답다.

공개적으로 거론되지는 않지만 미켈란젤로는 성소수자로 해석된다. 누구도 정확하게 알 수 없는 비밀이지만 그의 작품에 나타나는 양성적 코드, 젊은 남성에게 보낸 연애편지, 평생의 독신이 그런 해석을 낳는다. 「천지창조」에서 미켈란젤로 스스로 '이그누디'[ignudi]라 이름 붙인, 남성 같기도 여성 같기도 한 정체 모를 스무명의 젊은 남성을 보면 그런 해석에 끄덕여진다. 종교적 금기가 엄연하던 시절이었다. 종교적 파문이 곧 사회적 죽음이던 시절이었다. 역사 속에서 수많은 성소수자 예술인들이 고통 속에 살았다. 작가 오스카 와일드는 감옥에 갇혀서 미쳐버렸고, 작곡가 차이콥스키는 의문의 자살을 했다. 가장 내밀한 비밀을 안고 신이 준 재능이라는 선물로 신의 작업을 수행하면서 신의 뜻을 헤아리던 예술인들은 얼마나 갈등하는 삶을 살았을까? 깊은 갈등과 처절한 고통이 더욱더 창조의 영혼을 불태우게

했을지도 모른다.

미켈란젤로 비밀의 방에서 라오콘 스케치를 만나는 순간에 이 모든 복잡한 감정이 밀물처럼 밀려들어 나는 눈물이 터졌다. 고통이란 가장 인간적이고, 예술로 그 고통을 이기려는 행위 역시 지극히 인간적이다. 인간은 얼마나 나약하며 인간은 또 얼마나 위대한가? 미켈란젤로는 라오콘의 절박한 고통에 자신을 투영했음이 분명하다. 어두운 지하에서 언제 어떻게 될지 모르는 상황에서 본인이 가진 유일한 도구, 목탄을 잡고 본인이 할 수 있는 최고의 행위인 그림에 온전하게 자신의 모든 것을 담는 예술가의 운명이라니!

그런데 미켈란젤로는 그후 어떻게 됐을까? 잡혔을까? 추방당했을까? 천만다행으로 여섯달 동안 숨어 있다가 메디치가의 사면을 받아냈다고 한다. 그후 뒤도 안 돌아보고 로마로 향했고 죽을 때까지 피렌체로 돌아오지 않았다. 권력의 변덕에 식겁했던 건지, 권력에 휘둘리기 싫었기 때문인지 모르겠으나, 로마에서도 그는 권력에 휘둘릴 수밖에 없는 당대 예술가의 운명을 벗어날 수 없었다. 그 와중에 산피에트로 성당의 설계를 하며 아흔살에 세상을 떠날 때까지 끊임없이 자신의 변화를 꾀하고 신의 뜻을 헤아리며 예술혼을 불태웠으니, 미켈란젤로는 가장 인간적인 '최고의 인간'이 아닐 수 없다.

최고의 인간을
우리 인생에 소환하는 여행

나를 눈물짓게 만든 사람이 미켈란젤로 외에 한 사람 더 있다. 바르셀로나의 건축가 안토니오 가우디다. 1980년대에 바르셀로나에 처음 갔을 때는 사그라다 파밀리아 성당이 폐허처럼 남아 있었다. 방문객도 별로 없었고, 관리라도 하는지 의심 들 정도로 마치 무너진 유적과 같은 풍경이었다. 짓다 만 탑들이 솟아 있고, 벽체는 군데군데 무너져 있고, 사방에 돌이 뒹굴고, 그 사이사이에 온갖 괴물 같은 장식물들이 삐죽삐죽 나와 있고, 마치 중세 전설 속으로 들어가는 느낌이었다.

가우디는 이를테면 영화계의 팀 버튼 감독과 같은 존재다. 영화 「가위손」(1990)에서 미국의 속물적인 교외 동네에서 생뚱맞게 아련한 동화 같은 이야기를 지어내는가 하면, 「배트맨」(1989)이라는 슈퍼히어로물을 잔혹동화처럼 만드는 희한한 재능을 가진 사람이 팀 버튼인데, 그를 좋아하건 좋아하지 않건 그의 작품성만큼은 인정하지 않으려야 않을 수 없게 만든다. 가우디가 딱 그렇다. 그의 건축물은 보자마자 그저 신기하고 진기할 뿐이다. 정통 건축 문법을 따르지 않는다. 직선이 없고 직각도 없다. 유클리드기하학을 넘어서는 건축물들이다. 마치 중력을 거스르는 듯, 마치 식물처럼 자라는 듯, 마치 미지의 생명체가 형체를 드러내는 듯하다. 이런 건물을 도대체 누가 지었을까? 무슨 생각으로 이렇게 만들었을까? 영화라는 상상의 공간이 아니라 건축이라는 실제 공간에서 판타지가 펼쳐지니 신기하기만 한 것이다.

지금은 가우디가 너무 유명해져서 마치 아이돌이나 슈퍼스타처럼 여겨진다. 바르셀로나 올림픽을 준비하면서 사그라다 파밀리아 성당 건축을 재개하여 세계적인 가우디 마케팅을 했고, 실제 관광객들이 그의 건축을 방문한 후 퍼뜨린 입소문 효과도 크다. 하지만 내가 첫 방문했을 무렵에 가우디는 건축계의 변종인 기이한 건축가, 아르누보시대를 리드한 건축가, 스페인 카탈루냐 지역 문화의 독특한 건축가라는 위치였을 뿐 그리 대중적인 인물은 아니었다.

가우디 디자인의 화려한 색감, 타일과 돌의 모자이크, 외계에 있을 법한 형태, 관능적인 취향의 장식물 등 대중적이고 환상적인 코드에 감탄하다보면 가우디가 열정적이고 화려한 스페인 사람이라 여기게 된다. 플라멩코 춤과 투우의 열정에 녹아 있는 스페인에 대한 고정관념이 작동하는 것이다. 나도 그랬다.

그런데 놀랍게도 가우디는 정반대 기질의 사람이었다. 꼼꼼하고 치밀하고 엄정하고 금욕적이고 절제하는 수도사적 삶을 살아왔다는 게 믿기지 않을 정도다. 작은 기념관에서 그의 일생에 대해서 처음으로 알게 됐다. 평생 독신이었음을, 평생 바르셀로나 지역을 떠나지 않았음을, 청빈한 삶을 살았음을, 성당 건축을 소명으로 삼고 모금까지 나섰음을, 매일 현장에 출퇴근하다가 전차에 치여 죽음에 이르렀음을, 신원 미상으로 방치되었다가 발견되었음을. 이런 사연을 알고 폐허 같은 성당의 탑에 올라 나는 인생의 무상함과 인간의 의지를 떠올리며 눈물지었다.

최고의 인간은 곳곳에 있다. 유명인사가 아닐지라도 자신의 기준에 '최고다'라고 느끼면 된다. 무언가 영감을 주는 사람, 감동을 주는 사람, 깨달음을 주는 사람, 인간의 위대함을 느끼게 해주는 사람 또는 필멸하는 인간의 운명을 일깨워주는 사람 등 인간의 비밀과 인생의 비밀 한 조각이나마 알려주는 사람이면 된다. 그런 사람들을 마음속에 많이 품을수록 여행도 풍부해지고 인생도 풍부해진다. 막연히 유명하다고만 알고 있던 사람에게서 인간으로서의 모습을 발견할 때 더욱 감동이 커지는 것도 사실이다.

솔직히 레오나르도 다빈치 같은 경우에는 감성보다 이성을 작동시키는지라 그를 깊이 존경하지만 막 사랑하게 되지는 않는 인물이다. 이 말을 밀라노 시민이 듣는다면 불같이 화를 낼 테지만 말이다. 그런데 밀라노에서 다빈치를 미친 듯이 존경하는 한 디자이너와 긴 오찬 대화를 나눈 후 그가 선물한 다빈치의 수많은 연구노트를 보고 나서 나는 마음을 바꿨다. 그래, 인간이 다다를 수 있는 최고 경지의 천재가 확실하구나! 나는 다빈치의 탐구심을 경외한다. 그림과 시와 수학과 해부와 비행기와 잠수함과 비정형 기하학을 오가며 불태웠던 다빈치의 탐구심을 추앙한다. 「모나리자」와 「최후의 만찬」에 비밀스러운 단서를 심어놓아 후대 인간의 상상력을 자극한 무한한 역량에 경외심을 보낸다.

헤이그에 출장 갔다가 판화가 마우리츠 코르넬리스 에스

허르의 박물관이 있다는 것을 알고 일부러 시간 내서 찾아갔는데, 내가 품었던 평소의 호기심을 충족시킬 수 있었다. 생전에 미술가가 아니라 수학자라고 폄하되며 미술계에서 무시당한 에스허르, 나는 그의 미친 듯한 집착을 너무 신기해했다. 에스허르는 디지털 세계, SF영화, 멀티버스^{multi-verse}를 반세기 전에 예측이나 한 듯이 무한 세계와 착시와 균열과 무한 변이, 4차원 세계를 그려냈는데, 이게 다 손으로 한 수작업이었다는 사실이 놀랍다.

이 특이한 인간이 어떻게 출현했을까 무척 궁금했는데, 그가 이탈리아와 스페인을 여행하면서 중세의 미로 도시들, 그리고 이슬람문화가 만든 알함브라 궁전 등의 패턴 기하학에 영감을 받았다는 것을 알고 '아하!' 했었다.

막내의 '작은 결혼식'에 참석하러 샌프란시스코에 갔던 적이 있다. 그 여행에서 가장 기억에 남는 것은 정작 결혼식이 아니라 뉴욕현대미술관^{MOMA}에서 열렸던 '뭉크 특별전'이었다. 현대인의 우울과 불안, 트라우마를 가장 극적으로 표현했다고 일컬어지는 「절규」 연작을 실물로 봤을 뿐 아니라 그의 「마돈나」 「키스」 등 몽환적인 그림들을 보면서 처음으로 노르웨이에 가고 싶어졌다.

에드바르 뭉크의 결코 행복하지 않은 음울한 분위기의 그림들이 마음을 흔드는 이유는 무엇일까? 정신질환으로 고생하던 뭉크가 여든까지 살며 말년 전원생활 후 그린 풍경화들을 보면서 고통 속의 한 인간이 평생 그림으로 자신의 내면을 다스렸음을 알고 뭉클해졌다. 예술가는 가도 그의 작품은 세계를 여행하며 사람들의 마음을 사로잡는다.

나는 아무래도 시각 예술가들을 만나는 것을 더욱 흥미롭게 여기지만 빈에서는 베토벤의 집을 찾아갔고, 상트페테르부르크에서 도스토옙스키의 무덤을, 프라하에서는 카프카의 초라한 집을, 키웨스트에서는 헤밍웨이의 집을 찾아갔다. 이유는 다른 게 아니다. 이 뛰어난 인간들을 다시 한번 내 인생에 소환하기 위해서다. 여행길에서 정치인과 과학자, 사상가의 흔적을 찾는 것도 마찬가지 맥락이다. 그 사람들의 한계와 인간적인 허점을 알지만, 그들의 내면과 바람과 노력과 재능과 투쟁과 고통과 번민이 만들어낸 최고의 인간성을 확인하고 싶은 것이다. 세계는 넓고 인간은 위대하다.

스리랑카에서 만난

무명의 상남자와 상여자

　　　　　여행길에서 만나는 인물은 너무나도 유명한, 이미 알고 있던 인물만은 아니다. 전혀 모르던 인물을 찾게 될 수도 있다. 무심해서 몰랐거나 그 지역에서 특별히 존경받는 인물을 새삼 발견하게 될 수도 있다. 한순간 한순간이 다 느낌표다. 특히 유명하지 않은, 성명부지 인간의 흔적을 발견할 때의 감동은 참으로 크다.

　스리랑카의 한 유적지에서 만난 불상에 나는 압도되었다. 유적도시 폴론나루와 근처에 있는 야외 사원 갈비하라에 있는 불상이었다. 조각한 불상을 갖다 놓은 것이 아니라 현장에 있는 엄청나게 큰 바위에 바로 조각한 것이었다. 하나가 아니라 입상, 와상, 좌상 셋이다. 꽤 너른 마당이 앞에 있고 너럭바위까지 있어서 솔솔 바람을 쐬며 하염없이 앉아서 바라볼 수 있다. 세 불상 모두 빼어나지만 서 있는 부처에 나는 반해버렸다. 하도 근사해서 사진을 찍어 SNS에 올리니, 친구들이 다 같이 "우아~ 이 상남자가 대체 누구야?"하며 궁금해했다.

　통상 보는 우리 불상과 꽤 다르다. 일단 늘씬하다. 롱다리다. 두 팔로 교차 팔짱을 한 것도 이색적이다. 갸름한 얼굴에 높고 기다란 콧날에 선명한 입매다. 이 입상을 신비롭게 만드는 것은 얼굴과 몸 전체를 마치 베일처럼, 바람처럼 훑고 지나가는 화강암 본래의 무늬다. 전체적으로는 갈색 톤인데 이 무늬는 짙은 회색이다. 얼굴을 스치며 지나가는 번뇌라 할까, 지혜를 드리워주는 아우라라고 할까? 미묘한 분위기를 자아낸다.

불상의 모델은 각 문화권의 사람 모습에서 나온다. 그래서 중국과 우리나라와 일본과 동남아시아의 불상이 그리 다른 것이다. 백제와 신라와 고구려의 불상 모습이 다른 것도 그 때문이다. 예수의 얼굴이 문화권마다 다르게 그려진 것도 그 때문이다. 일상에서 눈에 띄는 가장 아름다운 얼굴의 모델을 좇아서 가장 이상적인 얼굴과 몸매를 만드는 과정을 거치는 것이다. 스리랑카의 불상(부처가 아니라 부처의 수제자, 아난다라는 설도 있다고 한다)은 당시 신할리즈족의 특색을 따라 만들었을 것임에 분명하다. 이렇게 멋졌었구나!

한 이름 모를 사찰에서는 한 이름 모를 상여자를 만났다. 마치 조계사처럼 도시 한가운데 있는 사찰이었다. 여러층으로 계속 붙여 지은 건물로 빼곡하게 둘러싸인 마당에는 영험해 보이는 엄청나게 큰 보리수가 건물들 위로 그늘을 드리워서 나무와 사찰이 온통 하나로 보이는 독특한 구성이었다. 스리랑카의 모든 사찰이 최고의 부를 쏟아 넣은 티가 역력하지만, 이 사찰은 그중에서도 도심 속 부자 사찰임에 분명했다. 수많은 불상들 앞에 봉헌자의 이름이 쓰여 있고, 마치 바티칸미술관처럼 부처님께 바치려고 만든 게 분명한 화려한 조각품들이 곳곳에 진열되어 있다.

조각들이 널려 있는 한 구석에서 사슴을 타고 꽃을 든 여인의 조각을 발견했다. 허리춤에 올라오는 크기인데, 조각의 정밀함도 대단했거니와 여인의 표정이 그렇게 자애로울 수가 없었다. '아, 여기에 미켈란젤로가 만든 「피에타」보다 더 연민에 가득한 여인의 상이 있구나.' 미켈란젤로보다 몇백 년 전에 만든 것이다. 종교의 힘인지, 권력의 힘인지, 예술의 힘인지 어떤 동기에서 나왔든 인간은 혼신의 힘을 다해서 자신을 구원하는 그 무엇을 창조하고자 한다.

이런 조각상은 신원 미상 작가의 작품이기에 또한 성명부지 여인의 이야기이기에 우리가 모르고 지날 뿐이다. 세계사의 패권을 움켜잡고 우리의 눈과 귀를 사로잡았던 전성기 아테네 이전, 피렌체 르네상스 이전, 근대 유럽 이전에 이미 예술혼은 인간세계 어디에서나 항상 불타고 있었던 것이다. 최고의 인간은 아직 우리에게 다가오지 않았을 뿐 세계 곳곳에 얼마나 많을까?

최고의
여성 서사

여행을 다니다보면 여성 서사를 만나기 어렵다는 게 불만스럽다. 살아 있는 사람들 중에는 비범하고 친절하며 다정한 여성이 압도적으로 많은데, 왜 이제 세상에 없는 여성들에 대한 스토리는 별로 쌓이지 않을까? 그 이유를 잘 알면서도 씁쓸하기는 마찬가지다. 이런 불만을 달래려고 나는 디자인 관련 박물관이나 시장에 자주 들른다. 그곳에는 압도적으로 여성의 작품이 많기 때문이다.

특히 실과 천을 이용한 찬란한 수공예품을 보면서 그 창의성과 상상력에 감탄하곤 한다. 그 작업이 많은 여성을 끝없는 노동에 묶어놓는 덫이기도 했겠지만 작업 과정에서 창의적 만듦을 즐기며 오롯이 자신의 시간으로 빠져들어갔을 여성들의 모습을 상상할 수 있다. 얼마나 많은 무명의 여인들이 그러했을까? 인도의 칸사^{Kantha} 스티치, 파나마의 몰라^{Molla}, 라오스 소수민족 특히 몽족의 패턴 패브릭, 핀란드의 스웨터 패턴 등 이루 헤아릴 수 없을 정도로 많다.

그중에서도 파나마의 몰라는 완전히 새로운 발견이었다. 어쩌다 내 인생에 파나마운하를 보게 되는 여행을 했던 적이 있다. 국제회의에 참가하는 계제였는데, 파나마의 역사를 상세히 알게 되며 제국주의 미국의 비열한 통치술에 새삼 분노했고, 바닷가에 즐비한 초고층 휴양 단지와 바로 옆 판자촌의 양극화 모습을 보면서 세계화의 약탈성에 한숨을 쉬었던 여행이었다. 나의 한숨을 달래준 것이 몰라였다. 여러 장의 색색가지 천을 겹치고 오려내고 바느질하여 만들어내는 기법인데, 그림의 주제는 전통 신화와 파나마 자연 소재들로 하나하나가 환상적인 작품이다. 딱 무르팍 크기이니 어딜 가나 끼고 다니며 만들었을 것이다. 그 바느질에 파나마 여인들은 자신들의 한숨을 얼마나 깊이 녹여냈을까?

역사 속에서 우리의 여인들이 작은 조각천들을 모아 한 땀 한 땀 만들었던 조각보처럼 세계 곳곳에서 얼마나 많은 여인들이 실과 바늘로 자신의 신세를 한탄하고 또 극복해냈을까 상상해본다. 그들은 자신이 얼마나 위대한 작업을 하는지도 모르고 그저 작업을 했을 것이다. 위대함은 평범한 일상에서 자기도 모르게 태어나는지도 모른다.

헬싱키의 디자인박물관을 찾았을 때, 핀란드 유수의 디자인 브랜드 '마리메코'Marimekko를 창시한 디자이너 아미 라티아의 존재를 흐뭇하게 발견했던 적이 있다. 어둡고 침울한 날씨를 이겨내게 해주는 화려한 원색 꽃무늬 천으로 시작해서 패션과 생활용품 디자인 전문야로 활동을 넓힌 마리메코 브랜드의 디자인 변천사를 세세히 기록하고, 라티아의 혁신적이고 과감한 디자인 작업을 조명한 박물관에서 여성의 또다른 미래를 볼 수 있었다. 자본주의사회에 이르러서 여성의 소비력이 커지면서 생긴 변화일 뿐 아니라 감성의 세계와 생활의 세계로 가능성을 넓히는 변화일 것이다.

역사에서 여성의 작업, 여성의 존재가 더욱 드러나기를, 객체로서의 여성뿐 아니라 주체로서의 여성이 더욱 조명되기를, 평범함 속에서의 창조적인 작업들이 더욱 주목받기를 바라본다. 인간세계를 훨씬 더 풍부하게 만들어줄 것임에 분명하다.

최고의 인간,

또다른 나를 찾아서

　　　　예술은 민중예술이건 고급예술이건 인간의
감정을 표현하고 소통하는 최고의 매체다. 무어라 이름 지
을 수 없다 하더라도 가슴을 파고드는 감정을 느끼게 만든
다. 예술이란 그것이 아무리 고된 노동이라 하더라도, 아무
리 억압적인 환경에서 강요되었다 하더라도 작업을 통해
그 사람 자체를 키우고 변화시키며 길이 남는 작업들을 남
긴다. 그렇게 스스로 최고의 인간이 된 사람들을 보면서 또
다른 나의 모습을 찾고 또다른 가능성을 찾게 만들어준다.
여행에서 최고의 인간을 찾으며 심안心眼을 깨우는 것은 즐
겁다. 또다른 나를 찾는 것은 여행 최고의 만남이자 최고의
축복이다.

　그 또다른 나는 '예술적 나'다. 예술은 사실 인간의 모든
행위를 포괄하는 개념이다. 미술, 문학, 음악, 건축 등의 전
문 형식을 통하지 않는다 하더라도 인간의 모든 작업은 일
정 수준을 넘어서면 예술의 경지에 오른다. 정치, 행정, 과
학, 교육, 인문학, 종교, 기업, 상업, 스포츠, 농사, 요리, 봉사,
살림 등 우리의 삶을 이루는 모든 일들이 그러하다. 예술적

경지를 이뤘던 인간들이 남긴 성공과 실패, 무엇보다도 그들의 의지와 도전은 우리의 잠자던 감각을 일깨우고 숨어 있던 감성을 다시 돋게 만들고 눌려 있던 의욕을 되살린다. 내가 꿈꿀 수 있는 또다른 나를 발견하게 해줄 최고의 인간들을 여행길에서 만나보자.

여행길에서 만나는 최고의 인간들,

우리의 또다른 모습이다.

당신이 그리는 최고의 인간은 누구인가?

여행길에서 드러나는 나의 본색

어리석음과 집착과 트라우마

나는 얼마나 어리석은가?

나는 얼마나 이상한가?

의외의 본색이 드러나는 여행길.

　　여행이란 우리가 열심히 구축해온 일상의 성채를 깨는 사건이다. 익숙한 일상, 낯익은 사람들, 손에 익은 물건들에서 벗어나서 예기치 못했던 만남, 낯선 사람들과 문물을 마주치면서 새로운 자극을 받는다. 이 과정에서 자신의 본색이 저도 모르게 튀어나온다. 평소에 익숙했던 보호장치가 효력이 없어지고 평소에 썼던 가면을 벗어던져야 하는 상황도 맞닥뜨리게 된다. 당황스럽기도 하지만 또 흥미진진하기도 하다. 내가 원래 이런 사람이었나? 나는 이런 성향을 잘도 숨기고 사는구나! 나의 비밀은 또 어디 깊은 곳에 감춰져 있을까?

나의 집착

비밀 아닌 비밀. 나는 베개를 끼고 여행길에 나선다. 짐을 꾸린 뒤 마지막에 베개를 눌러 넣고 낑낑대며 트렁크를 닫거나, 자동차 여행의 경우에는 차 안에 던져놓는다. 어떤 장소에서도 잠을 잘 자는 체질인데 그 비결은 베개다. 평평해서 반으로 접으면 머리를 폭 싸안을 정도로 푹신하고 펼치면 배를 덮을 정도의 크기라 낮잠에 빠지기도 딱이다. 딸 둘은 어릴 적에 엄마 냄새가 배어 있는 이 베개를 상속받겠다고 서로 경쟁까지 했다.

이 베개는 내가 뿌리를 내리는 단서다. 격한 하루를 쉽게 하는 평온의 도구다. 무슨 일이 일어났든 오늘 하루도 지나가리라 믿게 만든다. 베개에 머리가 닿는 순간 잠의 세계에 빠져들며 내일은 내일의 태양이 뜨리라 믿게 만든다. 아기가 애착 담요, 애착 인형이 있어야 잠을 잘 자듯 낯선 여행길에서도 뭔가 기댈 데가 있는 것처럼 이 베개는 나를 안심시킨다.

이 소중한 베개를 한 여행길에서 그만 잃어버리고 말았다. 그 전날 온종일 달려서 남해 구석구석을 탐험하다가 거제도 해변의 한 작은 호텔에 들어 잠을 잤는데, 새벽 일찍 나서며 두고 나온 것이다. 서너시간 뒤 이 분실을 깨닫고 나는 안절부절 난리가 났다. 돌아가기엔 너무 멀리 왔고, 밤늦게 도착한지라 호텔 이름도 모르고 들어갔던 터다. 방법이 없다. 센티멘털 가치와는 담쌓고 사는 남편은 "잊어버려. 새로 사면 되지 뭐" 하고, 두 딸은 새벽에 설레발을 쳤던 나를 타박하면서도 자기네들도 엄마의 그 사랑스러운 베개 분실을 애석해했다.

이대로 포기해야 하나? 그런데 포기할 나인가? 어림도 없다. 거제 해변에 있는 호텔이니 '거제 비치 호텔' 아닐까? 검색을 해보니 정말 그런 호텔이 있었다. 여자 매니저가 전화를 받는다. 다행히 방 번호는 정확히 기억이 난다. 간밤에 방 찾느라 복도에서 더듬거렸던 덕분이다. "저요, 제가 어제 ○○○호에 뭘 두고 왔는데요." 잠시 부스럭대더니 "그 방엔 투숙객이 없었는데요" 한다. 나는 '아니 귀신이 잤다는 말이야?' 속엣말을 했다. "저희가 밤늦게 들어가서 장부에 없는 것 아닐까요? 혹시 분실물 없던가요?" 묻자, "뭔데요?"

하고 되묻는 말에 나는 잠깐 망설이다가(속으로 어찌나 민망하던지) "저… 베갠데요" 했다. "베개요?" 전화 끝에서 피식 웃는 소리가 나는 듯했다. 그래도 "간밤에 알바가 일했는데, 알아볼게요" 해준다. 나는 애걸복걸 모드가 됐다. 가족까지 팔았다. "우리 가족에게 소중한 거라서요. 혹시 찾으면 연락 주시겠어요?" 저녁께 전화가 왔다, 찾았다고. 나는 남은 여행을 날아다녔다.

그런데 며칠이 지나도 택배가 안 왔다. 안절부절못하며 전화를 걸까 말까 고심하던 차에 드디어 택배가 도착했다. 거제도의 그 유명한 명품인 멸치 박스다. 안에는 베개가 고이 들어 있었다. 이 베개는 나의 인생과 아직도 같이한다. 가끔 목욕도 하고 옷도 갈아입으면서 말이다. 이제는 다 큰 딸들이 상속받겠다고 나서지도 않겠지만, 내 마음속에는 중요한 상속품으로 자리잡았다. 그런데 정말 궁금하다. 호텔 방에 홀로 남겨졌을 때 이 베개는 무슨 생각을 했을까? 지금은 무슨 생각을 하고 있을까? 자기에게 보내는 내 마음을 이 베개는 알까?

공포의 밤

　　　내가 가까운 사람들에게만 어쩌다 들려주는 에피소드가 있다. 씩씩해 보이는 내가 얼마나 허당인지 보여주는 사건이라 듣는 사람들은 배꼽을 잡는다.

　유럽 일정의 마지막 코스로 네덜란드 암스테르담에 내렸을 때다. 늦은 저녁 시간인지라 공항 근처의 중국집을 찾아 오랜만에 익숙한 음식을 거나하게 먹고 호텔에 찾아들었다. 규모가 꽤 큰 호텔인데 고층은 아니고 5층 높이의 몇개 동이 연결된 구성이다. 동행했던 팀원들은 다 어느 동의 비슷한 층에 들어가는 것 같은데, 위원장을 잘 모시겠답시고 나를 특실에 배정한 것 같다. 전체적으로 어둑어둑하고 고요한 복도를 지나 방으로 들어가니 역시 특실처럼 컸다.

　발코니로 나가보니(나는 호텔 방에 들어가면 발코니 체크를 먼저 하는 습성이 있다) 옆 동은 환한데 내가 있는 동에는 내 방만 빼고 불이 다 꺼져 있었다. 이 큰 동에 나만 체크인한 거야? 방 한가운데에 커다란 킹사이즈 침대가 있고 바로 옆에 엄청나게 큰 자쿠지(기포가 나오는 욕조)가 있다. 아니 무슨 러브호텔이야, 뭐야? 인테리어 분위기는 좋은 말로 하면 빈티지풍이었고 나쁜 말로 하면 칙칙했다. 호텔 방은 전세계적으로 밝은 색조로 꾸며지는 경향이 있는데, 여기는 자주색, 진녹색, 적갈색 등 온통 짙은 색이다. 마치 렘브란트나 페르메이르 그림에 나올 만한 더치풍 인테리어라고 할까? 벽에는 장식이 화려한 액자 속에 풍경화와 실내화가 걸려 있는데 마치 17세기의 어느 살롱에 들어온 것 같은 분위기였다.

화장실 역시 어두운 색조의 인테리어다. 깜짝 놀랐던 게 세면대 높이가 내 가슴께에 닿던 것이다. 구두를 신고 뒤꿈치를 한껏 들고 서도 여전히 높아서, "흡~!" 하며 숨을 들이마셔야 할 정도였다. 지구촌에서 키가 제일 크다는 네덜란드 사람의 위력을 새삼 느꼈다. 190센티미터에 달하는 네덜란드 남자 평균 키에 맞췄나? 아주 낯선 경험이었다.

고립된 분위기, 칙칙한 분위기, 낯선 분위기에 눌려서 기분 전환을 위해 거품목욕을 하기로 했다. 그러면 러브호텔같이 핑크무드가 피어오르고 단잠을 이루리라 싶었다. 정말 큰 자쿠지다. 두 사람의 입욕을 상정했음에 분명하다. 고급 대리석으로 회색과 적갈색의 돌무늬가 멋지다. 그런데물을 채우려는 찰나, 뭔가 내 눈을 사로잡았다. 자쿠지 바닥에 있는 붉은 얼룩이다. 갑자기 등골이 서늘해졌다. 뭐가 묻은 거겠지. 근데 뭐가? 샤워기를 세게 틀고 닦아도 없어지지 않는다. 대리석 돌무늬 아닐까? 그런데 다른 부분의 돌무늬하고는 형상이 완전히 다르다. 통상적인 대리석 무늬와 달리 마치 번진 것 같은 형태다. 검붉은 부분으로부터 연붉은 부분이 퍼져 있는 것처럼 보인다. 대체 뭐지?

자쿠지에 들어갈 마음은 한순간에 사라져버렸다. 옷을 주섬주섬 걸치고 마음을 가라앉히느라 TV도 틀고 침대에 들었다. 그러나 어두운 상상은 밑도 끝도 없이 자라났다. 붉은 얼룩은 내 상상 속에서 이미 핏자국이 되어버렸다. 무슨 사연으로 저 핏자국이 생겼을까? 설마 살인사건의 현장이었나? 이 빈티지풍의 호텔 방에서 영화 「바톤 핑크」(1991)의 괴기한 호텔 방 분위기가 떠올랐고, 어두운 색조의 벽에서도 스멀스멀 공포가 번지던 영화 「샤이닝」(1980)의 장면도 떠올랐다. 설마 그런 일이 생겼겠어? 그랬다면 저 핏자국을 완전히 지웠겠지. 아니 누가 핏자국이라고 했어? 그냥 대리석 무늬일 뿐이잖아?

여기까지라면 누구에게나 찾아오는, 막연한 공포심에 사로잡힌 어떤 밤의 이야기다. 어릴 적에 사로잡혔던 공포의 밤에 대한 기억은 누구에게나 있지 않은가? 인간의 마음은 우습게 작용하는 것이어서, 영화 「인셉션」(2010)에서 묘사하는 것처럼 생각의 씨앗이 심기면 여간해서 다른 모드로 바꾸지 못하고 자신의 모든 기량을 총동원해서 그 생각을 심화시키고 증폭시킨다. 어른이 되면 더해지는지도 모른다.

내가 그다음에 했던 짓은 민망하고 우스꽝스럽다. 엔간한 지위에 있는 사회인이라면 절대 안 할 짓이다. 하지만 나는 절박해졌다. 이렇게 무서운 상상으로 치닫다가는 잠도 못 자겠거니와 틀림없이 험한 꿈까지 찾아올 것이다. 게다가 내일 밤도 머물 텐데 이렇게 찜찜해할 수는 없다. 나는 동행했던 팀장에게 전화를 걸었다. 다른 동에 있는 방으로 바꾸게 해달라고. 곧 걸려온 전화인즉슨 호텔 측에서 방이 없다고 한단다. 내 목소리가 심상찮음을 알아챈 이 센스 있는 팀장이 그제야 이유를 물어봤다. 주저하면서 나의 이유 있는(?) 공포심을 이야기하자, 와보겠다고 한다. 와서 묵묵하게 돌아보더니 공감하는 건지 비웃는 건지 모르겠으나 "그럼 위원장님 방과 제 방을 바꾸시지요" 한다. 나는 선뜻 받아들였다. "오케이. 팀장님, 자쿠지 맘껏 즐기세요." 한밤중에 짐을 다시 싸 들고 그 팀장의 방으로 옮겼다. 칙칙한 인테리어는 비슷했지만 적어도 방 한가운데에 핏자국 자쿠지는 없었다.

　지나치게 유난 떤 것 아닌가? 너무 심약한 여성 티를 냈나? 겁 많음을 너무 드러낸 것 아닌가? 아침에 시치미를 뚝 떼고 간밤의 에피소드를 얘기했더니 온통 남자들인 팀원들은 박장대소를 한다. 이 터프한 위원장의 약점을 발견한 것이 은근히 즐거웠던 모양이다. 나중에 여행 뒤풀이를 하는 자리에서 이 에피소드를 세세히 얘기했는데, 이구동성으로 "그런데 그 호텔 인테리어가 영 묘하긴 했어요" 토로한다. 나는 그 팀장에게 물어봤다. "그래서 특실에서 근사하게 자쿠지 했어요?" 그 듬직하고 침착한 팀장의 답변. "못 했습니다. 하려니까 영 무섭더라고요." 다 같이 데구르르 굴렀다. 그 팀장에게까지 공포심을 인셉션하는 데에 내가 완전히 성공했던 것이다.

여행 짐에서 드러나는
나

　　　　여행길에서뿐 아니라 여행 짐 자체에서 우리 성향이 고대로 보인다. 제일 중요하게 생각하는 게 뭔지, 무서워하는 게 뭔지, 좋아하는 게 뭔지 등. 여행 짐에서 그 여행길의 성격이 고대로 드러나기도 한다. 왜 '배낭족'이라고 하겠는가? 배낭 하나에 모든 걸 쓸어 넣고 세계를 누비는 여행객을 '배낭'이라는 하나의 단어가 담고 있다. 배낭에서 바퀴 달린 트렁크로 바뀌면서 여행길의 속성이 달라진다. 트렁크 하나에서 둘로 바뀔 때, 비행기 짐칸에 넣을 수 있는 규격에서 꼭 부쳐야 하는 트렁크가 될 때 여행 성격이 또 바뀐다.

나는 배낭족까지는 못 되어도 트렁크보다는 배낭 메기를 즐긴다. 급하면 메고 뛸 수 있다는 믿음 때문이다. 바퀴 달린 가방은 딱 한개로 제한한다. 짧은 여행이든 긴 여행이든 마찬가지다. 이 뜻은 뭔가? 여행 중에 옷을 잘 안 갈아입거나 세탁을 한다, 이동성을 중시한다, 한 손은 꼭 비워두고자 한다, 바퀴 가방을 쉽게 끌기 어려운 여행길을 곧잘 선택한다는 뜻이다.

내가 꼭 챙기는 게 유일하게 하나 있다. 가외 안경이다. 혹시나 안경이 깨지거나 잃어버릴 때를 대비해서다. 안경이 없으면 움직일 수 없을 정도로 시력이 낮은데다가, 난시까지 있어 쉽게 안경을 맞출 수도 없기 때문이다. 요새는 안경줄까지 챙긴다. 동강 래프팅과 그 유명한 라오스 방비앵

래프팅을 하다가 안경을 물에 떨어뜨려 식겁했던 적이 있기 때문이다. '이놈의 안경' 때문에 못 하는 게 무지 많다. 하늘을 나는 것, 물속을 누비는 것은 다 저어한다. '저거 하다가 안경 벗겨지면 어떡하느냐?'는 생각부터 먼저 드는 걸 보면 확실히 트라우마다.

전쟁영화나 재앙영화에서 안경이 깨지는 걸 보면 내가 다 소스라친다. 이제 저 사람은 완전히 무력화됐구나 하는 생각이 들며 어떻게 헤쳐 나갈지 걱정부터 들고 어떻게 빠져나갈지 호기심이 발동한다. 가끔은 비슷한 상황이 꿈에 나오는데, 영화에서 봤던 해결책까지 떠올리면서 헤쳐 가려고 하는데 잘 안 되어서 애를 먹는 꿈이다. 오래되었으니 이젠 나의 트라우마를 잘 알아챌 정도가 되었다.

나를 무력화시키려면 내 안경을 뺏으면 된다. 안경이 없으면 수영도 잘 못하고 잘 못 걷고, 뛰거나 오르내리기는 전혀 못 한다. 하다못해 공중목욕탕에도 안경 끼고 들어갈 정도이니 나의 트라우마를 알 만하다. 실제 여행길에서 안경을 잃어버린 적은 한 번도 없다. 딱 한 번 제주 여행에서 안경다리가 부러진 적이 있었는데, 안경점에서 바로 고쳤다. 실제 사고는 거의 일어나지 않는 확률인 것이다. 아무리 확률이 그렇더라도 나는 분명 또 가외 안경을 챙길 것이다. 트라우마는 벗어나기 어렵다. 내 트라우마를 잘 알고 대처를 제대로 하면 된다.

나를 파악하게 되는
여행길

이렇게 털어놓았으니 독자들은 다 알게 되었다. 내가 얼마나 어린아이 같은지, 익숙한 장난감이 없으면 보채고 그 장난감을 잃어버리면 온 세상이 떠나가도록 난리를 치는 어린아이 같은지 말이다. 어릴 적과 다른 점은 보채는 방식이나 난리 치는 방식의 차이일 뿐이다.

독자들은 내가 또 얼마나 어리석은지도 알게 되었을 것이다. 머리로는 합리적으로 판단하면서도 스멀스멀 마음에 피어오르는 감정을 떨치지 못하는 것이다. 얼토당토않게도 나는 붉은 얼룩에서 핏자국을 상상했고, 핏자국에서 살인을 상상했으며, 어리석게도 그동안의 간접기억을 총동원해서 그 상상을 증폭시키고 심화시켰으며, 남에게 그 공포심을 감염시키기까지 했다.

애착 베개를 끼고 다니는 습성은 나의 분리불안 때문일

까? 내가 워낙 '센티멘털 가치'를 중요시하는 걸까? 여행길에서도 일상의 뿌리를 하나쯤 갖고 싶어하는 걸까? 왜? 내가 아직도 잘 모르는 나의 집착 대상은 또 뭘까? 여행은 나의 아이스러움을 발견해내는 사건으로 이어진다. 여행길은 이렇게 우리 안의 의외의 속성을 드러내게 만든다. 일상에서라면 전혀 못 느꼈을 나의 속 모습, 다른 모습이 의외의 상황에서 등장하는 것이다. 때로는 낯설고 때로는 당황스러운 모습이지만, 그것을 발견해서 고맙다. 우리는 각자 조금은 어리석고, 많이 부족하고, 이상한 심리에 포획되기도 하는 약한 존재인 것이다. 내가 다만 인간일 뿐임을 새삼 깨달음으로써 인생을 헤쳐 가는 우리의 지혜도 늘어난다.

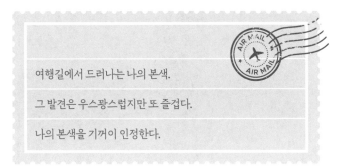

여행길에서 드러나는 나의 본색.

그 발견은 우스꽝스럽지만 또 즐겁다.

나의 본색을 기꺼이 인정한다.

2부

관계 —————— 자유와 모험을 허하라

여행의 시간 속에서 진화하는 우리의 일상적 관계.

낯선 환경과 예측 불가한 사건들 속에서

관계의 의미가 새삼스럽고, 새로운 고리도 생긴다.

좌충우돌하는 모험과 자유의 시간 속에서,

깨지지 않고 동행하는 커플의 요령을 익힌다.

아이들의 무한한 호기심과 잠재력을 발견한다.

부모가 용케도 억눌러온 욕망을 재발견한다.

강아지야, 강아지야!

함께 여행 가지 않는다면 가족이겠니?

커플여행은 안전하지도 완벽하지도 않다

⑥
커플여행은 위험하다

슬로우 시티 루앙프라방에서 갈라서다

> 너를 더 발견하기 위해서,
> 나를 더 알려주기 위해서,
> 우리 관계의 의미를 발견하기 위해서.

　　루앙프라방은 대표적인 슬로우 시티^{slow city}다. 말이 도시지 사실 마을 같다. 규모도 작거니와 전원 속에 들어앉은 푸르른 분위기가 그렇다. 왕정시대 라오스의 수도여서 역사유적이 많고 프랑스 식민시대에 지어진 퓨전 양식의 건축물들이 잘 보전되어 있어서 유네스코 세계문화유산으로 지정된 도시다. 유명한 고사찰이 많고 새벽에 탁발^{托鉢}하는 승려 행진이 유명하다. 주홍색 승려복을 가볍게 걸친 스님들과 어린 신도들, 청년 신도들이 줄지어 새벽마다 길거리에서 큰 바구니를 들고 동냥을 하고, 주민들과 여행객들이 찹쌀밥과 과일을 준비하고 있다가 절하며 건네는 모습이 이채롭다. 청년과 어린이도 일정 기간 사원에 머무르면서 불경을 공부하고 명상과 탁발을 수행하는 제도가 운영되는데, 라오스 사람들의 말씨와 몸짓이 부드럽고 온화하게 느껴지는 이유가 어릴 적부터 익히는 불교 수양 덕분이 아닌가 싶다. 그런데 우리 부부는 이 평화롭고 평온한 루앙프라방 길 위에서 싸움을 하고 갈라섰다.

너무 같이 붙어 있으면
위험해!

인생에서 가장 많이 하는 여행은 아마도 커플여행일 것이다. 홀로여행이 내가 선호하는 여행 1순위이지만 세월이 쌓이고 보니 커플여행이 가장 많음을 이제는 알겠다. 홀로여행, 가족여행, 친구들과의 여행, 동료들과의 여행보다 더 잦은 것이 커플여행이다.

왜 커플일까? 외로움이 덜해져서, 안전하다고 느낄 수 있어서, 불안이 덜해져서, 한 사람만 남겨두면 괜히 미안해서, 두 사람이면 비용이 절약되어서, 음식 주문하기 좋아서, 혹시 문제가 생길 때 기댈 수 있어서, 커플로 신청하면 여행사도 숙소도 반겨주어서 등 누구나 고개를 끄덕일 만한 이유들이다. 물론 로맨틱한 이유도 있다. 근사한 것을 보면 나누고 싶어지는 게 인지상정인데 그 순간에 옆에 사람이 있으면 기쁨이 커진다.

그러나 커플여행이란 결코 안전하지도 완전하지도 않다. 호르몬이 들끓을 시절의 커플여행은 상대적으로 안전하다. 트러블이 생기더라도 스킨십과 섹스가 돌파구가 될 수 있을뿐더러 상투적인 제스처를 조금만 써도 갈등은 녹아내린다. 배려든 찬양이든 립서비스든 서로 성의를 보일 태세가 되어 있고 충분히 감격해주겠다는 태세가 되어 있으니 갈등은 쉽게 풀릴 수 있다.

서로 잘 보이려 하는 단계, 서로 맞추려는 단계, 서로 발견하려는 단계, 서로 신기하기만 한 단계에서 하는 커플여행은 최고의 축복이다. '너무 이뻐서, 너무 멋있어서, 너무 비슷해서, 너무 달라서, 너무 잘해줘서, 너무 재미있어서, 너무 쿨해서, 너무 잘 맞아서' 등 서로의 장점과 강점은 물론 약점과 단점까지도 싸안을 태세가 충만하다. 이런 상태에 있는 커플은 사실 여행이라는 특별한 시간 자체가 별로 필요 없을 텐데도 오직 둘만의 시간을 위해서 여행을 구실로 삼는다.

하지만 커플의 관계가 항상 이런 것만은 아님을 알 만한 사람은 다 안다. 남들은 '좋겠네, 좋았겠네!' 부러워하지만 신혼여행이나 커플여행에서 바로 깨지는 경우도 있다. 시간을 계속 같이 보낼 때 생기는 문제가 커플이라고 다르지 않다. 절친과 한 방을 쓰는 여행을 한 후에 사이가 멀어진다고들 하는데 커플이라고 별수 있겠나? 24시간을 같이 보내면 어김없이 서로에게 서운하고 불만이 생기는 사안들이 생기고 그게 여러날 쌓이면 스트레스 지수가 급등한다. 일상에서는 적당히 거리를 두며 살 수 있지만 딱 둘만 있는 여행에서는 그게 안 된다. 평소의 버릇이 고대로 드러나거니와 잠시 피할 데도 없다.

'왜 아침에 그리 설치며, 왜 밤에 그리 늦게까지 불을 켜고 있으며, 왜 코는 그리 골며, 왜 먹성은 그리 좋으며, 또는 왜 그리 가리는 게 많은지, 왜 쓸데없는 일에 신경을 곤두세우는지, 왜 나한테 스트레스를 폭발하는지, 왜 그리 까칠하게 구는지, 왜 그리 산만한지, 왜 그리 철두철미 계획적인지, 왜 그리 즉흥적인지, 왜 시간을 그리 안 지키는지, 왜 시간 지키는 데 그리 집착을 하는지, 왜 매사에 그리 불만이 많은지, 왜 매사에 지적질을 해대는지, 왜 같은 말을 반복하는지, 왜 물건을 자꾸 잃어버리는지, 왜 잘 안 챙기는지, 왜 그리 민감한지, 왜 그리 둔감한지' 등 왜, 왜, 왜의 연속이다. 이 모든 '왜?'가 내 인생의 커플여행에서도 발견했던 온갖 불만들임을 확실하게 말할 수 있다. 그리고 내 상식에 의하면 모든 커플들이 그러할 것이다.

물론 이것은 상대적인 것이다. 어느 한편만의 문제가 아니다. 나의 불만만큼이나 상대의 불만도 쌓인다. 연대감을 높이고 불만을 해소하고 스트레스를 날려버릴 여행의 기회가 오히려 불만을 키우고 갈등을 폭발시키는 계제가 될 위험이 농후하다. 이러다가 커플이 아무 말도 없이 앉아 있거나, 핸드폰에 각자 코를 박고 있거나, 각기 다른 곳을 바라보고 있는 장면이 불거진다. 너무 붙어 있거나 쪽쪽 빨아대는 모습도 볼썽사납지만, 커플답지 않은 커플의 모습을 보는 것도 불편하긴 마찬가지다. 불행히도 이런 모습이 흔하다는 게 현실이지만.

현실 커플여행의
정수는?

커플여행의 최고봉을 신혼여행으로 여기는 통설에 나는 그리 동의하기 어렵다. 신혼여행을 신성시하는 것 자체가 너무 관습적이다. 언제 이렇게 해보랴 하는 심정으로 모든 재원을 가동해서 거창한 신혼여행을 떠나고 주변도 축복하는 분위기지만, 신혼여행이란 대가족을 이루어 살던 중매 대세 시대에서나 필수 아니었을까? 커플만의 새 보금자리를 미리 마련하고, 대부분 연애결혼이고, 그런가 하면 결혼식 자체가 엄청난 프로젝트가 되는 이 시대에 왜 신혼여행이 필요할까? 양가 신경전에, 하례객 접대에, 자질구레한 형식을 치르느라 신랑신부가 제일 피곤해지는 게 요즘 결혼식인데 며칠 뻗고 싶을 정도의 결혼식을 치르고 나서 신혼여행에 쫓기듯 가야 할 이유가 있나?

물론 이런 생각에는 나의 편견도 작용한다. 우리 커플 역시 남들 다 하는 대로 제주도로 신혼여행을 갔는데, 커플여행 중에서 만족도가 아주 낮은 편이었다. 일단 몸이 너무 피곤했고, 온갖 허례허식에 영혼까지 피폐해져 있었으며, 결혼식은 부모세대 기준으로 했지만 막 사회생활을 시작하는 우리 커플의 주머니는 텅 비었으니 속상했고 이제 어떻게 먹고살지 고민이 깊었던 때였다. 커플과 가족관계가 실타래처럼 얽혀 있는 결혼식이 결코 신혼여행으로 보상되지는 않는다. 차라리 결혼식은 생략하고 근사한 신혼여행을 하는 게 좋을 수도 있겠다. 최근 세태를 보면 결혼식 후 여러 달이 지난 뒤 긴 연차를 내서 해외여행을 가는 트렌드도 있던데, 아주 현명한 젊은 세대다.

우리 부부가 했던 베스트 커플여행은 유학길에 올랐을 때였다. 첫 해외여행인지라 무척 긴장했고, 유학에 대한 기대와 함께 겁도 잔뜩 먹었을 때다. 연애 5년에 결혼 4년 차였으니 나름 지루해졌을 법했지만 새로운 미션이 떠올랐고, 각기 불안과 기대에 휩싸였고, 한 팀이라는 의식이 강했을 때였던지라 의기투합했다. 믿을 사람도, 위로해줄 사람도, 자문을 받을 데도 서로밖에 없었다. 부부이자 친구이자 동지였고 팀이었다. 미국 몇 도시들에 들러 친구 집에 신세 지며 마음 준비도 하고 새로운 문물을 익히는 시간 중 서로에게 격려와 칭찬을 아끼지 않았던 여행이었다. 아직 집도 절도 없고, 살림살이 하나 없고, 차도 없었지만, 영어를 제대로 알아듣는지 서로 확인해주면서 하루하루가 즐거운 모험이었다. "피난길에 오르면 엄청 사이좋아지겠네!" 하고 농담을 건넬 정도였다. 역시 공동의 생존을 위해 서로 기댈 데가 되어줄 때 커플은 최고의 여행을 만든다.

루앙프라방에서
갈라선 이유

그런데 우리 커플은 루앙프라방 길거리에서 왜 갈라섰을까? 남편은 최대한 참는 성향이고 나는 때로 물불 안 가리는 성향이니, 이것은 내가 저질렀던 짓이다. 자세히 얘기하기 부끄러울 정도로 작은 말싸움으로 시작됐다. 그것도 루앙프라방 최고 관광지라는 왕궁박물관에서였다. 국립박물관으로 개조한 이 금빛 찬란한 왕궁에서 역사 자료를 보면서 라오스의 마지막 왕들이 '괴뢰 왕조'라 불릴 만큼 프랑스제국에 의해 세워졌고 지위는 물론 온갖 특혜와 특권을 받았던 것에 씁쓸해하던 터였다. 대부분의 식민지에서 일어났던 일이 라오스에서도 똑같이 일어났던 것이다. 베트남전쟁에서 라오스는 후방 역할을 하면서 오히려 폭격과 발목지뢰 등의 피해를 크게 받았다. 우리가 익히 아는 영화 「지옥의 묵시록」(1979)에 나오는 흑화된 커츠 대령의 모델이었던 미군 장교가 라오스 정글에서 활동했었다는 설도 알게 됐다.

이 평화롭게 보이는 루앙프라방에서 벌어졌던 비극적인 사건들에 나나 남편이나 기분이 나빠졌던가? 오가는 말에 가시가 돋쳤다. 내 버릇 중 하나인 혼잣말처럼 하는 멘트에 시큰둥한 답이 이어졌고, "내가 어떻게 알아? 그걸 왜 나한테 물어? 검색해봐!" 같은 무신경한 말을 남편이 쏟아내고 있었다. 여러번 참던 내가 드디어 폭발했다. 박물관 앞길에 나오자마자 나는 "그럼 혼자 다니구려!" 하고 바로 뒤돌아섰다. 따라오든 말든 뒤돌아보지도 않았다. 혼자 카페에 들러 커피 마시고 느릿느릿 걸어서 펜션 방으로 돌아왔다.

혼자 있으면서 내가 왜 폭발했는지 분석했다. 첫째 이유, 루앙프라방이 너무 안전하고 평온해서. 우습게 보이는 이유지만 분명히 작용했다. 루앙프라방은 남녀 가릴 것 없이 홀로 배낭족이 많은 도시다. 만약 루앙프라방이 그리 걷기 좋은 환경이 아니었더라면 나는 꾹 참고 남편과 함께 돌아왔을 가능성이 높다. 홀로여행에 익숙한 내가 그 안전함과 자유로움의 냄새를 놓칠 리가 없다.

둘째 이유, 여행 피로감이 쌓여서. 그럴 법도 하다. 보름

여 강행군의 끝 무렵이었다. 버스 타고 기차 타고 배 타고 트레킹하는 등 중저가 여행의 속도전에다가 그룹여행인지라 뒤처질 수도 없어 우리의 호흡을 제대로 못 찾고 있었다. 게다가 자유시간에도 숙소에서 쉬는 체질이 아닌 우리 행태까지 겹쳐서 피로감을 더했다.

셋째 이유, 커플 스트레스가 쌓여서. 그 여행은 우리 오래된 커플의 첫 장기 커플여행이었다. 워낙 일상에서는 부부동반이란 걸 하지 않고 가끔 짧은 국내여행을 했을 뿐인데, 모처럼 마음먹고 첫 장기 그룹여행을 했다. 동남아시아 여러곳을 가는 게 좋고 앞에서 얘기했던 메콩강 배 타기 모험이 좋아서 택했다. 세계에서 온 여러 그룹이 영어로 소통하는 환경이 완충 역할도 해주었지만 항상 우리 둘이 뭉쳐 있는 느낌이었다. 우리 생애에 그렇게 둘만 24시간 내내 함께 있어본 적이 없다. 일상의 공간, 일, 아이들, 가족들, 시간이라는 완충거리가 사라지자 커플 스트레스가 쌓였던 것이다.

남편은 서너시간 후에 돌아왔고, 우리는 적당히 냉랭함을 유지하며 마지막 일정을 소화하고 서울로 돌아왔다. 우리는 그 사건에 대해서 절대 구체적으로 얘기하지 않는다. 애칭으로 '루앙프라방 사건'이라 부르며 가끔 농담거리로 삼을 뿐이다. 괜히 긁어 부스럼 만들 필요가 없다. 다만 우리는 첫 기나긴 커플여행에서의 폭발 이후 나름 요령을 개발했다. '너무 오래 붙어 다니지 말자. 너무 피곤해지지 말자. 여행 중에도 적절히 거리감을 두자!'

피할 수 없다면
즐기라던데?

젊은 시절의 불타는 커플여행만 커플여행이 아니다. 인생 내내 계속될 여행이 커플여행이다. 아이들이 크고 나면 남은 건 커플밖에 없다. 가족여행에서는 아이들이 쿠션 역할을 해줬는데 이젠 그마저도 없다. 놀아줄 다른 사람도 마땅찮다. 친구들과의 놀이도 할 만큼 해봤고 새로운 모험을 할 연배도 아니다. 바로 이럴 때가 커플여행의 전성기다. 아이들이 독립하면 생활비도 덜 들고, 사교 비용도 줄이고, 마음만 먹으면 체면유지 비용도 과감하게 삭감할 수 있으니 여행에 비용을 할애할 여유가 생긴다. 젊을 때 더 하던 싶었던 여행을 이제 제대로 즐길 때가 온 것이다. 피할 수 없으면 즐기라는 말이 적용되는 게 오래된 부부의 커플여행이다.

나의 친구들은 우리 커플의 루앙프라방 갈라서기 이야기를 듣고 너무 좋아한다. 나를 아직 '이혼도 못 한 또는 안 한 미개인' 취급을 하기도 하고, 우리 커플의 오랜 동행을 불가사의하게 보는 친구들이다. 남이 행복한 것을 보는 것보다는 깨지는 것을 보는 게 더 재미있는 법이다. 우리 커플이 어떤 이유로 안 깨지는지 논리적으로 설명하기 어렵지만, 열심히 싸우던 시절에 했던 '아이들 크면 갈라서자'는 약속은 아예 잊어버렸다. 안 깨지는 커플여행에 대한 요령은 제법 생겼다. 공통의 관심이 있을 것, 각기의 관심이 있을 것, 완충거리를 만들 것, 체면 차릴 계제가 있을 것, 공통의 적이 있을 것, 공동의 힘으로 헤쳐 갈 어려움이 있을 것, 대화거리가 충분할 것 등.

잘 살펴보니, 우리 부부의 여행 궁합을 상당히 알게 됐다. 비용 측면에서는 천만다행으로 우리 커플은 호화로운 여행은 질색한다는 것이다. 이 기준에 어긋나는 여행은 아예 머릿속에서 지웠다. 여행 주제 중에서 역사에 대한 공통 관심이 확실할 때 아주 즐겁게 궁합을 맞췄다. 이를테면 중국의 시안 여행은 삼국지 이야기, 진시황과 서태후 이야기, 청나라의 몰락과 마오쩌둥의 행진 등 너무 흥미진진하게 전개

되어서 대화는 여행 사이사이와 여행 후에도 펼쳐졌다. 알고 보니 우리는 아시아 여행지에서 궁합이 잘 맞는다는 것도 확실히 알게 되었다.

우리 부부가 상극인 것도 있다. 남자는 자연여행을 좋아하고 여자는 도시여행을 좋아한다는 점이다. 나는 트레킹이나 등산을 질색하고 절경에 전혀 취미가 없지만 어느정도 맞춰주는 척하다가 중국의 설산과 리장 여행 후 완전히 돌아섰다. 3000~4000미터를 오르는 설산 등반에 대여섯시간을 쓰면서도 내가 무척 좋아하는 중국의 운하도시 리장에서 겨우 한시간을 쓰는 일정에 나는 화가 머리끝까지 솟아서, 앞으로 중국 여행은 따로따로 하자고 못 박았을 정도였다. 여행의 속도에 대해서는 서로 맞추는 지혜가 생겼다. 나는 남편이 추구하는 느림의 맛을 알게 됐고, 남편은 도시를 누비는 나의 속도전에 익숙해졌다.

여행의 계절에 대한 궁합도 맞추게 됐다. 우리 커플은 성수기에는 여행을 삼간다. 아이들이 어릴 적에는 교육효과를 고려해서 남들 하는 대로 무더운 여름철에 땀 뻘뻘 흘리며 '이 고생을 왜 하나?' 하면서 부모 노릇을 했지만, 아이들이 스스로 휴가를 떠나게 된 후로 그럴 필요가 없어졌다.

한여름에 우리는 오히려 '방콕'한다. '호캉스(호텔에 숙박해서 보내는 바캉스)'는 체질에 안 맞는지라 에어컨 빵빵하게 틀고 맛있는 요리를 해먹으며 무위도식하는 '집캉스'를 즐긴다. 이 여름 집캉스는 우리에게 추리소설 독파 시간이다. 더위가 찾아올 무렵에 추리소설 여러권을 미리 사놓는다. 집캉스하는 동안에 나는 글쓰기 숙제를 하는 경우가 많은데, 추리소설에 흠뻑 빠진 남편 옆에 있다가 곧잘 추리 세계의 유혹에 빠지곤 한다.

우리는 겨울여행을 즐긴다. 연말연시와 설날 연휴가 여유 시간을 만들어주거니와, 한파가 엄습할 때 함께 찾아오는 우울감에서 벗어나는 데 남쪽으로의 여행은 최고의 치유책이다. 조금만 남쪽으로 내려가도 2~3도 기온이 올라가고 제주도는 한결 따뜻하니 아래위로 긴 한반도에 감사할 일이다. 아예 따뜻한 남쪽 나라로 떠나는 것도 좋다. 동남아시아와 스리랑카와 섬나라로 몇번 떠나보고 나서 우리 커플은 입을 맞췄다. "겨울여행이 진짜 여행이야~!" 지난 3년 동안 유독 겨울 우울증이 깊어졌던 것은 겨울여행을 못 했기 때문이라는 게 확실하다.

커플여행도 해봐야 궁합을 맞출 줄 알게 된다. 아이들이 어릴 때 부부 동반 해외여행은 자제했지만, 아이들이 큰 후에는 '유서'를 써놓고 비행기에 오른다. 1년에 한 번씩 유서를 쓰는 것도 괜찮은 의식이다. 여행 중 불의의 사고에 대비하고, 우리 자신의 마음가짐을 다듬고, 주변을 정돈하고, 아이들의 독립심을 불러일으키는 데에 크게 도움이 됐다. 우리의 커플여행이 우리의 인생 여행과 통하리라는 것은 확실하다.

커플여행은 죽을 때까지 계속된다.

이제 다 큰 아이들에게 유서를 써서 남기고 비행기에 오른다.

커플여행은 인생 여행과 통한다.

함께, 바다를 보다

⑦
아이와의 여행은 각별하다

죽음을 이야기하던 특별한 시간

아이의 잠재력을 발견하는 시간,
아이의 세계가 넓어지는 시간,
아이의 호기심이 확장되는 시간이 쌓인다.

여행의 시간만큼 아이들과 흠뻑 빠지는 때가 없다. 마음 준비, 시간 준비까지 놀 태세가 완벽하기 때문이다. 주머니 준비는 다소 안 되어 있더라도 크게 상관없다. 아무리 지갑이 얇아도 평소보다는 훨씬 더 너그러워지는 시간이 여행이고, 특히 아이와의 여행에서는 최대한 지갑을 열 마음을 먹게 되니 말이다.

나에게는 부모와의 어릴 적 여행 추억이 전혀 없다. 친구들이 주말에 부모와 어디에 다녀왔다, 여름휴가로 어디를 갔다고 얘기하는 게 무척 부러웠다. 내가 어린 시절에는 불가능했던 것이, 일곱 아이들이 와글와글한 집에서 어떻게 가족여행을 계획할 수 있었겠는가? 그저 설날 세배여행 정도가 최대치였다. 친할머니 댁이 산본 시골에 있어 그나마 다행이었다. 댓살 무렵 유성온천에서 수십명의 가족과 친척이 찍은 흑백사진 한장이 가보급 수준으로 남아 있는데, 나는 칙칙폭폭 기차만 기억에 남는다. 낮에 출발해서 저녁에 닿았을 정도로 기차가 거북이처럼 기어가는데 어찌나 진력나던지, 혹시 무슨 일이 일어나지 않나 긴장되었던, 즐겁다기보다는 아주 이상하기만 했던 시간이었다.

일상 스트레스의
김을 뺀다

      내가 부모가 되었을 때 가족여행은 거의 시즌제가 되었다. 봄, 여름, 가을, 겨울 시즌. 그렇게 종종 김을 빼지 않으면 일상의 스트레스가 쌓인다는 것을 터득했기 때문이다. 각자 받는 스트레스도 스트레스려니와 같이 사는 가족 스트레스도 한꺼번에 터뜨릴 수 있는 게 가족여행이다. 일상의 습관을 과감하게 깨뜨려보고, 일상에서 받은 상처를 서로 핥아주고, 일상에서 서로에게 가졌던 오해와 불만도 풀어질 수 있다는 것을 확인하면 기분이 썩 괜찮아진다. 물론 제일 좋은 것은 밥할 필요도 청소할 필요도 없고 공부도 숙제도 일도 다 놓아버린다는 거다. 가족여행에서는 일상의 고삐를 놓는다. 고삐 풀린 망아지들처럼 마구 달려도 오케이다.

우리 부부가 긴 유학에서 돌아왔을 때 큰딸은 초등 3학년으로 들어갔는데, 딸의 적응 문제가 우리의 재정착 이상으로 큰 이슈였다. 한글과 우리말 다 잘 구사하는 편이었지만, 빡빡한 교과과정을 버틸 수 있을까 걱정이 됐다. 첫 사회시험에서 빵점을 받아 왔을 때 엄마 아빠가 폭소를 터뜨렸다고 엄청나게 뿔났던 큰딸은(우리가 분명 잘못했다) 수학시험 백점을 받고는 그나마 희망을 찾았던지 이후 한국의 공교육 체제에서 나름 살아남았다. 물론 구시렁대면서 말이다.

큰딸의 스트레스 탈출구가 여행이었다. 우리 문화에 적응하기 위한 좋은 방법이었고, 우리 부부도 오랫동안 못 봤던 공간들을 찾아보는 게 아주 즐거웠던 시절이다. 시댁이 있는 진주가 영남과 호남의 딱 가운데라서 경부 루트, 호남 루트, 중앙 루트 등 요모조모 여행길을 설계해서 다닐 수 있다는 게 큰 이점이었다. 주말에는 서울 근교 여행지를 동서 남북으로 찍고, 강원 루트와 내륙 루트는 일부러 설계해서 여행길을 짰다.

사과꽃 필 무렵에 우리는 부석사에 갔었다. 봄날은 맑고 아름다웠다. '부석사 가는 길'이라고 내가 설레는 애칭으로 부를 만큼, 차로 서서히 오르는 구불구불 계곡길에서부터 나는 가슴이 두근두근거렸다. 부석사는 새벽에 올라야 제 맛이다(황혼 때 올라가 별이 뜰 때 내려오는 것도 환상적이 라는데, 나는 못 해봤다). 피어오르는 안개와 함께 오르다가 안개가 걷히며 펼쳐지는 광경이 신비롭다. 부석사로 오르 는 초반 길은 산길이라기보다는 작은 농가가 있는 시골길 같아서 이 길이 어디로 향하는지 가늠하기 어렵다. 곳곳에 작은 사과나무밭이 펼쳐진다. 사과꽃이 잔뜩 달린 사과나 무가 『빨강머리 앤』(1908)에 나오는 장면을 연상시키는데, 산바람을 맞고 자라서 그런지 키가 작다. 대신 팔을 크게 벌 린 부석사 길의 사과나무 자태는 아담하다.

차츰 가팔라지는 산길을 오르면 이윽고 나타나는 부석사 전경, 대담하다. 사진에서 익숙하게 본 바로 그 장면이다. 부석사는 무량수전으로 유명하지만 사실 부석사의 첫 이미

지는 안양루가 만든다. 튼실하면서도 늘씬하고, 하늘로 날
아오를 듯 또는 살짝 산기슭에 내려앉은 듯한 자태는 우아
하면서도 힘이 있다. 하늘과 땅이 만나는 순간을 건축적으
로 기막히게 풀어낸 작업이다. 가파른 경사지에 앉힌 건물
들과 돌계단과 돌무더기와 폐허가 된 기단들이 한눈에 들
어온다. 오, 이런 세계가 펼쳐지는구나! 여러단의 돌계단을
올라 안양루 밑 통로로 다시 계단을 오르면 무량수전 앞마
당에 이른다. 산 위에 이렇게 너른 평지가 있다는 게 신기하
다. 무량수전 앞마당에 서서 뒤를 돌아보는 순간, 완전히 다
른 세계가 펼쳐진다. 소백산맥이 펼치는 푸르름의 바다. 어
디에도 인공의 흔적이 안 보인다. 마치 태고 시절 같다. 바
로 불국佛國이다.

　안양루의 누각에 올라서면 감동이 더해진다. 기둥 사이
로 보이는 푸르름이 마치 사진 프레임 같다. 누각 안에서
김삿갓의 시가 적힌 액자를 발견했다. 한문으로 쓰인 시라
내용은 모르지만 분명 이 극락의 절경을 찬탄한 것이리라.
'안양安養'은 극락이라는 뜻이다. 딸들에게 김삿갓 이야기를
해줬는데, 큰딸은 고학년답게 김삿갓이라는 이름을 알고
있었다. 전설에 나오는 사람 정도로 생각했는데 그 사람이

여기에 들러 시를 지었다고 하니 '우아~' 놀라버렸다. 아는 사람 이름이 나오면 이야기가 더 풍성해진다.

초등생이던 큰딸은 부석사를 다녀온 후 희한한 그림을 한장 그렸다. 부석사를 단면断面으로 표현한 그림이었다. 밑에서부터 여러단을 올라서 안양루 밑을 지나 무량수전까지 이르는 전체 광경을 입체적으로 그린 것이었다. 어릴 적부터 관찰력이 뛰어나고 관찰한 것을 그림으로 잘 표현하는 것을 알고 있었지만, 부석사의 공간구조를 이렇게 핵심적으로 파악해 그려내다니 감탄스러웠다. 큰딸은 이 그림으로 학교에서 상을 탔다. 엄마의 감탄하는 눈빛과 학교에서 받아든 상장 덕분에 큰딸의 자존감은 확 올라갔다. 빵점 맞았던 사회시간을 즐거워하기 시작했다. 지리와 역사에 관심을 갖기 시작한 것이다. 여행이 준 선물 중 하나다.

부모의 압도적 크기, 모험의 리더

아이와의 여행은 아이의 호기심과 잠재력을 발견하는 시간이다. 호기심을 깨워주고 잠재력을 키워줄 수 있는 시간이다. 무엇을 통해서? 부모의 '압도적인 크기'

를 확인하는 기회를 통해서다. 미리 너무 걱정할 필요는 없다. 부모인 우리는 아이보다는 어딘가 클 가능성이 높다(적어도 사춘기 전까지?). 집이라는 안온하고 안전한 환경을 떠나 부딪치는 낯선 세상에서 부모는 아이들에게 압도적으로 크게 보일 기회가 많다. 길은 어떻게 찾지? 맛있는 건 어떻게 고르지? 어떻게 재미있는 델 찾지? 어디서 자지? 위험은 어떻게 피하지? 사건이 생기면 어떻게 이겨내지?

아이에게는 이런 문제들을 풀어가는 부모에게 신뢰가 쌓일 것임에 틀림없다. 그래서 아이들과의 여행은 모험적인 것이 좋다. 지나치게 안전하고 편안하고 완벽하게 짜인 여행 프로그램보다는 느슨하게 짜놓고 순발력 있게 즉흥적으로 풀어가는 대목이 곳곳에서 발생하는 여행이 훨씬 더 좋다. 우연한 모험이 가능한 여행으로 만들라는 뜻이다. 이런 소신으로 우리 부부가 짠 가족여행 작전이 몇가지가 있다. '한군데 길게 머무르지 않는다. 차로 달리고 또 달린다. 피크 시즌이 아니라면 잘 곳을 미리 예약하지 않는다. 휴가 시즌은 되도록 피한다. 관광객보다는 여행객으로 나서는 게 더 좋다.'

그래서 우리 가족여행에서는 사건이 많이도 생겼다. 각

별히 기억나는 장면은 마이산을 찾아갔던 시간이다. 마이산 오르는 길은 90도로 꺾이는 구불구불 산길이라서 안 그래도 조심해야 하는데, 마침 그 시간에 폭우가 내렸다. 하늘이 뚫리기라도 한 것처럼 내리는 폭우였다. 그런데 차 전면 유리의 와이퍼가 갑자기 고장이 났다. 작동은 하는데 찌걱찌걱 소리만 내고 빗물을 치우지 못하는 것이었다. 운전대를 잡은 남편이 살살 가보자며 고집 피우는 와중에 빗발은 점점 더 굵어지고 앞이 보이지 않을 정도가 되자 차 안에 공포감이 엄습해왔다. 멈추자고 비명을 지르는 딸들 덕분에 남편은 길 한쪽에 차를 세웠다. '쏴아~', 폭우 소리와 바람 소리와 나무들이 부딪히는 굉음에 온 세상이 떠내려갈 것 같았다. "야, 무슨 노아의 방주 같다." 농담도 했지만 머릿속에서는 재난영화의 한 장면이 떠오를 정도였다. 망망대해에 뜬 일엽편주처럼 자연의 위력 앞에서 한없이 작아진 우리를 느꼈다.

한시간 만에 언제 그랬냐는 듯 새파란 하늘이 펼쳐지고 마이산의 그 요상하게 생긴 두개의 봉이 모습을 드러냈을 때 우리는 숨 막히는 절경에 감탄했다. "마이산이 마법을 걸었었나봐." 우리는 그렇게 생각하기로 했다. 사후 에피소드가 있다. 다음 날 카센터에 들렀는데, 와이퍼의 작동은 문제없고 와이퍼 고무가 들떴던 사소한 문제였다. 당장 갈았다. 그 가격이 무려 '천원'이었다. 우리는 깔깔 웃었다. 천원이 만든 재앙적 상황 앞에서 마법 운운했으니 말이다.

잠자리를 구하지 못해 한밤에 달리고 또 달리던 사건은 더 황당했다. 벚꽃 철에 섬진강에 갔으니 숙소를 예약했어야 했건만 축제기간이 아니니 괜찮으리라 여겼던 것이 패착이었다. 종일 벚꽃에 취하고 맛있게 저녁 먹고 잠자리를 구하러 나섰다. 호텔이건, 모텔이건, 여관이건 간에 방이 하나도 없었다. 관광지에서 빠져나와 더 달렸으나 사정은 매한가지였다. 자정이 다가오는데 우리는 가로등 하나 없는 깜깜한 국도를 달리고 있었고 초조해지기 시작했다. 온 천지가 새카만 외투를 뒤집어쓰고 있는 것 같은데 별은 어찌나 반짝이던지, 피난을 간다면 이런 처지일까 싶었다. 여차하면 그냥 차에서 자면 된다고 딸들이 엄마 아빠를 위로하기까지 했다. 그러다가 갑자기 나타난 등불과 익숙한 간판. 이 한적한 도로에 웬 여관? 방이 있단다. 드디어 성공했다.

그런데 괴이쩍었다. 불도 안 켜지는 복도에 손전등을 켜고 안내하는 주인아줌마의 등장에 산장을 지키던 영화「조용한 가족」(1998)이 생각났다. 방은 두 사람이 간신히 누울 수 있는 크기라 방 두개를 쓰란다. 방에 등도 안 켜진다. 혹시 자는 중에 무슨 일이 벌어지는 것 아냐? 잠을 잘 수나 있겠어? 으스스했다. 딸들에게 방문을 열고 자라고 했다. 그런데 우리는 30초 만에 곯아떨어졌다. 여행 첫날의 스무시간 강행군에 네 가족은 일제히 까무러쳤던 것이다.

다음 날 새벽 부스럭부스럭 일어나서 더 놀랐다. 벽지 곳곳에 모기 핏자국이 있고, 장판은 군데군데 벗겨져 있고, 전등에는 벌레 시체들이 까맣게 내려앉고, 이불과 베개는 알록달록한 게 몇십년 전 스타일이다. 단잠을 잤던 방이 이런 방이었어? 딸들을 깨워서 뒤도 안 돌아보고 나왔다. 우리는 한동안 말이 없었다. "혹시 빈대 같은 건 없었겠지? 어디 가려운 데는 없어? 어쩌면 그렇게 푹 잤지?" 그날 밤 우리는 도시로 나와 호텔에 묵었다. 만장일치의 선택이었다.

시간이 지나도 딸들은 이 모험들을 다시 곱씹는다. "엄마 아빠 너무 심했던 거 아냐? 그때 너무 무서웠어!" 비판도 하고 "너무 웃겼어! 우리 너무 바보 같지 않았어?" 즐거워도 한다. 여하튼 엄마 아빠는 그 모험의 믿을 만한 리더였다.

많은 부모들이 아이들의 여행에 대해서도 온갖 걱정을

한다. 우리 아이들에게 어떤 여행이 필요할까? 우리 아이들은 어떤 여행감각을 키워가고 있을까? 어떤 교육효과가 있는 것일까? 부쩍부쩍 커가는 아이들을 위한 여행을 특별하게 준비해야 하는 걸까? 아이의 성향에 따라서 여행 성격도 다르게 짜야 할까? 온갖 걱정을 사서 한다. 부질없는 짓이다. 어떤 여행이든 무언가가 아이들에게 전해진다. 어느 한쪽에 치우치지 않으면 된다. 아이들은, 모든 인간이 그렇듯이, 실수, 위급한 순간, 예기치 못한 일들에서 더 많은 것을 느끼고 더 많이 배운다. 편하고 화려하고 비싼 스펙터클 관광은 그다지 임팩트를 못 만들기 십상이다. 아마 아이들에게 가장 중요한 것은 어디에 가든 어떤 방식으로 하든 여행을 모험으로 느끼게 하는 것 아닐까?

우리는
운명적 한 팀

아이들의 머리가 커가면 가족여행에도 새로운 역학이 생긴다. 여행이라는 비일상적 시간 속에서 아이는 부모의 인간적인 실체를 분석하고, 부모는 아이의 눈에 비친 자신의 실체를 발견한다. 각자의 모습을 서로 투영해

보기도 한다. 그리 유쾌하지 않을 때도 있지만 신선한 체험이 되기도 한다. 나와 유전자를 공유한 사람에게 들키는 놀라움, '가족의 비밀'이 생기는 은밀한 기쁨이라고 할까? 아무리 서로 으르렁대고 불만을 토하고 비판을 하더라도, 믿고 기댈 데를 발견하기도 한다. '그러나저러나 우리는 운명적 한 팀'이라는 생각이 끼어드는 게 기분 좋기도 하고 떨떠름해지기도 한다.

아이들과의 여행에 대해서 나는 꽤 이기적인 생각을 한다. 아이들에게 무엇을 해주는 시간이 아니라 아이들이 나에게 특별한 순간을 선물해주는 시간이라는 생각이다. 아이의 눈으로 세상을 다시 보는 기쁨을 맛보고 싶은 것이다. 그러려면 일단 부모부터 여행을 즐겨야 한다. 일단 부모가 즐기지 않으면 아이들도 즐기게 되질 않는다. 나부터 고삐를 풀어야 한다는 뜻이다. 아이들의 마음이 도대체 어디에가 있는지 몰라서, '왜 재미없어하는 거니? 우리와 다니기 싫은 거니? 이젠 같이 놀기 싫은 거니?' 같은 어리석은 걱정을 하기보다는 부모가 자신의 욕구에 충실하면 아이들은 자기의 지혜로운 방식을 개발한다.

여행 연륜이 쌓이며 책임체계가 가족 간에 저절로 생겼

다. 각기의 특장이 드러난다. 나는 기획 담당이다. 여행 방향과 들를 곳을 기획한다. 남편은 시행계획 담당이다. 세부 루트와 잘 곳과 맛집 시나리오를 짠다. 아이들은 체크 담당이다. 가방은 각기 드는데 아이들은 자기 짐을 재빨리 꾸리는 버릇을 길렀고, 덤벙대는 엄마가 빠뜨리는 항목을 챙기는 데 귀재가 됐다. 강아지 가족이 생긴 후에는 강아지 용품을 챙기는 것이 아이들 몫이 됐다. 자동차 여행이 좋은 으뜸 이유라면, 차 안이 같이 시간을 보내기에 최고의 공간이라는 사실이다. 마음껏 떠들어도 괜찮고, 목청껏 노래를 불러도 오케이고, 물론 마음껏 싸워도 괜찮다. 꼼짝없이 차 안에 있어야 하니 토론하기도 좋다. 평소에 이야기 못 했던 에피소드들이 튀어나오고 여러갈래 이야기로 전개된다.

차 여행에 아이들도 익숙해졌다. 아이들은 눈치 빠르게 엄마 아빠의 분위기를 파악할 뿐 아니라 여행길에서 더 심해지는 우리의 집착을 잘도 알아채고 싸움의 패턴까지도 기막히게 짚어낸다. 우리도 여느 부부처럼 차 안에서 아이들이 자기편이 되어줄 거라 은근히 기대하면서, 말싸움을 하고 불만을 토하고 서로를 비난하는 졸렬한 짓을 한다. 아이들은 처음에는 좋게 말하다가, 나름 공평하게 중재 노력을 하다가, 나와 남편의 잘못된 점을 각기 공격하다가, 지치면 공동으로 우리가 어른답지 못하다고 비판한다. 서로 본색을 드러내게 하는 게 자동차 여행의 묘미라고 할까?

결국 꼴불견도 나오게 마련이다. 아이들 사이 문제로 부모가 전전긍긍하는 집도 있다고 하던데, 우리 집에서는 주로 부부의 말싸움이 이어져서 평소의 불만까지 폭로하는 사단까지 이어진다. 부끄럼 없이 실토하자면, 그렇게 가끔 부부싸움이 터져야 스트레스도 풀린다. 싸워야 정든다는 말이 가장 크게 적용되는 관계가 부부관계일 수 있음을 우리 딸들은 오랜 여행 경력 끝에 알아챈 것도 같다. 앞에서 실토했듯이 커플여행에서 두 사람의 싸움은 위험하지만, 가족여행 중 커플의 싸움은 나쁘지만은 않다. 아이들이 쿠션 역할을 해주니까. 다만 지킬 선은 지켜야겠다.

죽음을 논하던
특별한 시간

여행에서는 평소에 안 하던 이야기들을 하게 된다. 가족여행 중 새벽의 여명 속에서 죽음에 대해 이야기했던 시간이 유독 기억에 남는다. 무박여행을 할 때는 새벽 4시면 떠나는데, 한참 달려가면 신비로운 여명을 맞이하게 된다. 하필 왜 그 시간에 죽음 화두가 등장했는지 모르겠지만, 우리 가족 넷이 다 함께 죽음이라는 주제에 대해 토론했던 첫 시간이었다. 엄마 아빠가 죽음에 대해 어떤 태도를 가지고 있는지 딸들에게 각인됐던 시간이었고 딸들은 자기 나름대로 생각거리를 마음에 심은 것 같다.

우리는 모두 죽는 존재로서 언제 죽을까, 어떻게 죽을까, 죽은 후에는 어디로 갈까, 종교는 죽음을 어떻게 인식하고 또 이용하나, 과학은 죽음을 어떻게 해석하나, 죽음 후에는 유전자만 이어지는 걸까, 인간이란 무엇인가, 생명이란 무엇인가 등 철학적이고 과학적인 화두뿐 아니라 매장인가 화장인가, 유산상속의 원칙은 어떠해야 할까 등 세속적인 화두도 나왔고, 우리 집안에서 일어났던 여러 죽음의 전후를 곱씹기도 했다. 숙연함 반, 신비로움 반, 약간의 슬픔, 약간의 운명 의식과 약간의 달관이 섞인 묘한 분위기였다. 확실한 것은, 이후에 우리 가족들 모두 죽음에 대해서 담담하게 이야기하는 성숙함이 더해졌다는 사실이다. 여행의 시간이 선사한 색다른 선물이다.

우리 가족이 지금도 자주 이야기하는 죽음의 이별여행이

있다. 우리 집 첫 개였던 '울럼'이가 죽었을 때, 서울 근교 화장장에 다녀오던 대여섯시간의 이별여행이다. 심장마비로 급사해서 전혀 마음의 준비를 하지 못했던 이별이었다. 학교에 있던 아이들이 달려오고 지방대학에 강연 갔던 남편이 급히 귀가하여 펑펑 울고 난 후에 화장장을 수배하니 김포에 있었다.

3월의 허허벌판을 건너서 갔다. 하늘이 잔뜩 찌푸리더니 눈이 내렸다. 눈발 속에서 우리는 진돗개답게 까다롭고 자기를 가족 서열 2위로 여겼던 울럼이가 벌였던 온갖 사건들을 이야기하며 울었다 웃었다를 반복했다. 미안함, 고마움, 죄책감이 섞여 있었다. 갈 때는 주검으로 올 때는 재로 변해서 온 울럼이는 우리의 이야기를 다 들었을 것이다. 울럼이와 10년 동안 같이했던 모든 가족여행들의 추억이 그 이별여행 속에 녹아 있었다. 우리 가족은 그 이후에 하늘에서 눈이 뿌리는 날씨에 차에 있게 되면 그 이별여행을 떠올리며 이야기한다.

여행 내력

우리 집의 가족여행이 얼마나 좌충우돌이고 무계획적인 모험여행이었는지 모른다. 물론 이런 여행만 했던 것은 아니다. 훨씬 더 짜임새 있고 시간이 넉넉하고 편안한 여행도 했다. 아이들에게 여행의 스펙트럼을 알려주기 위해서 가끔씩 변화구도 필요한 것이다. 다만 모험적 여행이 압도적으로 더 많다. 그리고 좌충우돌했던 여행이 훨씬 더 기억에 각인된다.

그런 여행들로 우리 아이들이 일찍이 여행의 도를 텄을지도 모른다. 어릴 때부터 같이했던 수많은 여행이 딸들에게 어떤 영향을 끼쳤을까? 자기들이 새겨볼 일이지만 내 입장에서 딸들에게 가장 마음에 드는 점은 홀로여행에 꽤 익숙한 것이다. 요즘 젊은 세대의 트레이드마크이기도 하지만, 그 흐름에 올라탄 것이 흡족하다. 막내는 연애 중에도 곧잘 홀로여행을 떠나곤 해서 '곧 깨질 모양'이라고 생각했는데, 편견이었다. 결혼 후에도, 아이를 낳은 후에도 홀로여행을 떠나는데, 이유인즉슨 '남편은 여행을 좋아하지 않는다'는 간단한 설명이다.

딸들이 자신들의 여행을 시작한 후에 하는 말이 있다. 어릴 적에 엄마가 여행에서 돌아오면 트렁크를 열고 자그마한 물건들을 꺼내서 방바닥에 쫙 늘어놓고 하나하나 설명하는 게 그리 부러웠단다. 그 여행을 떠올릴 수 있는 작은 물건을 쇼핑하는 것이 나의 습관이다. 그 공간의 색깔이 배어 있는 물건, 이채로운 물건을 골라서 선물하는 안목을 키운 것도 여행 덕분이다.

엄마의 여행을 보고 자란 딸들도 자신들의 여행을 가게 됐을 때 '모전여전' 행동을 한다. 색깔 있는 물건들을 곧잘 사들고 오는 것이다. 처음엔 모양만 그럴듯할 뿐 금방 망가져버리기 일쑤인 관광상품들을 사 오더니 점점 더 선구안이 좋아진다. 여행지의 특색이 배어 있고 오래 간직할 수 있고 장식 효과도 좋은 물건들을 곧잘 골라 오는 것이다. 여러 시행착오를 거듭하며 훈련을 해왔던 나의 행적을 따라오는 걸 보며 미소를 머금게 된다. 문화적 버릇은 대를 잇는 것일지도 모른다.

여행의 내력도 나의 아이들에게 이어질 것이다. 내가 했던 여행보다 훨씬 더 근사한 여행을 하기를, 내가 감히 가지 못했던 지구 곳곳에 가기를, 흥미로운 여행 이야기를 듣고 와서 우리를 즐겁게 해주기를, 나보다 훨씬 더 멋진 시행착오를 하고 나보다 훨씬 더 신나는 모험을 펼치기를, 두근두근한 여행의 시간을 풍성한 인생의 시간으로 만들기를, 너의 이야기를 세상에 나눠주기를.

아이들의 눈으로 세상을 다시 본다.

아이 키우는 최고의 즐거움이 여행에서 폭발한다.

여행을 모험으로 느끼게 하라.

⑧
효도여행은 누구에게나 미션

엄마 아버지의 잠재 욕망을 찾아서

> 우리 인생에서 꼭 등장하는 부모와의 여행,
> 아이는 없어도 부모 없는 사람은 없으니 말이다.
> 숨어 있던 호기심을 찾아내는 놀라운 순간.

"엄마, 괜찮아? 괜찮아? 엄마, 엄마, 엄마~."
지금도 귀에 쟁쟁하게 울리는 소리다. 깜깜한 우주 속에서
내가 탄 우주선은 마구 돌고 있고, 별의 탄생과 붕괴를 알리
는 폭발이 온 사방에서 일어나는가 하면, 마치 블랙홀 속에
들어온 듯 시간과 공간이 완전히 멈춘 가운데, 오직 들리는
것은 이 소리뿐이었다. 소리를 지르는 사람은 나고, 엄마는
우리 엄마다.
부모를 모시고 여행하는 이른바 효도관광은 당신의 인생

에서도 분명 등장할 것이다. 부모로서 아이와의 여행체험은 못 할지 몰라도, 자식으로서 부모와의 여행 기회란 누구에게나 찾아올 것이기 때문이다. 두 여행은 같은 점도 있고 다른 점도 있다. 아이와의 여행이 부모의 압도적 크기를 느끼게 하며 신뢰를 쌓는 시간이라면, 부모와의 여행은 다 큰 자식의 그릇을 뿌듯하게 인정받으며 신뢰를 높이는 시간이다. 신뢰라는 공통의 정서가 깔린다. 부모와의 여행에서는 미래의 자신을 미리 보고, 아이와의 여행에서는 과거의 자신을 본다. 아이와의 여행에서 잠자고 있는 호기심을 키워주고 잠재력을 발견해준다면, 부모와의 여행에서는 억눌러왔던 잠재력을 발견하고 새로운 가능성을 키워드릴 수 있을 것이다.

억눌러왔던
가능성의 발견

　　　　부모와의 여행은 부모가 숨겨온 또는 억눌러왔던 욕구를 스스로 발견하게 하는 데 가장 큰 의미가 있는 것 아닐까? 나는 이 점에서 항상 큰소리를 치곤 한다. 일곱 남매들 중에서 내가 아주 독특한 효도를 했다고 자랑하는 것이다. 나처럼 시간에 쫓기는 사람이 평소 부모에게 잘 했을 리가 없다. 같이 보내는 시간이 상대적으로 짧기 때문에 더 강렬한 체험으로 대체하려는 동기가 수시로 작용했을 듯도 싶다.

아버지의 환갑 기념 여행으로 거의 반세기 만에 가족여행을 제주도로 갔다. 이 여행을 제안했던 사람은 흥미롭게도 다른 가족문화로부터 온 형부. 우리 집이 가족여행도 안 하는 이상한 집이라고 생각했을지도 모르겠다. 이 제안을 받아서 하나밖에 없는 오빠와 하나밖에 없는 형부가 발동을 걸었고, 여행이라면 질색하던 아버지를 설득했고, 온 가족은 흥분으로 들썩였다. 아니 이게 꿈이냐 생시냐? 나는 이 제주 여행에 무임승차를 했다. 유학 중 여름방학에 서울에 왔던 참이었고, 가족행사 비용을 부담할 경제력은 전혀 없던 시절이다.

잘 먹고 잘 놀던 여행 사흘째, 새벽에 일어나니 엄마 아버지가 한라산에 오르겠다고 하신다. 가이드랑 두분만 가신다 해서 나도 나서기로 했다. 동생 하나가 같이 간다고 나섰다. 네다섯시간이면 다녀오리라 예상했는데, 그날은 내 평생 가장 길고 가장 조마조마한 날이었다. 건강하셨지만 종로5가 일터와 오장동 집 사이의 1킬로미터를 걸어서 출퇴근하는 것 외에는 평소 어떤 운동도 하지 않던 아버지다. 천식과 저혈압과 허리디스크까지 안고 살며 걷기와는 담쌓은 엄마다. 그런데 한라산 등반에 나선다? 나는 걷기는 자신 있지만 오르기는 질색하는 체질이다. 같이 나선 대학생 여동생은 원기 충만하지만 맨발에 슬리퍼 신고 나섰던 터다. 힘들면 바로 돌아오면 되리라 생각하고 출발했지만, 아버지는 가이드와 꿋꿋하게 행진해갔고 엄마는 아버지 가는 길은 같이 가야 한다는 신조이니 나는 힘들다는 소리도 못하고 꿍꿍 앓아야 했다.

그날 저녁에 열세시간 만에 돌아왔다. 아무리 천천히 가도 서너시간이면 오른다는 길을 여덟시간 걸려 올랐다. 엄마는 '나무아미타불, 관세음보살'을 수천번, 수만번 뇌었고, 백걸음마다 쉬어야 했다. 나와 동생은 오르막길에서는 엄마를 부축하고 밀고 당기며 올랐다. 그렇게 고생스럽게 올라갔는데, 백록담에 오르는 마지막 계단길에 들어서자 눈을 반짝이며 기대에 부풀어 힘차게 오르는 엄마의 모습은 믿을 수 없을 정도였다.

꾸준하게 앞서던 아버지가 갑자기 무릎이 휘둘리고 어

지럽다며 주저앉아버렸다. 아버지는 돌계단 한 모퉁이에서 기다리게 하고 엄마와 함께 정상에 올랐다. 자욱하게 구름이 끼어 앞이 보이지 않던 그때 홀연히 바람이 불더니 구름이 날아가고 백록담이 자태를 드러냈다. 엄마의 눈은 극락을 본 눈빛으로 변했다. 잠시 후 아버지 얼굴이 등장했다. 다시 기운을 내서 올라오신 것이다. 백록담을 직접 본 아버지의 얼굴은 그 어느 때보다 환했다.

조마조마하게 기다리던 온 가족들은 우리가 저녁 자리에 들어가자 우레와 같이 박수를 쳤다. 뜻깊은 환갑 기념이라며 축하해주고, 아버지와 엄마는 그날의 모험담과 백록담을 직접 본 감격을 풀어내느라 평소보다 말이 많아졌다. 하루 종일 내 힘듦은커녕 걱정하는 내색도 못 하고 정신적 지주 역할을 해야 했던 나도 긴장이 확 풀어졌다. 무임승차로 올라탔던 환갑 기념 여행에서 부모님께 아주 좋은 선물을 드린 것 같아 어깨가 펴졌다.

"내가 이래 봬도 백록담까지 올라갔다우." 엄마에게 평생의 자랑이 생겼다. 아버지에게는 더 좋은 변화가 생겼다. 정상 바로 밑에서 주저앉았던 충격 때문인지 아니면 하루 종일 걷기의 맛을 발견했기 때문인지 걷기를 본격적으로 시작한 것이다. 공덕동에서 만리동 언덕으로 효창공원을 거쳐 남산까지 오르내리는 길을 남은 평생 동안 매일매일 걸었다. 80대 중반이 되어 오르내리기가 벅차지자 다른 루트를 개발했는데, 지하철로 고향인 산본 신도시까지 가서 차 없는 도심을 걷다가 점심을 혼자 드시고 돌아오는 것을 일과로 만들었다. 산본 신도시를 내가 설계했는데, '지하철 잘 만들어줬다, 평평한 도심이 아주 걷기 좋다, 설계 잘했다'는 칭찬을 아버지에게 받곤 했다. 아버지의 뒤늦은 걷기 습관의 씨앗을 내가 심었다는 것이 자랑스럽다.

엄마와 아버지는 모험심이나 일탈에의 유혹을 평생 누르고 살아왔다. 먹고살기 힘들고 일곱 아이들을 거두고 대가족을 유지하는 짐을 짊어지느라 그런 것만은 아니다. 삶의 습관 자체가 여행은커녕 일상의 운동이나 잠시의 일탈도 허용하지 못하는 심리에 사로잡혀 있었기 때문이다.

엄마의 변화 속도, 아버지의 변화 속도

내가 부모님과 보내는 시간은 엄마 아버지의 억눌려 있던 모험심을 은근히 부추기고, 새로운 것을 해보려는 유혹에 빠지게 만드는 것이었다. 여행의 시간은 그런 유혹을 현실화하는 데 최고의 시간이다. 확실히 엄마 편과 아버지 편은 다르긴 하다. 엄마는 타고난 모험심 때문인지 혹은 그동안의 억눌림에 대한 한 때문인지, 유혹에 기꺼이 걸려든다. 아버지는 타고난 신중함 때문인지 혹은 완고한 고집 때문인지, 새로운 것을 받아들이는 데에 훨씬 더 시간이 걸린다.

미국 유학을 끝낼 무렵 부모님이 보스턴으로 오셔서 함께 여러 도시를 경유해서 귀국길에 올랐다. 남편은 취업으로 몇달 먼저 귀국했고 박사논문 마무리를 위해 혼자 남았던 나는 학위 심사를 무사히 마친 후에, 억척스럽게도 두살, 여덟살의 두 딸과 엄마와 아버지 그리고 트렁크 열개를 들고 갖은 우여곡절 끝에 귀국에 성공했다. 트렁크 몇개를 잃어버렸다가 다시 찾았는가 하면, 붐비는 연말 시즌에 항공편이 틀어져서 영어 한마디 못하는 부모님과 쪼개져서 비행기를 타야 했는가 하면(두분과 시간 차이를 두고 로스앤젤레스에서 다시 만났는데, 마치 이산가족이 상봉하는 것 같았다), 두살 딸이 하와이 공항에서 갑자기 사라져서 유괴 당한 것 아닌가 식겁을 하는 등 온갖 사건사고를 겪었다. 이

와중에 가장 기억나는 사연은 엉뚱하게도 새 도시에 도착할 때마다 호텔 방의 전화번호부를 끼고 앉아서 한식당과 일식당을 수배하고 주소를 적어서 찾아갔던 일이다. 입맛이 까다로운 아버지 때문에 치러야 했던 소동이다. 밥과 김치, 최소한 우동 정도는 있어야 하는 그 폐쇄적인 입맛 말이다. 내비게이션도 구글도 스마트폰도 없던 시절에 그 미션을 해낸 것을 나 혼자 장하게 생각하곤 했다.

이랬던 아버지가 이후의 여행들을 통해 꾸준히 변했다. 낯선 음식은 입에 대지조차 않던 어린아이 같은 버릇이 사라졌다. 계란은 계란, 고기는 고기, 밥은 밥으로 볼 수 있게 됐고, 향신료를 걷어내고 먹을 만한 것을 찾아내는 능력도 생겼다. 심지어는 빵맛의 차이를 알고 먹을 만한 빵을 골라내는 수준이 되었으니, 역시 여행이란 생존력을 키워주는 모험임이 분명하다. 아버지의 이런 변화에 딸들의 역할이 컸다. 나와 내 여동생 가족들이 부모님을 모시고 여행하며 꾸준하게 변화를 이룬 것이다. 딸들이 모이면 '해냈다'며 하이파이브를 하곤 했다.

아버지가 내키지 않는 여행을 어떤 의무감으로 수행하면서 당신의 생존력을 높이는 능력을 발굴하는 기회로 활용했다면, 엄마는 순수한 모험심을 불태우는 순간을 포착해내는 데에 여행의 시간을 쓰는 것처럼 보였다. 한라산 백록담에 오른 것을 최고의 자랑으로 삼았던 엄마는 15년 후에 또다른 기록을 세웠다. 플로리다의 디즈니월드에서였다.

디즈니월드에서
엄마는 다시 아이가 됐다

　　　　　　사돈이 될 미국인 가족과 상견례를 하는 큰 부담을 겨우 이겨냈던 차였다. 뉴욕에서 오래 거주하고 있던 언니가 미국인과 재혼할 예정이어서 팔자에도 없는 들러리 역할을 해야 했던 나에게도, 온갖 긴장의 순간을 이겨낸 부모님에게도 절대적으로 보상이 필요했다. 그래서 계획한 게 디즈니월드다. 나의 통상적인 여행 계획에는 잘 들어오지 않는 행선지다. 동행했던 두 딸과 조카와 부모님을 위해서 기꺼이 선택했다.

플로리다의 디즈니월드를 공부한 적은 있다. '어뮤즈먼트 파크'amusement park는 그 자체로 하나의 도시인지라 도시를 공부하는 사람에게는 필수적인 연구사례 중 하나다. '어떻게 사람을 모이게 하느냐, 즐겁게 하느냐, 깜짝 놀라게 하느냐, 지갑을 열게 만드느냐, 또 오게 만드느냐, 꼭 가봐야할 곳으로 만드느냐?' 등의 이슈들이 걸려 있는 데가 대형 놀이공원이다.

디즈니월드는 정말 볼 것도 많고 놀 것도 많았다. 이왕 간김에 최대한 체험해보자는 게 내 기본 태도이니 아이들과얼마나 빨빨거리고 다녔을지 상상이 되지 않는가? 이미 꽤비싼 입장료를 일괄로 지불했으니 움직이는 만큼 체험거리는 늘어났다. 걷기 능력이 꽤 탁월한 나는 물론 젊디젊은 조카와 원기 충만한 두 딸들도 종아리에 알이 밸 정도여서 저녁에는 서로 안마해주느라 바빴다. 오래 걷지 못하는 엄마를 휠체어에 모시는 역할은 건장한 조카가 담당했다.

디즈니월드 셋째 날, 그날 아침엔 부슬부슬 비가 내렸다.어지간히 돌아본 것 같은데 오늘은 뭘 해볼까? 갑자기 우리눈에 뜨인 게 '스페이스 라이드'였다. 실내에서 타는 거라서 안전해 보였고, 기막히게 우주를 재현했을 거라는 기대가 꿈틀거렸다. 아버지는 사양하셨고 엄마는 혹시나 싶어청심환 한알을 꺼내 드시고 흔쾌히 올라타셨다. 구경 잘하시라고 엄마를 제일 앞 솔로석에 태우고 나는 조카와 둘이그뒤에, 두 딸이 내 뒤에 탔다. 나는 스페이스 라이드가 그런 건지 전혀 몰랐다. 평소에 롤러코스터는 절대 사절이고, 속도가 빠르고 아슬아슬하게 곡예를 하는 어떤 놀이기구도 거부하는 나다. 롯데월드 어드벤처에 아이들을 데려갔던 사람도 남편이었지 내가 아니다. 그런데 이 우주 속의 롤러코스터라니?

태양계가 아니라 우주 저 멀리였다. 깜깜한 우주 공간에서 별이 태어나고 합쳐지고 몰락하고, 대폭발과 융합과 균열이 일어나는 동안에 우리가 탄 스페이스 라이드는 엄청난 속도로 상승했다가 갑자기 뚝 떨어졌다가 살짝 멈췄다가 다시 광광대며 속도를 올리며 가속을 하더니 뱅글뱅글 돌질 않나…, 만약 밖에서 타는 롤러코스터였으면 나는 살아남을 수 없었을 것이다.

그런데 나는 엄마 걱정에 비명을 지를 겨를도 없었다. "엄마, 엄마!" 불러도 대답이 없다. "괜찮아? 괜찮아?" 외쳐도 대답이 없다. '엄마가 정신을 잃었구나! 내가 미쳤지, 제대로 알아보지도 않고 덜컥 롤러코스터를 타다니! 옆에 같이 타서 손을 꼭 붙들어줬어야 했는데. 승무원들도 너무했다. 어떻게 주의 한번 안 주냐? 내려서 어떡해야 하지?' 여러 생각들이 롤러코스터만큼이나 빛의 속도로 달려갔다.

얼마나 탔을까? 아마 10분 정도였을 것이다. 속도가 줄더니 드디어 승강장으로 들어섰다.

엄마는 무사했다. 눈이 동그래지고 얼굴이 하얗게 질리고 겁먹은 기색이 역력하고 무릎이 휘청댔지만 무사했다. "아이고, 아이고" 의자에 풀썩 쓰러져서 당장 청심환을 하나 더 꺼내 드셨다. 딸들도 다들 놀랐다. 설마 그런 롤러코스터라고는 생각도 못 했던 거다. 자기네들이 타본 롤러코스터 중에 가장 아슬아슬한 거더라고, 들리는 건 엄마가 소리치는 "엄마, 엄마!"밖에 없더라고.

엄마는 백록담 등반 이후에 더 큰 자랑거리가 생겼다. "내가 청심환 하나 먹고 디즈니월드에서 롤러코스터를 탔다우!" 엄마 자랑이 바로 내 자랑이었다. 엄마는 아버지의 소심함을 늠름하게 타박하셨다. 아니 디즈니월드까지 와서 이 좋은 구경을 왜 안 하느냐고. 그 여행의 가장 빛나는 에피소드로, 엄마의 가장 빛나는 순간으로 길이길이 기억된 사건이다. 엄마가 다시 아이로 돌아간 모습은 귀엽기만 했고 나는 뿌듯했다.

효도라는 스트레스에서
벗어나기

사실 효도란 꽤 부담되는 말이다. 도덕심과 의무감을 건드리는 말이고 바로 죄책감과 결부되기 때문이다. '내리사랑은 있어도 치사랑은 없다'는 말처럼 자식에 대한 무조건적인 사랑에 비해서 부모에게 무조건적 사랑을 보내지는 않는다는 것을 우리 모두 의식하고 있다. 부모에게 더 잘해야 한다고 생각하지 않는 어른 자식은 없을 것이고 그만큼 잘하고 있지 못하다는 뜻일 게다. 왜 효도孝道라고 표현했겠는가? 효는 지켜야 할 '도리'로서 의무가 되어야 했던 거다.

다행스럽게도 우리의 아이 세대들은 효도관광 부담에는 덜 시달릴 것이다. 부모 세대가 여행에 꽤 익숙해진 시대이니, 부모만 달랑 실려 보내는 단체관광은 더이상 효도 효과가 없을지도 모른다. 아니, 이것도 없어질 리는 없다. 효도관광이라는 최고의 관광상품이 없어질 리는 만무하기 때문이다. 자식들이 비용을 모아서 여행을 보내드리는 것은 분명 간편하고 또 효과적인 효도 중 하나이니 말이다.

그러나 가장 좋은 효도여행은 '부모와의 여행'일 것이다.

세상에서 가장 큰 사랑은 '시간을 같이 보내는 것'이다. 더 알고 더 나누고 더 가깝게 느낄 수 있는 시간이다. 부모와 같이하는 여행에서 부모는 다 큰 자식의 듬직한 모습에 의지하면서 갖은 모험을 시도해볼 수 있고, 자식은 인생에서 놓쳐버렸던 즐거움을 발견하는 부모의 모습을 보며 뿌듯하게 삶의 의미를 찾을 수 있다.

부모로서도 다 큰 자식과 좋은 여행 파트너가 된다는 것은 놓칠 수 없는 삶의 태도다. 자식도 부모 눈치를 보고 부모도 자식들 눈치를 보는 세상이 좋은 세상이다. 우리는 어떻게 맞춰야 할까? 어떤 시간을 같이 보낼까? 수많은 추억들을 곱씹는 여행? 서로의 비밀을 드러내는 여행? 서로 감춰왔던 서운함과 서로 표현하지 못했던 고마움을 드러내는 여행? 여하튼 부모와의 여행은 어려운 미션이다. 복잡하고 미묘하다. 어쩌면 피하고 싶은 미션이지만, 그래서 더 뜻깊게 만들 수 있다. 자신의 뿌리와 어린 시절을 새삼 돌아보고 자신에게 다가올 미래의 모습까지 그려볼 수 있는 시간이 된다.

부모와의 여행에서 빚어진 에피소드를 왕왕 듣게 된다. 다 큰 자식들의 부모 '뒷담화'뿐 아니라 늙어가는 부모들의 자식 뒷담화도 만만찮다. 은근한 자식 자랑이나 효도 자랑은 잘 모르는 남들 앞에서나 하는 허세일 뿐 노골적인 흉보기와 은근히 서운해하기가 뒷담화의 정수다. 때로는 살벌하게도 느껴질 정도다. 상관없다. 그게 인생이다. 어느새 대등해진 부모자식 또는 역전된 부모자식 관계에서 생기는 온갖 충돌과 갈등은 자연스러운 인간관계의 단면이다. 그 관계를 통해 우리는 또 훌쩍 자란다.

엄마를 다시 알게 됐다.

아버지를 다시 알게 됐다.

엄마는 당신의 호기심을 깨어나게 했고,

아버지는 당신의 튼튼한 다리를 발견했다.

아무도 없는 해변을 찾아서

강아지와의 여행 로망

같이 여행 가지 않는다면 가족이겠니?

If you want a friend, get a dog!
친구가 필요해? 개를 키워!
여행 친구가 필요해? 개는 어때?

여행을 떠나면 가장 눈에 밟히는 것은 아이들도 아니고 남편도 아니고, 우리 강아지들이다. 특히 강아지들이 지천에 다니는 곳에 가면 매 순간 아이들 생각이 굴뚝같다. "저 녀석은 우리 '임당'이랑 닮았네, 저 녀석 하는 짓은 꼭 '도돌'이구나." 관찰도 하고 사진도 찍느라 발걸음을 늦추어 동행에게 민폐를 끼치곤 한다.

여행길을 다니다보면 개의 세계도 알게 된다. 미국과 유럽 등 서구권에는 단연 덩치 큰 개들이 많다. 혼자 다니는 개들이 별로 없다. 식당 앞에서 의젓하게 주인을 기다리는 모습을 자주 목격하는데, 모르는 척해주는 게 예의다. 주인과 같이 있으면 이방인에게도 한없이 사교적으로 변하는 걸 보면, 사람과 개의 소통문화가 전반적으로 개방적인 듯하다. 일본에는 우리처럼 작은 강아지들이 많다. 대마도에서 강아지와 함께 작은 차를 몰고 다니는 싱글 노인이 유독 많음을 관찰하면서, '섬은 외롭지, 혼자는 외롭지, 같이 늙어가기에 역시 강아지가 최고의 친구지!' 싶었다.

하지만 최고의 장면은 역시 개들이 자유롭게 돌아다니는 아시아, 그중에서도 동남아시아다. 식당가나 길거리뿐 아니라 사찰과 유적지에서도 어슬렁어슬렁 다니고 길바닥에 너부러져 자는 모습이 신기할 정도다. 구석에 숨는 게 아니라 어쩌면 그리 천연덕스럽게 광장 한가운데에서 늘어지게 낮잠을 자는지, 이 친구들은 자신을 세상의 주인이라 생각하는 듯싶다. 식당가에 살며 뒤룩뒤룩 살찐 개들을 빼면, 동남아시아 개들의 특색은 날씬하다는 것이다. 날씬하다 못해 근육만 남은 개들이 많다. 활동량이 많고 자유롭다는 징표다. 동남아시아의 겨울이랍시고 마을 개에게 옷을 입혀주는 걸 보면 마음이 푸근해진다. 마하트마 간디가 '동물에게 어떻게 대하느냐가 그 나라의 문화와 도덕성을 가늠하는 잣대'라 했는데, '개는 자유롭게, 온 마을이 같이 키운다'는 철학이 마음에 든다.

같이 여행 가야
가족이다

우리 집의 개에 대한 철학은 확고하다. '같이 여행 가지 않으면 가족이라 할 수 있겠니?' 강아지들은 우리 가족이다. 그래서 모든 국내여행은 강아지들과 함께한다. 학교도 학원도 다니지 않으니 강아지들은 언제나 스케줄이 된다는 게 큰 장점이다. 자동차 여행이라면 홀로여행, 커플여행, 가족여행에도 대동한다.(이렇게 말하고 보니 고양이에게 미안하긴 하다. 야성을 잃지 않는 고양이는 도저히 여행에 동행할 수가 없다. 하기는 고양이는 자신이 주체이고 우리를 집사로 여긴다니 가족이라 보기 어려울지도 모르겠다.)

오죽하면 우리 가족은 제주도 여행도 배를 타고 간다. 강아지들을 태우고 달려가 목포 또는 완도에서 배를 타고 가는 것이다. 우리 집에 살던 강아지들은 모두 제주도 여행을 해봤다. 전복죽도 제주 흑돼지도 같이 먹는다. 회를 같이 못 먹으니 천만다행이라 할까? 제주 풍광은 언제나 아름답지만 강아지의 눈으로 새로 발견하는 재미가 쏠쏠하다. 강아지들은 탁 트인 해변을 정말 좋아한다. 막내딸 커플과 임당, 도돌 두 녀석이 협재 해변에서 푸른 바다와 비양도를 배경으로 하얀 모래 위에서 뒹굴던 모습은 머릿속에 각인된 인생 장면 중 하나다. 마치 절벽이 누워 있는 것처럼 평평한 바위가 펼쳐지는 종달리 해변은 새파란 바다에 회갈색의 바위가 대비되고 멀리 성산 일출봉이 보이는 아름다운 곳이다. 사람들이 덜 찾는 이 해변의 크고 작은 웅덩이와 울퉁불퉁한 바위들은 임당이와 도돌이가 좌충우돌 탐험하기에 제격이다. 두 마리가 앞서다 뒤서다가, 같이 고개를 처박다가 또 달려 나가는 모습을 보면서 나도 마음으로 따라간다.

해변이 주제가 되면 우리 집 대화에서 꼭 등장하는 데가 변산반도다. 우리 집의 첫 개였던 진돗개 '울림'이는 워낙 경계심이 높았던지라, 사람 없는 곳과 사람 없는 시간을 골라 다니곤 했다. 해변의 아침이 바로 그 조건에 완벽하게 맞는다. 변산 해변은 정말 넓다. 썰물 때면 채석강 있는 부분까지 물이 빠져서 안 그래도 넓은 해변이 더 넓어진다. 딸들과 나는 새벽 산책에 나섰는데, 울럼이는 갈매기떼를 쫓아 바닷물에 첨벙첨벙 몸을 담그며 그저 신났다. 몇번은 거의 갈매기를 잡을 뻔했다. 한강에서도 갈매기 잡겠다고 물에 뛰어들던 아이이니 얼마나 신났겠는가?

그러던 울럼이가 갑자기 딱 멈췄다. 멀리서 아빠가 걸어오는 것을 발견한 것이다. 귀 쫑긋, 눈 반짝, 멈춤 자세로 '누구지?' 하더니, '아빠다!' 알아채는 순간 맹렬히 달려가기 시작했다. 울럼이가 그리 날아가듯 달려가는 모습은 처음이다. 달리다가도 언제나 엄마 아빠의 박수 소리에 멈추고, 엄마 아빠와 마치 보이지 않는 끈으로 연결된 듯 일정 거리를 유지하던 울럼이였다. 그런데 100미터 달리기 하듯 온 힘을 다해 달리는 울럼이를 보며 우리까지 해방된 느낌이었다. 변산 해변은 우리에게 '해방과 자유'의 이미지로 남아 있다.

'울럼'과 자동차 여행
로망을 이루다

나와 울럼, 둘이서만 했던 여행은 마치 두근두근했던 커플여행 같았다. 여행에 대한 로망을 키우는 사진 중에서 듬직한 개 한마리와 하는 자동차 여행 장면은 단연 1위다. 창밖을 내다보며 갈기를 휘날리는 큰 강아지(주로 골든리트리버가 나온다)를 태우고 달리다가 풀밭이나 바닷가에서 마음껏 달리며 노는 장면은 보는 것만으로도 두근두근해진다. 요즘은 작은 개들도 광고모델로 제법 나오지만, 역시 여행 파트너의 제격은 큰 개다.

울럼이가 내 인생에 들어왔을 때 내 인생이 그렇게 달라지리라는 걸 전혀 몰랐다. 아버지 생신날 모였을 때 조카가 전화로 "진돗개 키울 사람?" 해서 멋모르고 손을 들어버렸다. 두 딸이 강아지 키우자고 그리 졸라도 '노'로 일관하던 나였는데 그날은 뭐에 씌었는지 모르겠다. 한달 된 꼬맹이가 엄마 젖 달라며 낑낑거리던 첫날밤에는 그렇게 조그맣고 겁 많던 강아지가 무섭게 커갔다. 훤칠한 키에 다리는 사슴처럼 날렵하고, 꼬리는 풍성하게 하늘로 날리고, 귀는 곧추섰고, 눈에 불을 켤 때면 파란 불이 번쩍였다.

울럼이라는 이름은 내가 운영하던 회사 '서울포럼'에서 따왔다. 울럼이가 가족이 된 후 우리 집은 차를 SUV로 바꿨고, 동네 걷기가 잦아졌고, 시내 외출할 때도 울럼이를 태워 다니다 조금 한적한 길이 나오면 내려서 산책을 했고, 주말엔 울럼이가 안심하고 뛸 수 있는 곳을 찾아다녔다. 가족여행이 부쩍 늘었을 뿐 아니라 선택지도 달라졌다. 아무도 없는 해변은 최애 공간이 되었고, 인적 드문 논밭길과 숲길이 나오면 어김없이 차를 세웠다. 여행길에 목적지에 도착하면 우선 울럼이와 먼저 산책을 한 후 "기다려!" 하고 다녀온다. 그동안 울럼이는 낮잠을 자고 있다. 엄마가 돌아오면 다시 산책 나갈 거니까 믿고 기다리는 거다. 여름 주차는 그늘을, 겨울 주차는 햇살 좋은 곳을 찾는다. 여행길에서는 차에서 자는데, 제주도에서 한라산 중턱의 고즈넉한 펜션에 머물렀을 때, 문간에서 재울 수 있어서 너무 좋았다.

『우리 도시 예찬』(2019)을 쓰는 준비 과정에서 울럼이와 나는 둘이서 커플여행을 했다. 털이 짧은 진돗개라 갈기를 휘날리지도 못했고, SUV의 트렁크에 타니까 원하는 그림은 나오지 않았지만 마침내 나의 로망을 실현한 셈이다. 여러 도시들을 대상으로 사례 연구를 하였던지라 호남권, 영남권, 충청권의 현장 탐방을 다니는 자동차 여행이었다. 여자 혼자 자동차 여행을 하면 주위에서 다소 불안해할지도 모르지만, 울럼이가 나를 지켜줄 듯 가족들은 아무렇지도 않아 했다. 울럼이는 실제로 나를 지켜줬다. 늘씬한 자태의

하얀 진돗개 울럼이가 창문 앞에서 하염없이 엄마를 기다리는 모습은 마치 천사 같다. 사람들은 그 모습에 끌려서 웃으며 다가온다. 그런데 딱 1미터 앞까지 다가오면 짖기 시작한다. 그러다가 더 가까이 오면 울럼이는 눈에 파란 불을 켜며 나를 엄호하니, 누가 감히 넘보겠는가?

"울럼~!" 하고 내가 차 안에서 말을 걸기 시작하면, 울럼이는 지겨워하는 기색 없이 얘기를 들어준다. 내가 운전하는 동안은 곧추앉아 있다. 현장에 들렀던 감회, 사람들에게 들은 이야기, 각종 에피소드를 얘기해준다. 울럼에게 경주의 역사 이야기, 목포의 아픈 근대사 이야기 등을 들려주면서 나의 앎을 되새김질할 수 있고 울럼이는 엄마의 목소리만으로도 기뻐한다. 때로 나는 울럼이에게 하소연도 하고 때로는 남의 욕도 한다. 식당에 같이 갈 수는 없지만 울럼이가 밥 먹는 옆에서 김밥을 집어 먹는 맛은 어디에 비견할 수 없다. 나의 친구이자 보디가드이자 가족이었던 울럼이는 그렇게 10년을 살다 갔다.

여행을 떠나면

녀석들이 눈에 밟힌다

　　　　울럼이가 하늘나라로 간 후 혼자 외로워서 일찍 갔나보다 싶어서, 임당과 도돌 두 녀석을 키우게 됐다. 한 녀석은 길에서 구해주고 다른 녀석은 보호소에서 데려와서 그런지 생존력도 남다르고 친화력도 아주 좋다. 그런데 세 녀석의 공통점이 있다. 내가 긴 여행을 떠나면 아이들이 잘 먹지도 않는다는 점이다. 하루 종일 잠만 자고 산책할 때만 기운을 낸단다. 아빠가 여행 갈 때는 별 변화가 없는데 내가 여행 가면 달라지는 걸 보면 아이들에게는 엄마가 확실한 1순위다.

　그래서 나는 긴 해외여행을 가기 어렵다. 특히 강아지와 산책하고 싶어질 만한 곳은 감히 선택하질 못한다. 옛날 옛적에 영화 「라이언의 딸」(1970)에서 아일랜드의 깎아지른 절벽의 절경에 홀딱 반해서 '저 절벽 위의 풀길을 걸어보리라!'고 다짐했건만, 아직도 가지 않은 이유는 단 하나다. 우리 강아지들과 같이 갈 수 없어서다. 예전에는 혼자 걸어도 좋고 커플이 걸으면 더 좋다고 여겼던 길이지만, 이제는 강아지들과 같이 걸어야만 하겠다고 생각하게 되었으니, 나 역시 확실히 변했다.

그런데 "아, 아이들하고 같이 걷고 싶다!" 나도 모르게 이 말이 입 밖에 나오는 여행길을 가게 되었다. 스리랑카다. 코끼리, 물소, 새, 원숭이, 개, 고양이, 도마뱀까지 유난히 동물들을 많이 봤던 여행이었다. 붉은 흙길에 매료되었던 적이 한두번이 아니다. 가난한 나라지만 풍성한 먹거리 덕분인지, 불교적 가치관이 일상에 깊이 배어 있어서인지 사람들이 온화한 것이 아주 인상적이었다. 고속도로가 없어서 털털거리는 버스 여행이 고되었지만 차라리 그때가 나았다. 스리랑카는 중국 자금으로 고속도로와 각종 개발을 밀어붙이다가 최근 국가부도를 맞고 대통령이 사임하는 사태까지 벌어졌으니 말이다.

캠핑장 개울가에서 수영을 하고 상쾌해진 몸으로 스리랑카의 시골 '올레'를 떠났다. 캠핑장의 개들은 당연하다는 듯 앞서 간다. 숲과 개울을 지나 광활한 농지와 벌판을 거쳐 호수까지 가는 여정이다. 이 녀석들이 정말 계속 같이 가려나? 중간에 물살이 거센 개울을 만났다. 가이드가 하라는 대로 바지를 최대한 치올리고 허벅지까지 오르는 물살을 헤치고 개울을 건넜다. 같이 갔던 개들은 잘도 헤엄을 쳐서 건너는데, 딱 한마리가 겁이 나서인지 물살 앞에서 못 건너며 끙끙댔다. 무리는 벌써 한참 앞섰는데, '나도 같이 가야 하는데' 하면서 뒤에서 홀로 울부짖는 녀석이 안타까웠다. 개울을 건너고 들을 가로지르고 밭을 지나 호숫가 근처에 이르자 물소들이 우는 소리, 코끼리 소리, 이름 모를 새소리가 요란하다. 이방인들의 시골 올레가 흥미로웠던지 온 동네의 개들이란 개는 다 모인 것 같았다. 그런데 개울에서 뒤처졌던 그 녀석이 나타났다. 어떻게 왔니? 용기 내서 물살을 헤치고 왔니? 다른 길로 돌아서 왔니? 유기견으로 2년 동안이나 길거리에서 살아남았던 우리 집 임당이가 생각났다. 너도 임당이만큼이나 똑똑하구나! 그날 저녁 캠핑장 바비큐에서 그 뒤처졌던 녀석은 각별히 우리에게 많이 얻어먹었다.

개 친구는 우리를
움직이게 만든다

"If you want a friend, get a dog."(친구가 필요해? 개를 키워!) 이 문구가 쓰여 있던 티셔츠를 무척 좋아해서, 나는 다 헤진 티셔츠에서 이 부분만 오려내서 보관하고 있다. 새침데기 고양이가 하는 말이라 더욱 진실을 말하는 것 같다.

개 친구를 가족으로 받아들이면서 일상의 작은 여행이 부쩍 늘었다. 매일매일의 산책은 동네를 탐험하는 작은 여행이 된다. 강아지를 매개로 사람들과의 대화도 부쩍 늘었다. 한강변, 양재 시민의 숲 등에서 온갖 종류의 강아지와 온갖 종류의 가족을 만난다. 여행길에서는 임당이와 도돌이가 다른 여행객들의 눈길을 끌곤 한다. 제주 여행을 하며 강아지들이 많이 없다는 게 외려 신기했는데, 그래서 그런지 임당이와 도돌이는 여행객들에게 각별히 사랑을 받았다.

어쩌다가 작은 오토바이 하나에 부부와 두마리 개가 타고 달리는 장면을 만났다. 마치「세상에 이런 일이」에 나오는 한 장면 같다. 여자가 남자 뒤에 오르자, 큰 개가 냉큼 오토바이 앞의 페달 공간에 올라탄다. 그런데 그 안에는 벌써 작은 강아지가 올라타 있다. 부부와 두 녀석은 사이좋게 오토바이로 세상을 달린다. 아이들과의 외출과 산책과 여행, 개 친구들은 우리를 움직이게 만든다. 그것만으로 고맙다.

안녕, 세상의 모든 강아지들! 우리가 같이하는 인생은 특별하다. 우리가 같이하는 여행은 더욱 특별하다. 너의 길들

여지지 않은 눈, 너의 예민한 후각, 너의 살아 있는 본능과 함께 여행을 떠나보자. 우리는 친구이자 가족이니까.

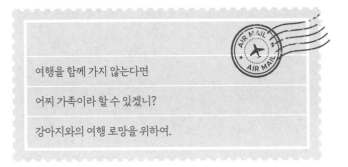

여행을 함께 가지 않는다면

어찌 가족이라 할 수 있겠니?

강아지와의 여행 로망을 위하여.

3부

여행 ——————— 선택은 나의 것

여행이란 어른이 되는 신호 중 하나다.

여행은 어른으로 성큼 다가가는 과정에서 일어나는 행위다.

홀로 선택하고 홀로 감행한다.

왜 가는지 짚어보며 갈 곳을 정하고

동행할 사람을 유혹하고,

돈을 모으고 아낄 수 있는 모든 방법을 검색하고,

드디어 내 발을 내딛는다.

어른으로서 어린아이로 되돌아갈 수 있는 여행은

인생 최고의 선택이다.

⑩
가난한 여행 vs 부자 여행

돈과 시간만이 전부일까?

돈은 없지만 시간은 있다.
돈은 있지만 시간은 없다.
여행은 돈과 시간 사이의 줄타기다.

전재산을 팔아서 세계여행을 떠난다는 뉴스를 보면 어떤 생각이 드는가? '대단하다, 용기 있다, 겁도 없다, 부럽다?' 시한부 선고를 받은 후 세계여행을 떠난다는 이야기를 들으면 어떤 생각이 드는가? '여행이란 역시 버킷 리스트인가? 그 상황이 된다면 나도 여행을 택할까?' 도대체 여행이란 무엇이기에 자신의 인생을 바꾸려 할 만큼 강렬한 동기가 될까? 여행이란 무엇이기에 자신의 인생이 멈추기 전에 꼭 실현해야 할 버킷 리스트가 되는 것일까?

못 떠나는 이유가
뭘까?

후회까지는 아니지만, 젊은 시절에 여행을 좀더 많이 했더라면 하는 생각을 드문드문 한다. 건축학도로서 우리 땅 우리 도시들과 우리 문화를 최대한 접하고자 국내여행만큼은 꽤 열심히 했다. 다만 나의 첫 해외여행이 유학길이었으니, 진즉 시작했더라면 그리고 그 이후에도 좀더 자주 떠났더라면 하는 생각이 들 법도 하다. 사실 7년 동안의 유학기간 중에 해외여행을 더 많이 또 쉽게 할 수도 있었을 터다. 미국이 기점이 되면 유럽과 중남미를 여행할 때 시간 절약, 비용 절약이 되거니와 미국이 워낙 광활하니 대륙횡단을 시도해봤을 만도 한데 말이다. 그런데 못 했다. 왜 그랬을까? 돌아보면 이상하기조차 하다.

가족의 존재가 큰 걸림돌이었을 것이다. 여행의 자유를 구가하느라 결혼을 마다하는 심정이 충분히 이해가 갈 정도다. 커플만 있다면 그래도 발걸음이 훨씬 더 가벼울 수 있다. 아이의 등장과 함께 '가족家族'이 되어버린 집은 이동성을 가로막는 장애물들이 더 많아진다. '가족을 놔두고 어찌 혼자 여행을 가느냐?'는 심리적 제약은 나같이 자유분방할 것 같은 사람에게도 어김없이 작용했다.

그러나 역시 가장 큰 걸림돌은 돈 문제였다. 학비와 생활비 마련에 쫓겨서 여행비를 짜낸다는 게 힘들었던 시간이었다. 학비 높기로 유명한 MIT에 혼자도 아니고 부부 둘이 다니거니와 큰딸의 유아원 비용도 들었으니, 돈 문제는 제일 큰 변수였다. 게다가 나의 자격지심도 작용했다. 남편은 정통 공학도로서 등록금 전액 면제와 함께 연구조교로 생활비까지 벌고 있던 반면, 내가 다녔던 건축도시대학원은 상대적으로 기회가 적은 편이라 매학기 연구조교, 강의조교, 강사 등을 따내려 치열하게 경쟁해야 했고 프로젝트 아르바이트까지 뛰어도 내가 부담할 재정을 충당하기에 빡빡했다. 학자금 은행대출을 받아서 메웠으나 쪼들릴 수밖에 없었다. 이 대출금을 유학 7년 후에 다 갚았는데, 그때 들었던 생각이 대출을 좀더 받더라도 여행을 더 해볼걸 하는 것이었다.

시간이 없었던 것은 아니다. 365일 공부만 하는 것도 아니고 휴가에 너그러운 사회 분위기 속에서 여행을 하려고만 하면 시간 내는 건 일도 아니었다. 주변 한국 유학생들의 여행이 부쩍 늘었는데, 어느 가족은 북유럽 또 남유럽으로, 어느 가족은 남미로 여행 갔다는 얘기를 듣다보면 솔직히 부러웠다. '우리만 쪼들리며 사나?' 하는 생각이 안 들었다면 거짓말이다. 긴 여름방학이 시작되면 우리 가족만 빼고는 다 여행 떠난 것 같아서 소외된 느낌마저 들 정도였다. 그 시간을 좀더 활용했더라면 하는 생각이 드는 것도 무리가 아니다.

그런데 가만 보니, 가족의 존재나 궁핍한 돈보다 더 큰 원인이 있었다. 내 무의식 속에 있던 '여행은 노는 거'라는 고정관념이다. '여행은 사치'라는 의식과도 통한다. 내가 이 점을 의식하게 된 것은 박사논문을 쓸 때였다. '민영화' 주제를 다루며 과감하게 미국 도시 사례를 채택했는데 여러 도시들에 걸쳐 있었다. 동부든 서부든 내 돈 들여서 갔고, 가는 김에 연구 답사에 그치지 않고 여행을 여행답게 만드는 기회로 삼았다. 진작 이렇게 했어야 했다. 어차피 내 직업상 여행은 일의 한 부분인데, 왜 진즉 구실을 만들어서 더 많은 여행을 할 생각을 못 했을까? '일 먼저'라는 의식이 강한 나에게 여행할 강력한 이유를 제공해줬어야 했다. 여행이 일과 연결될 때 내가 가장 보람 있어 하고 가장 부지런하게 움직이고 가장 감각이 예민해지고 가장 머리가 팽팽 돈다는 것을 뒤늦게 깨닫게 된 것이다.

가난한 여행,
부자 여행의 기준

　　　　　주머니가 얇았던 청년 시절과 궁핍한 유학생 시절에서 벗어났고 여행의 이유를 찾는 지혜도 생겼고 나름 여행의 습관도 들였지만, 여행을 꼭 떠날 이유를 찾는 것은 여전히 쉽지 않은 일이다. 많은 사람들이 그렇듯 나 역시 불가피한 출장 외에는 항상 망설여야 할 이유를 먼저 찾았다. '가족 넷이 움직이려면 돈이 너무 든다, 엄마 아빠가 같이 여행 갔다가 같이 변고를 당하면 어떡하나(소설 같은 상상이지만, 실제 그런 불행한 사건이 생기니까), 혹시 긴 여행 동안 노약한 양가 부모님이 돌아가시지 않을까(그런 일은 한 번도 일어나지 않았다!), 두 강아지를 누가 보살피나, 그렇게 오래 시간을 뺄 수 없다, 약속한 강연 날짜가 걸리고 프로젝트 마감이 있다' 등 여행은 떠날 이유보다 망설일 이유가 더 많은 것이다.

여행이란 어차피 돈과 시간 사이의 줄타기다. 인생이란, 불공평하게도 또는 아주 공평하게도, 돈이 없을 때는 시간이 많고 돈의 여유가 있을 때는 시간에 쫓길 확률이 높다. 돈과 시간을 모두 손아귀에 쥔 사람들을 우리는 부러워하지만 그런 사람은 소수의 유한계급^{有閑階級}일 뿐이다. 우리 시대의 딜레마는 모든 사람이 유한계급이 될 수 없음에도 불구하고 모든 사람이 유한계급의 삶을 꿈꾸는 데 있다. 하지만 돈과 시간이 여유롭고 일할 필요조차 없는 유한계급의 지위가 부러워할 것이기만 한가? 보통 사람의 아득바득한 사정과 동떨어진 환경을 누리는 사람들의 인생에서는 여행이 '지루한 시간을 죽이려는 방편'으로 전락하기 일쑤다. 이른바 호화여행, 쇼핑여행, 또는 여행쇼핑 같은 게 그것이다. 이들은 부족한 상황에서 무언가 더 갈구하고 찾아내려 애쓰는 흥미진진한 상황을 맛보지 못할 가능성이 크다.

돈과 시간, 그리고 여러 걱정 사이에서 우리 가족은 나름대로 여행 기준을 세웠다. '가족이 다 같이 여행 가는 건 국내로 한정한다(무척 자주 갔다. 강아지들까지 대동하고), 해외여행은 엄마 아빠 따로따로 간다(한 사람은 보호자로 남기 위해), 여행 가 있는 동안 최대의 자유를 허용한다(지나치게 잦은 전화는 자제한다. 무사함만 확인하면 끝이다), 여행비는 각기 조달하되 아이들에게 일정 부분 지원은 한다(우리 집은 개인 재정 독립의 원칙이 강하다), 여행 이야기를 캐묻지 않는다(물론 자발적으로 하는 여행 이야기는 환영한다)' 등. 이런 원칙 아래 우리 집 일원들의 여행 이력이 붙다보니 얻은 게 있다. 가난한 여행, 부자 여행의 기준에 대해서 상당한 공감대가 형성된 것이다.

사실 가난한 여행이란 없다. 여행을 떠나는 자체로 이미 우리는 풍족한 상태라 볼 수 있다. 설레는 마음이 풍성하고 주머니 사정도 최악은 아니라는 뜻이다. 그러니까 가난한 여행이라기보다는 중저가 여행, 아끼는 여행, 소박한 여행, 또는 날것의 여행이라는 표현이 맞을지도 모르겠다. 꼭 필요한 교통비, 소박한 숙소, 대중음식 등 최소한의 경비로 꾸려지는 것이다. 부자 여행이라는 말은 오히려 정의하기 어렵다. 호화로움에는 한계가 없기 때문이다.

그룹여행 프로그램을 검색하면 가난한 여행과 부자 여행의 정의가 명확하게 드러난다. 같은 코스에 가격은 두배 차이가 나는 것이다. 세가지 이유 때문이다. 호텔 등급, 항공편 이용, 그리고 특정한 장소의 입장 여부다. 식비는 통상 포함되지 않는데 식비야말로 천양지차니 알아서 하라는 뜻이다.

호텔 등급이 높다는 것은 그만큼 호텔에 머무는 시간이 꽤 된다는 뜻이다. 하루 일정을 늦게 시작하고 일찍 끝낸다. 수영장이든 마사지 서비스든, 아침 뷔페든, 저녁 만찬이든 다양한 서비스를 이용하는 시간을 가지라는 뜻이다. 가난한 여행은 먼 거리도 기차나 버스를 타지만, 부자 여행은 항공편을 이용한다. 예컨대 내가 갔던 저가 그룹여행에서는 방콕에서 치앙마이까지 열두시간 밤차를 타고 갔지만 고급 코스는 비행기로 날아간다. 저가 그룹에서도 일부 참여자들은 따로 자기 돈으로 비행기를 타고 다닌다. 고가 그룹여행은 호텔에서 시간을 끌고 항공 이용으로 시간을 번다고 생각하면 된다. 특별한 장소의 입장에는 예약이 필수적이고 입장비도 세다. 대중 공개와 차별을 두며 일종의 특권을 누리게 해주는 것이다. 저가 여행과 고가 여행은 전체 여행 기간에서 크게 차이가 난다. 부자가 되면 돈으로 시간을 살수 있음을 단적으로 보여준다.

막내가 대학 시절에 제주 여행을 연거푸 한 적이 있다. 친구들과 자전거 일주를 먼저 하고 일주일 뒤 가족들과 자동차 여행을 하더니, '가난한 여행과 부자 여행 비교를 제대로 해봤다'고 토로했다. 최저가 항공편을 구하고 자전거로 하루 종일 달리는 것은 물론, 어쩌다가 겨우 씻고, 라면으로 끼니 때우고, 여러명이 끼어서 바닥에 자면서 시커멓게 타고 기진맥진해 돌아왔던 자전거 여행과 달리, 에어컨 나오는 펜션 침대에서 자고, 차로 종횡무진 달리고, 전복죽과 흑돼지와 갈치 맛집에서 마음껏 먹고, 입장권 신경 안 쓰며 시설 이용하는 편안함에 감탄했던 것이다. 갑자기 부자로 인정받은 우리는 외려 막내의 가난한 여행을 부러워했다. 가난한 여행은 시간적 여유뿐 아니라 체력적으로 탄탄하고 정신력도 튼튼해야 할 수 있는 여행이니 말이다.

부자 여행은 꼭 안 해봐도 되지만 가난한 여행은 꼭 해보는 게 좋다. 성장 과정과 인생행로에서 자존감과 멘탈과 적응력과 체력을 키우는 데 크게 도움이 된다. 옛날 옛적처럼 무전취식 여행은 불가능하고 요즘은 친척이나 친구 집에 숙식을 의탁하기도 쉽지 않은 시대지만 가난한 여행은 다양한 방식으로 가능하다. 아르바이트 원정 여행이든, 자원봉사 여행이든, 최저가의 그룹여행이든, 자전거 여행이든, 걷기 여행이든(그 유명한 스페인의 산티아고 순례길이 아니더라도 세계 곳곳에 트레일은 엄청나게 많다), 오지 여행이든 가난한 여행은 두고두고 남는 체험이 된다. 자신의 체력을 믿고 또 기를 수 있고, 구박도 받아보고, 눈치도 볼 줄 알고, 차별에 대한 분노도 느껴보고(관광지에서의 차별은 굉장하기 때문이다), 위험을 헤치는 순발력도 기르고, 길을 찾는 역량도 기르고, 모험심과 개척심을 기르는 것은 가난한 여행에서 얻는 역량이다. 홀로 인생을 헤쳐 가는 데에 평생 큰 힘이 된다. "마음이 가난한 자는 복이 있나니"라는 성경의 한 구절을 패러디하자면, "가난한 여행을 하는 자에게는 몸과 마음과 영혼의 힘이 실린다."

가난한 여행 속에
부리는 사치

여하튼 여행은 그 자체로 마음이 부자 되는 일이다. 시어머님이 생전에 명언을 남기셨다. "여행 가기 전 석달은 마음이 설레서 좋고, 여행 가면 다 잊어버릴 수 있어서 너무 좋고, 다녀오면 여행 이야기 하느라 몇달 효과가 난다." 나는 친정 부모와 달리 해외여행이 잦은 시어머님을 은근히 사치스럽다고 여겼는데, 그것만이 아니었던 것이다. 어머님은 인생의 괴로움 속에서 자신만이 부릴 수 있는 사치를 여행에서 찾았던 것이다. 어머님은 가족 선물을 사오지 않는 인색한 분으로 악명이 높았는데, 어머님만의 절약 기법이었던 셈이다. 충분히 이해가 간다.

누구나 자신의 기준에서 사치를 부리는 일은 필요하다. 나의 대부분 여행은 가난한 여행의 범주에 들어가는 편이지만, 나는 어떠한 여행 속에서도 두가지 사치를 부리는 원칙을 갖고 있다. 첫째는, 어떤 도시에서나 근사한 저녁 한끼를 먹는 사치다. 최고 레스토랑까지는 아니더라도 그 도시의 분위기가 스며든 식당을 고른다. 낮에 돌아다니며 마음에 드는 동네와 식당을 찾는다. 앱의 맛집 정보는 그리 신뢰하지 않는 편이다. 마음에 들지 않는 경우가 많다는 경험치다. 이왕이면 옷도 차려입는다. 치마만 입으면 되니까 간단하다. 내가 맛보고 싶은 것은 음식 맛보다도 그 도시의 저녁 분위기다. 가족이건 연인이건 비즈니스맨이건, 어떤 사람들이 어떤 차림으로 어떤 음식을 어떤 술과 함께 어떤 분위기를 만드는지 맛보고 싶다. 이렇게 근사한 저녁을 먹고 나면 나도 그 도시 시민이 된 것처럼 스스로 근사하게 느껴지는 게 좋다.

둘째 사치는 추억을 자극할 물건을 꼭 사는 것이다. 그 도시의 대표적 공예품을 사는 적이 제일 많다. 돌, 타일, 유리,

초, 도자기, 나무공예, 천, 엽서, 북마크 등을 사 와서 선물도 하고 나도 지닌다. 내가 평소에도 쓸 수 있는 목걸이 펜던트, 반지, 브로치, 가방이면 금상첨화다. 여행의 감성적 가치를 유지하는 데 있어 가성비가 아주 좋은 방식이다.

누구나 여행에서 자신만의 사치를 부릴 권리와 의무가 있다. 어떤 사람은 오페라나 유명한 공연을 보는 사치를 부릴 테고, 어떤 사람은 공개가 제한된 장소를 방문하는 사치를 부릴 테고, 어떤 사람은 기구를 타며 하늘을 나는 사치를 부릴 터이다. 다 좋다. 가난한 여행 속에서도 한두가지 사치를 불어넣으면 그 여행 전체가 풍성해진다.

버킷 리스트가 쌓이기 전에
여행의 습관

돈과 시간 사이의 줄타기를 하느라 떠나지 못할 이유를 잔뜩 대면서 버킷 리스트를 쌓지는 말자. 우리 일생에 '여행 총량의 법칙'이란 없다. 전재산을 팔고 훌훌 떠나거나, 시한부 인생을 선고받고서야 떠날 용단을 내리기 전에, 평소에 떠나는 습관을 들여보자.

나에겐 에베레스트산에 오른다거나 남극을 찍겠다거나

하는 엄청난 버킷 리스트는 없다. 직업적인 변수로 인해서 1등석의 편안함과 7성 호텔의 호화로움도 체험해봤고 제한된 공간을 들어가는 특권도 누려봤지만, 내가 비용을 대야 할 때는 이코노미석이면 충분하고, 별 등급과 상관없이 호텔에 아까운 돈을 쓰고 싶지는 않다. 다만 어느 도시에서나 그럴듯한 식당에서 근사한 디너를 한번 먹겠다는 포부는 버리지 않는다. 하루 종일 걸어도 상관없지만 필요할 때 택시를 부르는 여유 정도면 된다. 일상보다 더 큰 무엇을 바라고 다른 무엇을 갈구하는 마음의 가난함만큼은 계속 유지하고 싶다. 여행은 마음이 가난한 자의 최종 축복이 되나니.

떠나는 것만으로 여행은 이미 풍성하다.

인생의 최종 축복인 여행,

부지런히 떠나는 버릇을 들이자.

다시 못 만날지 모르기에 더 통한다

⑪
이방인과의 알쏠신잡

다시는 만나지 않을 것이기에 통한다

> 완벽한 이방인,
> 당신에게는 다 이야기할 수 있다.
> 당신의 이야기도 다 들어줄 수 있다.
> 다시는 만나지 않을 것이기에.

「비포 선라이즈」(1995) 영화의 폐해가 크다. 여행 중 연애에 대한 로망을 지나치게 퍼트렸으니 말이다. 물론 이 로망은 예전부터 있었다. 영화 「러브 어페어」(1994)에서는 크루즈 여행에서 만나 첫눈에 반한 남녀가 외딴섬에서 환상적인 하루를 보내고 6개월 후 엠파이어스테이트 빌딩 꼭대기에서 만나자고 언약한다. 하지만 여자는 오다가 교통사고를 당했고 줄곧 기다리던 남자는 여자의 변심에 절망했으나 시간이 지난 후 결국 서로의 진심을 알게 된다. 「러브 어페어」가 여행 로맨스의 고전이라면 「비포 선라이즈」는 새 버전으로 업그레이드됐다. 쿨하고 세련된 두 남녀의 '티키타카' 대화가 아주 매력적이었다. 앞으로도 새로운 여행 로맨스 영화가 또 등장할 것이 분명하다. 장담하건대, 여행 로망의 상당 부분은 연애 로망과 통하기 때문이다.

여행 로망은
연애 로망과 통한다

왜 여행에서 연애가 빈번하게 일어날까? 아니, 일어날 거라 여길까? 그 이유를 모르는 사람은 없을 것이다. 일상으로부터의 일탈이자 로망을 실현하는 행위가 여행인데, 인생에서 가장 일탈적인 로망인 연애가 일어날 완벽한 조건이 되는 건 당연하다. 일탈을 부정적 의미로만 볼 필요는 없다. 정해진 길, 관습, 루틴, 궤도에서 벗어나보는 행위가 일탈이다. '벗어나다'^{deviate}라는 영어 단어가 본뜻에 들어맞는다. 의도적으로 비일상적 편차를 만드는 행위가 벗어나려는 일탈로 나타나는 것이다.

일탈을 시도해보지 않는다면 삶의 모험도 개척도 변화도 없다. 자기를 묶고 있던 끈을 잠시나마 끊어낸다. 끈이 끊어지면 자유롭게 날고 싶어진다. 지루하고 지겨운 루틴에서 벗어나면 마음도 풀어진다. 당장 무엇을 해야 하는 의무감에서 벗어나면 다른 것에 눈이 뜨인다. 여기에 이색적인 풍광을 만나면 기분이 달라진다. 모든 감각이 깨어난다. 뭐든 할 수 있다는 생각까지 들게 마련이다. 이런 국면에서 마음이 맞는 사람이 나타나면 어찌 흔들리지 않겠는가?

인생에서 가장 매혹적인 순간 중 하나가 모르던 사람과 갑자기 통하는 순간이다. '오, 같은 걸 좋아하네! 오, 싫은 게 같네! 오, 이걸 아네! 오, 내 생각과 통하네! 오, 느낌이 같네! 오, 신선하네! 오, 의외네!' 등 느낌표가 터지면서 불꽃이 붙는다. 물론 생물학이나 생화학 이론을 빌리지 않더라도 그 바탕엔 섹스어필이 절대적으로 작동한다. 오래 알고 지내던 사람에게서 의외의 면모를 발견할 때도 마찬가지다. '오, 저 사람이 이런 사람이었구나!' 평소와 달라진 상황에서 이런 느낌표가 촉발된다. 여행길에서 알고 지내던 사람의 모르던 면모를 발견하게 되는 이유다.

그러니 여행 중 로맨스가 생길 가능성이 커지는 것은 너무도 당연하다. 완벽한 타인을 만난 것 자체가 신선하고, 통하는 점이 있음을 알게 될 때 더 알고 싶고 더 통하고 싶어진다. 알던 사람도 의외의 타인으로 재등장하기도 한다. 새로운 면모를 더 알고 싶고 더 통하고 싶어진다. 여행 중 만난 타인은 서로 형식에 구애받지 않으니 훨씬 더 자유롭다. 다시 만날 가능성이 없거나 또는 낮으므로 자신의 과거, 맥락, 인연들로부터 자유롭다. 그래서 더 두근두근, 짜릿짜릿하게 다가온다.

문제는 그다음이다. 그 짜릿함은 이어질까? 여행이 끝남과 동시에 끝날까? 이어진다면 어떤 방식으로 이어질까? 너무 짜릿했기에 순간의 추억으로만 남겨야 할까?

'비포' 3부작,
로망에서 인생으로

'비포' 3부작은 이런 의문들을 작정하고 풀어낸 작업이다. 시간과 공간과 인간을 엮어서 무려 18년에 걸쳐 풀어낸다. 빈, 파리, 그리스라는 여행 공간이다. 제시와 셀린느 단 두 남녀의 관계다. 대체 이 감독이 「비포 선라이즈」로 세계의 마음을 뒤흔들어놓고는, 무슨 마음을 먹고 9년이 지나 2편 「비포 선셋」(2004)을 내고, 다시 9년이 지나 3편 「비포 미드나잇」(2013)을 냈는지, 나는 참 신기했다. 시간의 흐름을 고대로 찍는 기법으로 유명한 이 리처드 링클레이터 감독은 한 소년의 성장을 보여주는 「보이후드」(2014)라는 탁월한 영화를 12년에 걸쳐 찍은 적도 있다.

두근두근하게 만들어 좋았고 아련한 기대가 남아서 더 낭만적이었던 「비포 선라이즈」로 끝났으면 더 좋지 않았을까? 나도 이런 파에 속했다. 그래서 실망할까 무서워서 2편을 보지 않고 있다가 3편이 나온 후에야 궁금해져서 2편과 3편을 동시에 봤다. 흥미로웠다. 6개월 뒤에 빈에서 만나기로 했지만 9년 뒤에 만난 설정이 좋다. 남자는 못다 이룬 여행 연애 로망을 책으로 써서 파리에 독자와의 만남 행사차 왔는데, 그 기회를 잡아서 나타난 여자의 속셈도 재미있다. 약속했던 만남에도 안 나타나고 연락 한번 없던 여자가 왜? 게다가 파리는 여자의 홈그라운드고 남자는 두세시간 후에 떠나야 하는 미국인 여행객이다. 밀고 당기기를 하기에 이보다 더 좋은 설정이 없다. 2편이 끝나도 이 남녀의 미래를 정확히 알지 못하는 영화의 결말이 아주 괜찮았다.

다시 9년이 지난 뒤 이 남녀는 쌍둥이가 있는 부부가 되어 이번엔 그리스로 스테이 여행을 떠난다. 열정은 식고, 호기심은 꺼지고, 일상의 괴로움에 시달리고, 환경운동가와

작가로서 서로의 철학과 소신이 어긋나는 지점이 있는 보통의 커플이다. 어쩌면 그렇게 현실 커플의 적나라하고 살벌한 티키타카 대화를 리얼하게 풀어내는지 모른다. 아주 흥미롭게 여겼던 설정은 이 커플이 종종 서로에게 이방인인 듯 대하는 것이었다. 역사와 현실을 공유하지 않은 것처럼 구는 것, 서로를 낯선 사람처럼 바라보는 것, 그 과정에서 스스로에게도 이방인의 시선으로 대하는 것이 아주 흥미로웠다. 3편은 지인들의 배려로 두 남녀만 여행 속의 여행을 떠나 호텔에서 전쟁을 벌이는 대목이 압권이다. 현실 커플이 때로는 가족이라는 현실에서 벗어나 순수하게 커플의 관계로 맞대는 것이 여행의 목적 중 하나임을 인생 선배들은 잘 알고 있다. 그렇게 다시 낯선 상황 속에서 남녀는 자신의 본색을 고스란히 드러내며 새로운 에너지를 찾는다.

'여행은 연애다. 연애는 현실이다. 인생은 여행이다'라는 명제를 아주 근사하게, 두근두근하게, 발랄하고 또 진지하게 보여준 '비포' 3부작은 나름 톡톡히 역할을 했지만, 그 명제를 인생에서 풀어내는 것은 우리 각자의 몫으로 남는다. 연애 로망을 풀어내는 것만이 여행 로망의 전체는 아니다. 여행이 연애를 보장하는 것도 아니고, 실제로 그렇게 많은 연애가 일어나는 것도 아니고, 성공적인 연애(무엇을 성공이라고 할지 기준은 모호하지만)가 일어나는 것도 아니다. 연애를 바라고 여행을 떠났다가는 낭패 보기 십상인 것이다.

'비포' 3부작은 연애 그 이상을 보여줬다. 3편에서 아주 매력적인 장면을 발견했다. 두 남녀를 초대한 집에서 만난 사람들과 저녁을 먹으며 펼치는 대화다. 오랜 지인들도 아니고 이 여행에서 만난 사람들이다. 늙은 세대, 중년 세대, 젊은 세대가 웃으며 나누는 대화가 뼈를 때리고 다른 생각을 드러내면서 인생의 깊이를 더한다. 나도 저 자리에 끼고 싶다는 생각이 들 정도로 적당히 긴장을 만들고 적절히 긴장을 풀게 만드는 자리다. 서로 모르는 사람들이라서 더 터놓을 수 있는 것 아닐까? 인생에 대한 '알쓸신잡'이라는 생각이 들었다.

모르는 사람들 간의 '알쓸신잡'은 가능할까?

tvN 「알쓸신잡」이 대중의 마음에 다가갔던 것은, 단지 여행 자체가 아니라 여행길에서 오고 가는 이야

기들을 펼친 프로그램이었기 때문일 것이다. 나도 「알쓸신
잡 3」에 참여했으니 그 재미를 충분히 맛볼 수 있었다. 이야
기가 흥미로우려면 전제 조건들이 있다. 이야기의 주제와
소재가 흥미로워야 한다는 것, 이야기꾼의 재주가 있어야
한다는 것, 그리고 이야기꾼들 사이의 케미가 즐거워야 한
다는 것.

첫째 조건은 여행길에서 맞추기 아주 쉽다. 이야기 소재
는 무궁무진하다. 보는 것 듣는 것 먹는 것 사는 것 하나하
나가 다 소재가 된다. 주제를 잡는 것은 조금 다르다. 수많
은 소재를 나열만 하면 귀에 안 들어온다. 소재가 많으면 오
히려 주제를 잃을 위험도 생긴다. 무언가 엮어서 귀에 꽂힐
수 있게 하는 주제가 필요하다.

둘째, 이야기꾼의 재주는 중요하다. 소재들을 엮어서 주
제가 전달되게끔 하는 능력이다. 전개와 표현 역량이 힘을
발휘하는 것은 물론이다. 호기심을 자극할 것, 무슨 얘기가
나올지 궁금하게 만들 것, 반전으로 더 흥미롭게 만들 것,
웃음을 자아낼 것, 눈물을 자아낼 것, 가슴을 칠 것, 듣는 이
의 이야기와 통하는 부분이 있을 것 등 이야기꾼의 재능은
아주 독특한 것이다.

셋째, 이야기꾼들의 케미 역시 중요하다. 이야기란 하는 사람의 이야기만이 아니라 듣는 사람의 반응에 따라 무언가 더 보태진다. 어디로 튈지 모르면서 더 흥미로워진다. 동화나 전설을 이야기해주면서 원전 그대로 하는 사람은 없지 않나? 역사상 구전문학의 기간이 훨씬 더 길다. 모르긴 몰라도 위대한 이야기꾼이었던 고대 그리스의 호메로스도 「일리아드」 「오디세이」를 이야기해주면서 청중들의 반응에 따라 조금씩 변화시켰을 것 같다. 큰 줄기는 같더라도 표현과 디테일에 있어 변주를 했을 테고, 그래서 여러 버전들이 탄생했을 것이다. 우리 문화의 「심청가」 「흥부가」 「춘향가」 「수궁가」 이야기를 들려주던 소리꾼은 안 그랬을까? 현장에 맞는 애드리브를 넣어야 이야기의 힘이 더 커진다. 지금도 이야기꾼들이 현장 순발력에 따라 즉흥적으로 이야기를 풀어갈 때 청중은 열광한다.

「알쓸신잡」이 성공했던 것은 바로 '이야기, 이야기꾼, 이야기꾼들의 케미' 덕분일 것이다. 당시에 유사 프로그램들이 여럿 나왔지만 「알쓸신잡」만큼 인기를 누리지 못했는데, 이런 조건을 만족시키지 못했기 때문일 것이다. 시청자들의 멘트 중 두가지가 인상적이다. '보고 또 본다'는 것이 하나, 그리고 '나도 그 자리에 있고 싶다'라는 것이 다른 하나. 이것이 이야기의 힘이다. 같은 이야기를 듣고 또 들으며 놓쳤던 것을 발견하고, 해석하고, 자신을 투영하고, 새롭게 상상한다는 것이 좋은 이야기가 가진 즐거운 힘이다. 무엇보다도 '나'의 이야기도 같이 풀어보고 싶다는 욕구를 자극하는 것이 좋은 이야기가 당기는 힘이다.

이 기회를 통해서 찬양해보자면, 유시민이라는 빼어난 이야기꾼, 김영하라는 쿨한 이야기꾼, 김상욱이라는 진지한 이야기꾼, 유희열이라는 잘 듣고 잘 묻는 희귀한 이야기꾼, 그리고 김진애라는 카메라를 전혀 의식하지 않는 천연덕스러운 이야기꾼의 케미가 아주 잘 작동했다. 이런 캐릭터들이 만나니 때로는 불꽃 튀었다가 때로는 긴장감이 팽팽했다가 때로는 폭소를 터뜨렸다가 때로는 '아하!' 모드가 펼쳐지면서 흥미로운 역학이 전개될 수 있었다.

물론 '연출하지 않음으로 연출하는 원칙'을 고수한 연출의 힘이기도 했다. 나는 촬영 전에 그룹토크에서 당연히 큐시트가 있을 것으로 예상했다. 각 패널이 방송작가와 준비 미팅을 가졌으니 개략적이나마 주제를 정해줄 줄 알았다. 전혀 아니었다. 그래서 처음엔 당황도 했지만 곧 재미를 알게 됐다. 누가 무슨 얘기를 할지 모른다는 게 흥미롭고 가장 재미있던 것은 대화가 마구 튄다는 것이다. 각기 수준 높은 이야기꾼들인지라 마구 다른 주제를 던지고 유머를 던지고, 가끔은 재를 뿌리거나 찬물 뿌리는 반응이 나와도 개의치 않던 것이다. 방송 편집하기 얼마나 힘들었을까? 촬영분이 수십시간이 된다고 하던데, 보통 노력이 아니었을 것이다. 그 연출을 믿고 패널 멤버들은 전방위로 튀는 대화의 즐거움을 만끽했다.

　방송을 위해 만났던 사람들이다. 서로 잘 모르는 사람들이다. 그 관계가 이어지는 것도 아니다. 어쩌다 또 만나면 이야기꽃을 피우겠지만, 이야기하려고 일부러 시간을 만들지도 않을 것이다. 거리감이 있어서 더 괜찮게 느껴진다. 모르는 사람들과 하는 '알쓸신잡'이 더 흥미로울 가능성이 높다. '알쓸신잡'이 '알고 보면 쓸데없는 신비한 잡학지식'의 준말이고 보면 당연히 가능할 듯싶다. 만약 '알고 나면 쓸데 있는 신비한 잡학지식'이었더라면 무엇이 어디에 쓸데 있을까 고민하며 목에 힘부터 들어갈 터이니 말이다. 쓸데없는 것이니까 알아도 몰라도 상관없다. 듣다보면 신비롭기도 하다. 그게 여행길 이야기라서 신비로움이 더해지는

지도 모른다. 뭐, 신비롭지 않아도 상관없다. 이야기하는 사람들이 흥이 나고, 그 흥이 공감될 수 있으면 된다.

다시 만나지 못해도
이야기는 남는다

여행길의 이야기는 무척 가벼울 수 있다. 그런가 하면 여행길의 이야기는 아주 무거울 수도 있다. 가볍지만 가볍지 않고, 무겁지만 무겁게 느껴지지 않는다. 감흥을 나누며 서로의 감흥을 더 크게 해주고, 같은 느낌에 통하고 서로 다른 느낌에 신기해하고, 다른 생각을 나누고, 색다른 영감을 자극할 수 있다. 모르던 사람이 더 근사한 대화 상대가 될 가능성이 높다. 알던 사람은 매양 예측 가능한 반면 모르는 사람은 완전 예측 불가이니 불꽃이 튄다.

여행 중에 지식인인 척, 예술가인 척, 작가인 척, 철학자인 척, 역사가인 척, 혁명가인 척, 사상가인 척하는 것은 여행이 주는 축복이다. 허영 중에서 '지적 허영'만큼은 최대한 허용할 수 있다. 현실 인생에서는 일상에 쫓기고 밥벌이에 허덕이느라 속에 담고 있는 지적 욕구와 콘텐츠를 제대로 표현하지 못하고 살기 십상이다. 우리 사회의 통속적 분위기가 지적 대화를 억누르는 경향이 있는 것도 사실이다. 여행의 시간은 이러한 심리적 족쇄를 풀어준다. 여행 중 색다르게 등장한 소재들은 그동안 배웠던 것, 읽었던 것, 생각했던 것들과 더불어 새로운 문맥에서 조명된다. 다른 사람들과 나누는 이야기들이 촉매가 되는 것은 말할 것도 없다. 스스로 멋지게 느껴지고 같이 즐거워진다. 그렇게 즐겁게 이야기를 나누던 사람을 다시는 만나지 못하더라도, 그 이야기는 남는다.

여행길의 이야기,

모르는 사람과도 얼마든지 나눌 수 있다.

다시 만나지 않더라도 그 이야기는 남는다.

스테이로, 다시 태어날지 모른다

스테이 여행으로 새 출발

다른 인생일 수 있었다

스테이 여행이 없다면 소설도 영화도 없다.
타지에 머무르며 타인들과 만나면서
이야기의 마술이 태어난다.

스테이 여행이 없었더라면 소설이라는 형식은 발달하지 못했을지도 모른다. 타지로의 여행, 낯선 경험, 문화적 충돌, 외로움, 신선한 만남, 자극, 충동, 긴장, 갈등, 마찰, 충돌, 균열, 극적인 사건 등이 연이어지면서 때로는 로맨스로, 때로는 스릴러로, 때로는 코미디로, 많은 경우 비극으로 끝난다. 이 과정에서 인간의 본능과 욕망, 갈망과 갈증, 기대와 실망, 소망과 절망, 배신과 복수, 이성과 감정이 부딪치고 드러나며 독자를 매혹한다. 여행지에서라면 나에게도 언젠가 그런 일이 일어나는 것은 아닐까? 일어날 수도 있지 않을까?

머물러야
이야기가 생긴다

고전소설을 읽으면서 사람들이 왜 이렇게 돌아다닐까 이상하게 생각한 적이 없는가? 제인 오스틴의 불멸의 연애 클래식 『오만과 편견』(1813)을 보면 친구 또는 친척의 초대로 스테이 여행을 하고 손님 접대를 위해 무도회나 사냥 등이 열린다. 이런 사교행사가 없으면 연애는 절대 일어나지 못했으리라 싶다. 애거사 크리스티 추리소설의 배경은 주로 유한계급이 즐기는 장기 여행길이다. 『열 개의 인디언 인형』(1939) 『오리엔트 특급 살인』(1934) 등이 그렇다. 그의 캐릭터인 프랑스 탐정 푸아로는 모든 행보가 여행길이고, 하물며 자기 마을에 콕 박혀 사는 미스 마플도 종종 친척 집, 지인 집에 머물다가 사건을 만난다. 연애든 살인이든 감정의 극한 상황에서 생기는 것이니 그럼직하다. 머물러야 사람들이 만나고 부딪치며 희한한 해후도 일어나고 사건이 발화될 기회가 커지는 것이다. 특히 과거사가 복잡

다단한 영국문화에서는 극적 사건이 일어날 완벽한 배경이 되는 것이 스테이 여행이 아닌가 싶다.

고향으로의 회귀 역시 일종의 스테이 여행이다. 많은 소설에서 고향에 뿌리를 찾으러 가서 변한 자신을 발견하고, 변하지 않을 것 같던 고향의 변화에 부딪치고, 그 모퉁이에서 무언가 일어나는 과정을 그린다. 성장의 과정, 변신의 과정이다. 가와바타 야스나리의 『설국』(1937)이 그랬고, 김승옥의 『무진기행』(1964)이 그랬다(이 두 소설에서 남성 주인공 위주의 묘사, 여성을 도구적인 객체로 묘사하는 게 무척 거슬렸지만).

사춘기 시절에 일제강점기 근대소설을 읽다가 두가지 점을 신기해했다. 폐병이 자주 나온다는 것 그리고 농촌으로 돌아간다는 것. 폐병으로 요양 가는 여행 이야기들이 그리 많았고 그때 원산의 명사십리 해변이 귀에 꽂혔다. 농촌계몽운동이 일제강점기에 본격 등장했는데 사회운동의 이상理想 그 이상으로 농활 중에 일어나는 연애 이야기가 그리 많다는 게 신기했다. 명사십리에 대한 기억은 금강산-마식령-원산 지역에 대한 관심으로 남아 있는데, 북한의 명사십리에 조성된 고층 관광단지가 마치 부산 해운대에 상륙

한 초고층 공룡들과 다를 바 없어 보여 씁쓸하다. 설령 자기 고향이 아니더라도 농촌으로의 회귀는 사회적으로 불안한 시점마다 중요한 계기를 던져주곤 하는데, 영화 「그해 여름」(2006)에서 묘사한 1980년대의 농활 중에 떠오른 애틋한 사랑과 공안 정국으로 인한 파국의 이야기에서 역사는 되풀이됨을 느꼈다.

여행은 필연적으로 이야기를 낳고 특히 스테이 여행은 필연적으로 이야기를 낳는다. 부르주아, 지식인, 대중 소비와 대중 시장의 등장이 딱 맞아떨어지는 시기에 여행 트렌드가 보편화되면서 온갖 이야기들이 창조된 것은 필연이다. 전지구적인 여행이 트렌드가 되는 세계화시대에 또 새로운 이야기가 등장하는 것도 필연이다. 돈 많은 미국인들이 유럽에서 빌라와 포도원을 사들이며 전형적 로맨스를 이뤄가는 상투적 이야기는 차치하더라도, 세계 곳곳의 문화와 역사가 얽히고설키는 이야기들은 경험의 지평을 넓혀준다.

최근 우리 작가들이 펼치는 세계 이야기들은 너무도 흥미롭다. 함정임 등 여러 작가들이 세계여행 중에 만나는 다채로운 체험을 펼치는 『도시와 나』(2013), 유카탄반도로 돈

벌러 떠났던 개화기 조선인들이 돌아올 길이 막혀 생존을 위해 뿌리를 내리며 현지의 정치적 격동에 휩쓸리는 김영하의 『검은 꽃』(2003), 일제강점기에 도쿄, 상하이, 모스크바 등으로 펼쳐지는 독립운동 속에서 갈라진 세 여자의 운명을 그린 조선희의 『세 여자』(2017) 등 우리의 이야기는 이미 세계 곳곳으로 이어져 있다. 라오스, 일본, 프로방스, 뉴욕, 튀니스, 몽고, 러시아, 멕시코, 중국 등으로 펼쳐지는 상상력을 읽으면 나의 촉수가 막 자라나는 느낌이 든다. 그런 이야기들이 앞으로 얼마나 더 다양한 형태로 풀어내질지 기대된다.

'한달살이'

스테이 여행에 대한 로망

나에겐 도시를 돌아다니면서 2년씩 살아보는 은퇴 후 시나리오가 있다. 쫓기던 40대를 이겨내는 나만의 심리 치유 방식으로 고안했던 것이다. 펜션이나 에어비앤비가 아니라 아예 서로 집을 바꿔 살아본다면 최고의 스테이 여행이 될 것 같다. 지역마다 독특한 집이 있는데 그런 집에서 살아보고 싶고 주변 동네와 도시를 깊이 들여다보고 싶다는 도시건축가로서의 소망이 버무려진 것이다. 2년으로 잡은 이유는 봄, 여름, 가을, 겨울의 사계절을 다 겪어봐야 진정 그 장소의 성격을 알 수 있고, 둘째 해에 첫해의 경험을 확인할 수 있기 때문이다. 지역의 자료를 모으며 근사하게 연구하고, 지역 특유의 식재료로 요리하는 재미도 쏠쏠할 것 같다는 기대가 든다. 사는 장소를 바꾸면 새 인생이 태어날 것 같지 않은가? 스테이 여행의 변주인 이 구상은 아직도 유효하다.

많은 사람들처럼 나 역시 스테이 여행 로망이 강하다. 여름에 개마고원으로 한달 스테이 여행을 떠나는 것이 소원 중 하나였는데 생전엔 아무래도 못 해볼 것 같아 애석하다. '제주 한달살이'와 '치앙마이 한달살이'는 여러번 구상했으나 아직도 감행하지 못했다. 제주로 이주했거나 스테이 여행을 간 사람들을 만나면 제주 동서남북의 맛을 물으며 어디에 머무를까 궁리를 계속한다. 치앙마이는 우리 한겨울에 가면 춥지도 덥지도 않고, 물놀이하면서 설렁설렁 산책하기도 그만이고, 전세계인들이 모여들어 밤 문화가 활기차고, 쇼핑도 요리도 풍부하고, 시민들의 삶의 질도 높다. 가장 좋은 것은 아침 일찍부터 먹을 게 있다는 점이다. 야시장 음식은 어느 도시에나 풍성하지만 아침식사를 싸고 맛있게 해결해주는 도시가 진짜 좋은 도시라는 나의 개인적 기준에 의하면 치앙마이는 최고로 보인다.

동남아시아 어디를 가든 서구인들의 장기 스테이가 그리 많다는 데 놀라곤 한다. 러시아와 유럽의 초부자들은 두바이나 아부다비 등 호화 인공도시에서의 스테이 여행을 선호하고, 중산층은 동남아시아를 택한다는 얘기고 보면 그만큼 동남아시아가 상대적으로 물가도 싸고 인심도 좋다는 얘기다. 늙은 히피족 같은 남자들이 거대한 오토바이 뒤에 여자를 태우고 아침을 먹으러 오는 광경이 빈번하고, 밤이면 이들이 모이는 술집도 번성한다. 이런 풍경은 제국주의 시대는 저물었지만 세계화시대에서 변형된 모습의 경제적 식민 유산으로 보여서 씁쓸했다. 하지만 이는 눈에 띄는 사회적 현상이고 이젠 서구인들뿐 아니라 아시아인들까지 합류하는 스테이 여행의 트렌드다.

강한 로망에도 불구하고 나는 왜 한달살이 스테이 여행을 못 갔는가? 무엇보다도 임당, 도돌 두마리 강아지 때문이다. 같이 가야 스테이 여행이 되겠는데 비용 문제도 있거니와 방역 문제도 걸리는지라 망설이게 됐다. 그렇게 기회를 놓치다보니 이제는 두 녀석 다 늙어서 어려워졌다. 사실은 또다른 이유가 있었다. 내 나름의 스테이 여행거리가 생겼기 때문이다.

이방인과 정착인 사이, 강화 스테이

나는 12년째 독특한 스테이 여행을 하고 있다. 주말마다 하는 강화 시골집으로의 여행이다. 마음 같아서는 길게 가 있고 싶지만 주중 일정 때문에 금요일 오후에 가서 일요일 오후에 돌아오거나, 토요일 새벽에 가서 월요일 오전에 돌아온다. 아주 추운 겨울 석달을 빼고는 거의 매주 간다. 코로나19 팬데믹 3년 동안 더 고마워하게 되었음은 물론이다.

노쇠해가는 시어머님을 모시려 장만한 시골집이었는데 오히려 우리 커플에게 넝쿨째 굴러온 복이 되었다. 텃밭농사를 배웠고, 가지치기와 순지르기 등을 어떻게 하는지, 삽목 가능한 식물이 어떤 건지, 언제 씨 뿌리고 모종을 심는지, 비닐 멀칭을 왜 해야 하는지 또는 하지 말아야 하는지, 징그러운 지렁이가 나오면 왜 반기고 귀여운 달팽이가 나오면 왜 걱정해야 하는지, 이제 제법 흙과 물과 생명의 순환 이치를 알았다. 먹고살기 위한 농사가 아니라 규모는 작지만 열심히 땀 흘리고 노동하여 수확하는 일 자체가 주는 충족감은 대단하다.

러시아의 다차(시골집) 문화를 떠올리기도 했다. 러시아제국 시절의 다차라면 거대한 영지에 화려한 주택을 짓고 농노를 부리던 봉건귀족의 특권문화였지만, 20세기에는 전국민에 대한 무상보급으로 확산되면서 도시인의 70여 퍼센트가 세컨드하우스를 갖게 된 보편적 시골집 문화다. 스스로 생산한 농산물로 자급자족과 물물교환을 하며 소련이 무너지고 경제난을 겪었던 시절에 식량난 해결에 도움이 되었다는 분석도 있으니, 다차는 농업 생산성과 생활 건강성, 두 마리 토끼를 잡은 셈이다.

강화 텃밭 주택을 처음엔 힐링 공간이라고만 생각했다. 농사 배우는 재미가 보람차고, 계절마다 친구들과 파티를 하며 '차도남, 차도녀'들에게 고구마를 어떻게 심고 캐는지 가르쳐주고, 땅콩이 어떤 모습의 줄기열매인지 보여주고, 매실액과 딸기잼과 식초 등을 나누며 서로에게 푸근한 친정 역할을 해주는 걸 뿌듯해했다. 그런데 이것으로만 그치는 게 아니었다. 강화 스테이가 길게 이어지며 내 심리가 변해온 것을 확실히 느낀다.

첫 단계는 잠시의 '유목민' 느낌이었다. 주말에 스스로 하는 '추방, 유폐, 피신, 은신' 느낌만으로도 아주 만족했다. 번잡한 서울을 벗어나 흙을 만지고 자라는 식물을 보는 것만으로도 힐링이 됐고, 마을길과 약수터, 뒷산을 걷는 것만으로도 마음은 충만했다. 인터넷까지 잘되니 '디지털 노마드' 생활도 자유스러웠고, 인터넷으로 세상과 연대하면서도 거리 둘 수 있다는 게 좋았다. 집필 작업에 몰입해야 할 때는 은신처로 사용하기에도 그만이었다.

다음 단계는 '어쩌다 여행객' 느낌이었다. 강화를 탐험하기 시작한 것이다. 강화는 '왕도王都'였던 섬이다. 고려시대부터 쌓아온 역사의 켜가 두껍다. 조선시대의 대표 유배지였던 곳이고, 개화기에는 수많은 나라들과의 전투가 일어났던 곳이다. 북한과 가까워 긴장감이 감도는 섬이자 서울 시민들의 대표적 주말 행선지다. 거대한 개펄을 보유한 섬이자, 고려시대부터 진행된 간척으로 수많은 섬들을 이어 땅을 세배로 넓히고 논을 만든 섬이다. 강화 곳곳에 갖은 이야기가 숨어 있는데, 개중에도 농로는 완전히 신천지였다.

광활하게 펼쳐진 논은 바다를 메워 땅을 넓혀온 강화의 시그니처 풍경인데, 한때 바다였던 공간에 바둑판처럼 깔린 농로는 신비롭고 자유로웠다. 우리 집 임당, 도돌 두 녀석의 천국이 되었음은 두말할 나위가 없다.

다음 단계가 되자 제법 '정착민' 느낌이 들기 시작했다. 텃밭농사가 손에 익은 다음이다. 이웃들의 시선이 바뀌는 걸 느끼기도 했다. 외지인에 대한 거리감에서 농사 이웃으로서 친근감을 주고받는 변화가 생긴 것이다. 자질구레한 일상을 돌보며 아는 사람도 단골 가게도 늘어났다. 대화 주제도 생겼고 묻고 듣는 기회도 많아졌다. 정착민의 느낌에 더하여 '관찰자'의 시선이 더해진 건 흥미로운 변화다. 간접자료로 알 수 있는 역사와 사회적 상황 외에도 삶의 다양한 모습을 관찰하게 된 것이다. 왜 이런 말씨를 쓸까, 왜 이런 집을 지을까, 왜 이런 요리를 할까 등 일상의 삶에 대한 관심과 함께, 강화 토박이와 강화 뜨내기에 대한 관심이 동시에 생겼다.

그다음 단계가 아주 흥미로운 심리적 변화다. 나 스스로를 '진짜 이방인'으로 느끼기 시작했다는 것이다. 진짜 이방인이라니? 이방인은 뿌리가 없는 사람, 익숙한 게 다른 사람, 문화가 다른 사람을 말하는데, 이제 스스로 정착민이라 할 정도로 꽤 익숙해진 환경에서 왜 이방인으로 느껴질까? 강화를 찾은 이방인 손님에게 안내역할을 하면서 이 느낌이 들기 시작했다는 게 흥미롭다. 대한민국 여러곳 또는 미국, 프랑스, 아시아 여러나라 등지에서 온 손님들과 강화의 역사와 문화에 대해 이야기하면서 나는 그들의 입장에서 관심 가질 사안을 헤아려야 했다. 소재는 충분하지만 이야기를 나누려면 객관적인 감각이 필요하다. 감정과 사실을 잘 섞어야 이야기에 힘이 실리는 것은 당연하다. 진정한 이방인의 상태란 그 안에 있으면서도 객관화를 하고, 감정과 사실을 오가며 핵심을 짚을 수 있는 단계다. 강화에 머무르면서 여행도 하는 상태에서 나는 강화의 진정한 이방인의 태도를 갖추게 된 듯하다.

다음 단계는 무엇이 될까? 내가 예상하는 또는 설정하고 있는 역할은 '이야기꾼'이다. 진정한 이방인이 다다르는 궁극적인 단계가 이야기하기가 될 것 같아서다. 관찰하고 호기심을 발화하고, 이상해하면서도 친숙하게 느끼고, 사실을 파악하고 감정을 느끼고, 드디어 상상까지 하게 된다면 최고의 단계다. 만약 내가 강화에서 솟아나는 그 무엇을 상상하고 그것을 이야기할 수 있게 된다면, 나는 또다시 태어날 수 있을 것 같다.

유학 7년의
스테이 여행

이 시점에서 내 인생의 가장 긴 스테이 여행을 떠올려본다. 미국 동부의 역사도시이자 끊임없는 혁신 도시 보스턴의 작은 도시 케임브리지에서 보낸 유학기간이다. 마치 「티베트에서의 7년」(1997)처럼 그 기나긴 7년의 스테이 여행 동안 나는 어떤 심리였을까?

우선 나는 왜 유학을 여행으로 여겼을까? 유학이 일반 여행과 다른 점이라면 미션이 분명하다는 점이다. 모든 게 미션 중심으로 돌아가니까 생활양식도 인식도 단순해지는 경향이 있다. 유학이란 어떻게 보면 세상과 단절하고 스스로 유폐 또는 추방하는 상태다. 이런 셀프 추방 상태에서 '돌아가리라'는 전제와 '돌아갈 수 있을까'라는 의문이 끊임없이 오간다. 이 전제와 의문은 관찰자의 시선을 바탕에 깔고 있는 이방인으로 만든다. 언제나 내가 잘 모른다는 전제하에 사방을 관찰하게 되는 것이다. 또한 이방인으로서 뿌리에 대해 끊임없이 의식하게 된다. 어떤 뿌리인지, 뿌리가 끊어져 있는지, 이식이 되고 있는 건지, 돌아가면 땅에 활착이 잘될 것인지 끊임없이 의문하게 되는 것이다.

관찰자적 이방인으로서 거치는 여러 단계를 나 역시 거쳤다. 첫째 단계, 확실한 이방인으로서 재빨리 일상에 적응해야 한다. 장보기, 집 알아보기, 점심 먹기, 세금 내기 등 일상에서 해내야 하는 것들이 한둘이 아니다.

둘째, 언어를 필수적으로 익혀야 한다. 여행객과 현격하게 다른 점이다. 언어를 익히면 더 많은 것이 눈에 들어온다. 관찰거리가 그만큼 많아지고 사소한 일상의 차이부터 시사 이슈까지 관심의 폭이 넓어진다.

셋째, 훈련된 관찰자가 된다. 이방인의 의식으로 '객관화'를 한다는 장점이 확실하다. 자신이 떠나온 문화에 대한 객관화도 가능해지고, 이방인으로서 접하는 문화에 대해 객관적인 시각을 견지하는 것도 가능하다.

넷째, '로맨틱화'하는 위험도 작동한다. 떠나온 문화에 대한 애착 또는 새로 접하는 문화에 대한 동경, 모두 빠지기 쉬운 덫이다.

다섯째, 상당한 시간 동안 스스로를 충분히 검증할 수 있게 된다. 유학이란 경각심이 가득한 스테이 여행이다. 넘어가지 말아야지, 비교에 빠지지 말아야지, 자칫 우열의 잣대를 들이대지 말아야지 등 경각심을 체화하는 시간이 된다.

여섯째, 유학 스테이에서는 아무리 기간이 길어도 자신이 이방인이라는 사실을 한시도 잊을 때가 없다. 일종의 운명이다. '추방형'을 높은 수준의 형벌로 운용했던 아테네 도시국가의 논리도 이해된다. 추방형은 육체적 사형이 아니라 마음의 사형으로 여겨졌다. 추방이란 뿌리째 뽑힌다는 뜻이니 마음이 죽어버리는 것이나 다름없다. 그런데 흥미로운 것은 추방 10년 후에 귀환을 허용했던 아테네에서 추방에서 돌아온 사람들이 더 강한 면모로 다시 아테네 사회에 뿌리를 내리는 경우가 꽤 있었다는 사실이다. 이방인으로 살아봤던 경험이 더 강한 정신력을 만들었을지도 모른다.

나 역시 마찬가지였다. 스스로 추방이라고 여겼던 긴 유학기간 동안 이방인으로서의 자의식을 품고 살았던 내력 때문에 오히려 우리 사회의 뿌리를 더 강하게 의식했던 것 같다.

다른 인생이
될 수도 있을까?

우리는 인생에서 수없이 많은 모자를 쓰며 여행이라는 행위를 대하게 된다. 어쩌다 여행객을 하며 정처 없는 방랑자의 로망을 키울 수도 있고, 유목민처럼 살다가 정착민으로 새 뿌리를 내릴 수도 있고, 스스로와 세계를 객관화하는 관찰자가 될 수도 있고, 어느 세계에도 속하지 못하는 이방인이 될 수도 있고, 흔들리는 또한 흔들리지 않는 영원한 이방인의 영혼으로 살 수도 있다. 어떤 길이 우리 앞에 있을지, 어떤 선택을 하게 될지는 전혀 모른다.

흥미롭게도 여행길이 멈춘 코로나19 팬데믹 중에 이러한 생각은 더욱 강해졌다. 여행길이 멈추자 여행에 대해 간절한 마음이 더 깊어지고, 인생이라는 여행에서 여행길이 나에게 주는 가능성을 더 생각해보게 된 것이다. 누구나 자신의 인생에서 타지에 놓이게 된다. 즐거움을 위한 한달살이 스테이 여행뿐 아니라 더 긴 스테이 여행을 하게 될 수도 있다. 일을 하러, 유학길에서, 이사길에서, 이주길에서, 이민길에서, 은퇴 후 제3의 삶을 위해서 등 이유는 가지각색이지만, 이 모두가 이방인이 될 기회를 주는 것은 확실하다. 자신을 이방인의 처지로 밀어내볼 때 인간은 훨씬 더 성숙해질 기회를 갖는다. 자신의 동굴, 보금자리, 성에서 나와 낯선 세상에 자신을 놓고, 아무도 모르고 아무도 나를 모르는 곳에 떨어져 헤쳐 나갈 때, 나도 모르던 자신을 발견할 뿐 아니라 또다른 나로 향할 수 있는 것이다.

사단법인 제주올레의 서명숙 이사장이 오랜 기자생활을 마감하며 그 유명한 스페인의 산티아고 순례길로 떠날 때 친구들은 스스로 정화하기 위한 여정이라 보며 격려를 했다. 돌아온 후 친구들 모임에 와서 제주 걷기 길을 만들겠다는 뜻을 밝혔을 때 우리는 모두 박수를 쳤지만 그렇게 대박을 칠 거라는 생각은 못 했다. 제주올레는 그 자체의 명성도 명성이지만 걷기 열풍을 우리 사회에 전파한 공이 크다.

제주 토박이이자 돌아온 귀향인이자 시야가 트인 세계인으로서 서명숙 이사장의 열정과 호기심이 진화하는 모습을 친구들은 흐뭇하게 바라본다. 열다섯살 역사의 제주올레가 수백년 전통의 산티아고 순례길과 우정의 협약을 맺는 것도 흐뭇하고, 제주올레를 걸으며 자신의 인생에서 그 무엇을 발견하는 사람들의 이야기를 들을 때 흐뭇하다. 서명숙 이사장이 수많은 사람들의 재탄생, 특히 제주 섬에서의 재

출발을 격려하고 지원하는 모습에서 나도 큰 의미를 찾는다. 한 사람의 새 출발은 여러 사람의 새 출발을 자극하는 것이다. 서명숙이 쓰는 제주올레 이야기가 자꾸 커지는 것이 흐뭇하다. '제주올레'라는 작명을 해준 것을 인생의 큰 공로로 여기는 나로서는 더욱 기쁜 일이다. '이름을 잘 지어줘서 그래!' 하며 스스로를 칭찬한다.

우리 모두가 정착민과 유목민의 기질을 갖고 있다. 방랑자로서의 자유와 정착자로서의 안정을 동시에 꾀한다. 우리는 모두 잠시의 여행객일 뿐 아니라 진정한 이방인으로서의 가능성을 가지면서 산다. 그것이 어떤 가능성을 우리 인생에 가지고 올지는 모른다. 내가 강화의 진정한 이방인으로서 이야기꾼의 단계로 나아갈까? 나는 어떤 '강화 이야기'를 쓸 수 있을까? 역사물이나 연애 이야기는 아닐 듯하다. 추리 이야기가 될까, SF 이야기가 될까? 어쩌다 내 인생에 찾아온 강화 스테이 여행에서 이야기가 탄생할 수 있다는 꿈을 계속 꾼다. 실제로도 종종 꿈을 꾼다. 강화에서 어떤 사건이 일어났는데, 그 연유와 배경에서 강화의 역사적 사건이 나오고 풍물이 나오고 강화 토박이들과 뜨내기들이 나온다. 그 이야기 속에는 우리 강아지들도 나오고, 케임브리지 유학 스테이 시절의 인연까지 나오고, 그동안 했던 수많은 여행의 단편들이 나온다.

그렇다. 이렇게 이야기를 꿈꾸는 것만으로도 새로운 인생은 가능하다. 다른 인생을 살 수도 있지 않을까? 스테이 여행이 주는 최고의 주제다.

진짜 이방인이 되는 것, 또다른 인생의 시작이다.

스테이 여행에서 새로운 이야기가 태어날까?

가능성만으로도 인생은 커진다.

갔더라면, 달라졌을까?

(13)

놓쳐버린, 하지 못한, 하지 못할 여행

갔더라면, 나는 달라졌을까?

이 격한 인생에서,

불가피하게 놓쳐버린 수많은 여행들.

그곳에 갔더라면 나는 다른 사람이 됐을까?

언제 처음 봤는지 모르겠지만 강렬한 인상으로 남아 있는 이미지가 있다. 세가지를 꼽자면 페루의 마추픽추, 티베트 라싸의 포탈라궁, 그리고 그리스 에피다우로스에 있는 원형극장이다. 마치 영화 「월터의 상상은 현실이 된다」(2013)의 장면을 만난 것처럼 충격적이었다. 모두 흑백사진이었다. 기하학적 형태가 또렷한지라 이미지의 힘이 더욱 강렬하게 다가왔다.

마추픽추는 고산 한가운데임이 확연한 봉우리들 사이에

마치 돌에 문양을 찍은 것처럼 보였다. 저게 도시라고? 구름이 오가는 저 높이에 왜? 도시가 마치 장식문양처럼 보일 수도 있구나! 포탈라궁은 히말라야의 험준한 산을 배경으로 마치 성벽처럼, 마치 티베트 마스티프 개가 거대한 바람에 굳건히 맞서려는 듯 보였다. 성벽처럼 건물을 지은 이유가 뭘까? 건물이 동물처럼 느껴질 수도 있구나! 그리스 원형극장은 믿기지 않을 정도로 완벽한 기하학적 형태가 마치 블랙홀처럼 주변의 에너지를 다 빨아들일 듯 보였다. 저 안에 들어가면 핑그르르 돌아서 다른 세계로 날아갈 것 같았다. 책에서 봤던 이 장면들은 두고두고 생각이 났고, 내 나름으로 조사하면서 로망을 키웠다. 아마 내가 건축을 전공으로 택할 때 이 이미지들이 무의식적으로 작용했을지도 모른다.

세장의
충격적 사진

수많은 여행을 했으니 당연히 이 세 공간을 가보지 않았겠냐고? 불행히도 또한 이상하게도, 나는 세군데 다 못 가봤다. 마추픽추는 피치 못하게 놓쳐버렸고, 포탈라궁은 아직도 '가야지, 가야 하는데' 하고 있고, 그리스 원형극장은 여럿 보았으나 정작 내가 반했던 그 원형극장 공간에는 가보지 못했다.

마추픽추를 놓친 것은 두고두고 아쉽다. 남미는 그야말로 각오하고 떠나야 하는 여행지다. 페루에 가려면 미국 서부에서 비행기를 갈아타야 하고, 기차와 버스를 타고 쿠스코까지 가서 다시 마추픽추까지 가야 하니 오가는 데만 무려 나흘이 걸린다.

마추픽추에 대한 로망이 워낙 강한지라 동료 건축가들과 의기투합해서 계획을 세웠던 적이 있다. 무척 바빴던 시절이었지만 꼭 가야겠다는 마음에 팀을 꾸려 공부 모임까지 하며 여러달 준비했다. 그런데 하필이면 서울시가 주최하는 설계경기가 갑자기 등장해서 나는 여행을 포기할 수밖에 없었다. 날밤 새우며 안을 준비해서 제출했고 1등에 당선되었으니 보람은 컸으나 마추픽추를 놓친 것은 영 아쉬웠다. 어찌하랴? 먹고살기란 여행하기보다 더 중요하니 말이다.

그런데 몇달 뒤에 서울시가 프로젝트 자체를 취소해버리는 바람에(일본 도쿄도가 주최하는 세계도시박람회였는데 주최 측이 행사 자체를 무산시켰다) 도로아미타불이 되었으니, 나는 프로젝트도 놓치고 마추픽추도 놓친 꼴이 되었다. 어찌나 분통이 터지던지! 내 속마음은 마추픽추를 놓친 것을 더 안타까워했던 것 같다. 그 이후 다시 그 각오를 하기 힘들어서 마추픽추는 나에게 놓쳐버린 로망으로 남아 있다.

내가 반했던 에피다우로스 원형극장은 그리스 중심에서 떨어진 지역에 있는지라 일부러 찾아가기가 쉽지 않았고, 다른 원형극장들을 여럿 접하면서 간접체험을 했다고 여기기로 했다. 원형극장은 로마제국 이후에도 많이 만들어졌지만, 최고의 진수는 그리스시대에 만들어진 것들이다. 로마시대에 만든 원형극장이 가파른 객석과 화려한 무대로 훨씬 더 드라마틱하고 인공적으로 구축된 공간으로 느껴진다면, 그리스 원형극장은 마치 외계에서 온 원반 모양의 우주선이 팽그르르 돌면서 지구의 표면에 착지한 듯 자연스럽게 땅에 박혀 있다. 그리스 특유의 산지 지형을 그럴듯하게 이용했고, 음향시설이 없던 시절임에도 불구하고 지혜롭게 설계해서 수만명의 관객이 연극과 공연을 즐기게 했다. 물론 정치집회도 열렸다. 인구도 별로 많지 않던 시절에 왜 이런 집회시설을 만들었을까? 그리스 도시국가의 독특한 정치문화가 만든 예술적 공간 발명품이다.

내가 다녔던 이화여중·고에 원형극장이 있었기 때문에 이 건축물은 내 로망을 더욱 자극했다. 이 원형극장을 처음 봤을 때 완벽하게 동그라미를 그리는 기하학에 매혹됐었다. 중·고등 시절 학교의 원형극장에 앉아 있을 때마다 내가 반했던 그리스 원형극장을 떠올리며, 언젠가 꼭 가보리라 다짐했다.

티베트 라싸의 포탈라궁 여행은 못 했다기보다 안 했다고 해야 맞을 것 같다. 가기 그리 어렵지 않고 최근 중국과 기차로 연결된 후에는 더욱 쉬워졌기 때문이다. 왜 안 갔을까? 내 심리를 더듬어보자면, 티베트의 정치적 상황에 대한 나름의 저항심이 작용했다. 아니, 달라이라마도 없는 포탈라궁에 꼭 가야만 해? 중국의 일개 자치구로 있다는 사실이 내가 가졌던 티베트의 이미지와 너무 달랐다는 점도 작용했다. 그만큼 포탈라궁이 내 마음속에 차지한 심상心象은 강렬했다. 내가 반했던, 폭풍에 맞선 기개 높은 포탈라궁의 이미지에 흠집 내기 싫었다고 해야 할까?

하나는 피치 못하게 놓쳐버렸고, 하나는 상상으로 대체

하기로 했고, 하나는 심상을 지키기 위해 가지 않았다. 그런데 가끔 혼자 궁금해한다. 내가 어렸을 때 그리 강렬한 인상을 받았던 이 세 공간에 실제로 가봤더라면 무슨 일이 생겼을까? 나는 어딘가 변했을까?

그곳에 갔더라면
나는 어딘가 달라졌을까?

모를 일이다. 내가 정말 마추픽추에 갔더라면, 포탈라궁에 갔더라면, 에피다우로스 원형극장에 갔더라면 내 인생의 뭔가가 달라졌을까? 선배 건축가인 고 김수근이 마추픽추에 가서 "이제 완전히 새로운 김수근이 될 것이다"라는 말을 했다고 들은 적이 있다. 그만큼 감흥이 컸다는 뜻일 것이다. 그는 마추픽추에 다녀온 지 얼마 안 되어서 작고했다. 사람의 일은 정말 모른다.

'그 전과 그 이후의 인생이 달라졌다'는 말이 곧잘 들리는 걸 보면 인생의 어떤 체험에서 영향을 받는 것은 분명하다. 예컨대, 미켈란젤로가 「라오콘 군상」을 만나지 못했더라면 그의 후기 작품이 나올 수 있었을까? 하필 수천년 동안 유적 속에 묻혀 있던 조각이 그때 발굴되었고, 교황은 무슨 이유에서인지 이 조각을 복원해서 대중에게 공개할 작심을 했고, 그래서 미켈란젤로가 「라오콘 군상」을 수없이 찾아가 스케치할 수 있었던 것이다. 운명적 만남이라고 할 만하다.

「키스」로 유명한 빈의 화가 클림트는 어쩌다가 이탈리아에 일종의 연수여행을 떠난 적이 있는데, 그때 라벤나에 유독 원형이 잘 보전되어 있던 금으로 도색한 성화들에 매혹된 후에 자기 그림에 금칠을 시작했다. 그 이탈리아 여행이 없었더라면 클림트 그림의 유혹의 파워는 훨씬 더 약해졌을지도 모른다.

그런가 하면 여행 한 번 안 하고 자유자재로 세계 곳곳을 배경으로 작품을 창조한 사람들도 많다. 이 경우 글을 쓰는 작가가 많다. 글이라는 매체가 훨씬 더 자유롭게 상상력을 발휘하기 때문일 것이다. 셰익스피어가 쓴 『햄릿』(1599~1601)의 배경은 덴마크이고, 그 유명한 『로미오와 줄리엣』의 배경은 이탈리아 베로나다. 그런데 셰익스피어는 그의 생전에 영국 섬을 벗어난 적이 없다. 내가 항상 칭송하는 『토지』(1969~94) 속의 평산 마을은 박경리 선생이 머릿속에 그려낸 마을이다. 나는 섬진강변에 조성된 토지 마을에 갔다가 내가 그렸던 평산 마을의 이미지에 꼭 들어맞아서 놀랐던 적이 있는데, 작가가 그곳을 상정하고 글을 쓴 것이 아니었다는 사실에 또 한 번 놀랐다.

우리는 글을 읽든 사진을 보든 동영상을 보든 이야기를 듣든 어떤 공간을 상상하며 마음속 이미지를 만든다. 그런데 그 공간에 가면 어떻게 될까? 기대가 깨지는 경우도 많다. 명성에 끌려 여행을 갔지만 환상이 깨지는 경우도 적잖다. 이를테면 코펜하겐 바닷가의 인어공주상이 대표적이다. 인어공주라는 환상적인 이야기에 사로잡힌 나머지 잔뜩 기대하다가 현지의 실물대 인어공주상을 보고는 '에게, 요거야?' 하는 관광객들이 적지 않다. 머릿속 상상 이미지의 힘은 그만큼 강력하다.

직업체험상 나는 알고 있던 공간에 가보는 적이 많은데, 예상과 다른 경우가 많다. 특히 유명한 공간일수록 좋은 쪽보다 나쁜 쪽이 더 많다는 건 이상한 일이다. 그런데도 꼭 가서 봐야 하는 걸까? 그래서 더 직접 봐야 하는 걸까? 가서 보고 걷고 만진다면 우리 안의 무엇이 달라지는 걸까? 그 바람을 쐬고 그 냄새를 맡고 그 장면 안에 서보면 내 안의 무엇이 깨어날까?

앙코르에서
깊이 흔들렸다

내가 어릴 적 마음에 담았던 경이로운 장면 속으로 직접 들어가보지는 못했지만, 기대하지 않았던 공간이 갑자기 '깜짝!' 하고 내 앞에 나타났다. 너무 유명한 관광지는 피해 다니는 성향인지라 그 유명한 앙코르와트는 제쳐놓았던 터인데 드디어 가게 됐던 적이 있다. 나는 앙코르와트 자체에는 별 취미가 없었다. 사진으로 봐도 경직된 대칭구조가 별로였고, 그리 합리적이라 보이지 않는 위치에 크나큰 인공도시를 만든 크메르문화의 과잉 자의식을 탐탁지 않게 여겼다.

그런데 나는 이 여행에서 여러번 마음이 흔들렸다. 정작 앙코르와트가 아니라 다른 공간들에서다. '타프롬'의 무너진 사원에서 엄청난 위용의 나무들이 인간이 만든 돌 구조물을 껴안고 뚫고 으스러뜨리며 자라는 모습을 실제로 봤을 때의 충격은 대단했다. 영화 「툼레이더」(2001)에서도 익히 봤던 장면인지라 별 감흥이 없을 줄 알았는데, 실제로 보는 것은 완전히 달랐다. '미래 최고의 건축물은 스스로 자라는 구조물'이 되리라는 나의 상상이 실제 눈앞에 있었다.

뱀 같고 그물 같은 스펑나무 뿌리와 가지가 뿜어내는 생명의 힘, 이거야말로 '자라는 건축물' 아닌가? 인간이 만든 신전을 파괴하는 장면이 아니라 천연덕스러운 성장의 장면으로 나는 받아들였다.

부처의 얼굴이 수십개 탑의 네 방향에 박혀 있는 바욘 사원은 바르셀로나에 있는 가우디의 사그라다 파밀리아 성당을 처음 봤을 때의 놀라움 이상이었다. 나를 맞아주는 부처들, 동서남북 사방을 바라보며 세상을 지켜줄 것 같은 부처들, 뜻 모를 온화한 미소와 그윽한 눈빛과 도톰한 입술과 살짝 치올린 입가, 돌에 새겨진 가지각색 표정은 부처의 얼굴인가, 이 사원을 만든 왕의 얼굴인가? 마치 SF영화에서처럼 곧 깨어나 움직일 듯하다. 돌을 붙인 게 아니라 육중한 돌을 쌓아 올린 구조라서 더 그렇게 보인다. 현장에서 조각했을 것임에 틀림없다. 무명의 장인들이 작업했을 때 이들의 마음은 온통 불심으로 한마음이 되었던 걸까? 누가 이 얼굴들을 하나하나 다른 표정으로 디자인했을까? 그 시대의 가우디는 누구였을까?

여유 있는 일정이었는지라 시엠립 도시 외곽의 반티스레이 사원까지 가볼 수 있었는데, 석양 무렵에 온통 주황빛으로 물든 사원에 완전히 매혹되었다. 정말 독특한 사원이다. 화려하면서도 단아하다. 작은 규모인데 무척 크게 느껴진다. 마치 정교하게 조각된 가구처럼 어느 한구석 조각이 되지 않은 데가 없다. 섬세하게 세공된 느낌이 가득하다. 대개의 건축물들이 웅장하고 듬직하게 느껴지는 것과 대조적이어서 진기하다.

이 사원의 이름인 반티스레이는 '여성의 성채'라는 뜻이다. 힌두 시바 신을 모시는 이 사원에는 압살라(춤추는 여신)가 아니라 데바타(사원을 지키는 신)가 많은데, 나는 데바타의 조각을 보자마자 번쩍 깨달았다. '아, 여기가 프랑스 문화부 장관이었던 앙드레 말로가 청년 시절에 조각을 훔쳐 갔다던 그 사원이구나!'

고교 시절 읽었던 『왕도로 가는 길』(1930)의 끈끈하고 침울하면서도 정열적이었던 이상야릇한 분위기가 떠올랐다. 온통 정글로 덮인 사원들에서 발견한 조각을 도굴해서 팔아넘기던 사건을 그렸던 그 소설의 현장에 오다니, 마치 평생의 수수께끼를 푼 것 같았다.

크메르제국의 전성기에 만들어져 규모와 디테일이 압도적인 앙코르와트에는 가장 늦게 가보라는 조언을 받아들여

마지막으로 갔는데, 나는 마치 힌두교의 창조신화에 나오는 '우유의 바다'에 빠진 느낌이었다. 아마도 지구에서 가장 긴 회랑일 듯한 앙코르와트 회랑의 부조 벽화가 가장 많이 묘사하는 이야기가 우유의 바다에서 건져낸 영약을 두고 싸우는 신들의 이야기다. 왜 우유의 바다? 진짜 우유의 바다? 크메르문화의 복잡 미묘함에 압도당하지 않으려고, 신화 속 이야기들에 빠지지 않으려고 내 이성을 꽉 붙들고 있으려 애썼다. 역시 나는 '7대 불가사의' 같은 데 심취하는 성향은 아니다.

그런데 정작 감동의 순간은 그다음에 있었다. 앙코르와트 바로 옆에 있는 산 위에 오르는 코스였다. 수천명의 사람이 산에 올랐다. 코끼리를 타고 오르는 사람도 있었다. 바위산이다. 정상에 오른 사람들은 각기 자리를 잡는다. 일몰의 앙코르와트를 한눈에 보기 위해서다. 정글의 푸른 바다가 펼쳐진다. 푸른 바다 위에 솟은 것은 앙코르와트의 탑밖에 없다. 앙코르와트의 기하학적인 사각형태가 바둑판보다 더 정교한 직각을 그리고 있었다. 파란 하늘은 이윽고 바닐라 스카이가 됐다가 붉게 물든다. 여기저기 풍선기구가 떠올랐다. 마술 같은 장면에 사람들의 탄성이 울린다. 한바탕

축제가 벌어지는 듯한 분위기였다.

일몰은 빠르다. 사막에서처럼 해가 떨어지니 순식간에 캄캄해졌다. 갑자기 온 세상에 정적이 내려앉았다. 사람들 소리도 완전히 꺼져버렸다. 마치 흑마술에 걸린 것 같았다. 온 세상이 꺼진 듯한 정적의 세계에서 산을 내려왔다. 그 캄캄한 정적이 감동적이었다. 조금 전 봤던 풍경과 일몰의 순간이 꿈처럼 느껴졌다. 크메르 사람들은 이런 마술적 분위기에 푹 빠졌던 것이 아닐까?

여기서 산다면
어떤 기분일까?

여행을 다녀와서 그곳의 자료를 계속 찾아보게 만드는 여행은 진짜 좋은 여행이다. 내가 좋은 여행을 감별하는 기준이다. 여행하는 시간 동안에는 오로지 느낌만이 충만하다. 호기심이 마구 솟아오르는 걸 느낀다. 온몸의 촉수가 생생하게 살아난다. 그리고 그 여행에서 돌아왔을 때 여행 중에 떠오른 호기심과 느낌의 배경과 이유를 찾기 위해서 여러 후속 연구를 하게 된다. '아하!' 모드가 된다. 그래서 그랬구나! 그런 이유가 있었구나!

놓쳐버린, 하지 못한, 하지 못할 여행 **251**

앙코르 여행이 그랬다. 앙코르에서 받았던 감흥을 한마디로 표현하자면 내가 아주 겸손해진 것이다. 앙코르를 만든 크메르문화에 대한 나의 무지에 대해서, 유명세에 대한 거부감 때문에 등한시했던 나의 편견에 대해서 크게 반성했다. 나는 타프롬에서 느꼈던 천연덕스러운 자연의 힘 앞에서 인간으로서 아주 겸손해졌다. 나는 반티스레이에서 수십년 만에 풀었던 수수께끼 같은 감정 앞에서 겸손해져서, 왜 크메르문화가 수백년 동안 역사에서 사라져버리다시피 했는지 파헤쳤다(물론 이것은 서구의 관점이다. 앙코르 유적들이 정글 속에 존재하고 있음을 캄보디아 사람들은 잘 알고 있었다). 나는 앙코르와트 옆 산 위의 새카만 정적 속에서 받았던 감동의 힘에 대해서 놀라워하면서 겸손해졌다. 그래서 앙코르에 대해서 그후 더 많은 자료를 찾아봤고, 더 많이 공부했고, 알아갈수록 신비감에 사로잡히곤 한다.

여행지에 가면 가끔 이런 생각이 든다. 이런 신비로운 풍경 안에서 사는 사람들은 어떤 감성으로 살까? 매일 신비한 꿈을 꾸지 않을까? 압도당하는 느낌에 시달리지 않을까? 가슴을 벌렁벌렁하며 살지 않을까? 앙코르에서 그런 생각이 강하게 들었고, 신의 세계 아크로폴리스를 머리에 얹고 사는 아테네에서도 그런 생각이 들었다.

물론 이건 부질없는 생각이다. 현지 사람들은 그런 것들에 전혀 개의치 않는다. 현세의 먹고사는 일에 바쁘고 일상의 힘듦을 헤쳐 가는 일이 더 먼저기 때문이다. 천년 전, 이천년 전의 영광이 아니라 최근의 정치·경제·사회의 역경이 훨씬 더 큰 영향을 끼친다. 크메르루주 치하에서 당했던 공포, 그리스 현대사를 어지럽혔던 독재와 경제난이 더 큰 영향을 미치는 것이다.

지식인들이나 예술인들은 특별한 감성에 사로잡힐 듯도 하다. 캄보디아 사람들의 심상에 대한 글은 찾지 못했지만, 아테네 지식인들이 어떠한 심경을 갖는지에 대한 흥미로운 글을 찾았다. 모든 철학과 사상을 수천년 전에 완성했던 아테네에 살고 있는 현대 지식인들이 갖는 중압감 또는 상실감을 묘사한 『천재의 지도: 위대한 정신을 길러낸 도시들에서 배우다』(에릭 와이너, 2021)라는 책이다. 역시 그렇다. 위대함 앞에서 주눅 드는 것은 인간이라면 느낄 법한 자연스러운 감정이다.

그렇다면 지구의 위대한 공간들은 그 안에서 익숙하게

사는 사람들보다 오히려 이방인들에게 영감을 일으키고, 인류가 만든 위대한 공간들은 그것을 만든 문화 안의 사람들보다 오히려 타문화의 사람들에게 영감을 일으키기 위해 존재하는 건지도 모른다.

물론 나는 과장하고 있다. 하지만 자기 문화에서는 당연한 것들이 타문화 사람들에게는 이색적이고 신선할 뿐 아니라 자연의 본질, 인간의 본질, 생각의 본질, 존재의 본질에 대한 근본적인 의문을 던져주며, 가슴에 바람을 일으키고 어깨에 날개를 달아주는 것 아닐까?

어릴 적 나를 그렇게 사로잡았던 세가지 장면 속으로 직접 가보지는 못했지만, 처음 접했을 때 일었던 감정들은 사라지지 않는다. 오히려 그 감정은 더 강해지고 다른 장소에서 떠올려지기도 한다. 중요한 것은 그 장면 이상으로 그 장면이 일으키는 마음의 소란일지도 모른다. 그렇다면 꼭 가보지 않더라도, 마음속의 장면으로 지니고 있던 것만으로도 이미 나에겐 변화가 시작되었던 것 아닐까? 마음의 소란, 바로 이것이 요체다. 마음에 여러 소리들이 들리고 술렁대게 만들지만, 그것은 혼돈을 일으키기보다 마음의 에너지를 불러일으킨다. 너무도 반가운 마음의 소란이다.

하지만 '정말 거기에 갔더라면 나는 어떻게 달라졌을까?'라는 의문은 없어지지 않는다. 가보지 않은 여행길이 남긴 의문이다. 답을 모르기에 또 묻는다.

지구의 위대함과 인류의 위대함은

타문화 사람들에게 더 큰 영감을 불러일으킨다.

마음에 품는 것만으로도 변화는 시작된다.

나가자, 걷자, 떠날 때가 되었다

⑭

디지털 방구석 여행의 축복과 저주

꼭 가야 하나?

> 모든 여행은 방구석에서부터 시작한다.
> 로망, 도피, 세계여행, 우주여행, 시간여행까지
> 누구나 만나고 어디에나 가볼 수 있는데
> 뭣 하러 집 떠나 생고생?

사춘기를 보냈던 집은 무척 비좁았다. 스물다섯평 남짓하니 크기로는 그리 작지 않았지만 엄마 아버지와 일곱 아이들, 그리고 가사도우미까지 열명의 가족이 우글거렸고, 친척 손님들까지 자주 머물렀던지라 얼마나 북적북적하게 살았는지 지금으로서는 상상이 잘 안 될 정도다. 그나마 이층집이었다. 이층집은 아이들의 나이가 20여년에 걸쳐 있을 때 무척 유용한 구성이다. 세계를 구분할 수 있기 때문이다. 부모의 존재가 곳곳에서 느껴지는 아래층에 비해서 위층은 독립적이고 자유로운 분위기가 떠돈다. "야호, 우리 세상이다!"

아래층 세상에 머물렀을 때 나는 위층 세계를 무척 궁금해했다. 비밀이 가득한 것 같았다. 중학생이 되면서 승격한 나는 드디어 본격적으로 위층 세상을 탐구했다. 완전히 새로운 세상이었다. 거기엔 음악과 예술과 혁명과 사상이 있었고, 세계 곳곳의 문화를 맛볼 수 있었고, 고독한 작업 무드와 화사한 파티 무드가 번갈아 가동되고 있었다. 자질구레한 일상의 소란함으로 꽉 채워진 아래층 세상과는 달리, 위층 세상은 고요했고 때로는 고독했다. 그 고독 속의 세계는 아주 컸고 자꾸 커졌다.

모든 여행은
방구석에서부터 시작한다

무엇보다도 위층 세계는 보물창고였다. 책과 화집과 잡지와 음반과 물 건너온 게 분명한 자질구레한 고물들이 가득했다. 터울이 많이 나는 대학생 오빠와 언니 덕분이다. 세계문학 전집과 한국문학 전집, 사회서, 철학서가 지천인 것은 오빠 덕분이었고, 흥미 만점인 미술 작품집과 디자인 관련 책은 미술을 공부하던 언니 덕분이었다. 막 사춘기로 접어든 내가 마치 북카페와 헌책방과 빈티지 가게를 섞어놓은 듯한 분위기를 발견했으니 얼마나 신났겠는가?

내가 특히 좋아했던 구석이 있었는데, 방바닥부터 천장까지 이르는 깊은 공간에 마구 책을 쌓아놓은 벽장이었다. 중간 선반이 하나 있어서 이불장으로 쓰라는 공간이었던 것 같은데 게으른 오빠와 언니가 시시때때로 책을 던져놓아서 수북이 쌓여 있었다. 계단참에 있는 이 벽장 앞을 오가다 유리문 사이로 구경도 하고 책을 한두권씩 꺼내 보고, 때로는 아예 벽장 속에 들어앉아서 이 책 저 책 들여다보기도 했다. 아주 아늑했다. 마치 영화 「나니아 연대기」(2005) 속에서 옷장 속 신세계를 찾아가는 듯한 분위기였다.

TV가 없어서 너무 다행이었다. 눈이 모니터에 고정되면 생각의 끈, 상상의 끈이 끊어지기 일쑤다. 화면은 마치 영화 「폴터가이스트」(1982)에서처럼 영혼을 다 빨아들인다. 대신 언제나 거기 있던 음악은 그것이 라디오건, 오래된 전축의 레코드건, 클래식이건 팝이건, 록이건 발라드건, 아리아건 오케스트라건 공간에 다양한 음색을 깔아준다. 그렇게 변화무쌍한 무드 속에 나는 흠뻑 빠졌다. 마음껏 상상의 여행을 떠날 수 있었다.

요즘식으로 말하자면 '방구석 세계'다. 디지털 세계처럼 인터넷, 모니터, 컴퓨터, 웹은 없지만 아날로그시대에도 방구석 세계는 다채로웠다. 책, 잡지, 작품집, 디자인책, 여행책, 지도, 그림, 레코드, 라디오, 전축, 지구본, 그리고 사람들이 물고 오는 이야기들. 돌아보면 참으로 충만한 시절이었다. 만물만사에 대한 호기심과 기대와 불안과 동경과 배움과 온갖 시도와 실패와 좌절과 또 새로운 시도가 이어지면서 세계에 대한 동경, 여행의 로망이 제대로 싹텄던 시절이다.

세계지리부도 놀이를 기억하는가? 친구 둘이 한 페이지를 펼쳐서 각기 특정 지명을 대고는 누가 먼저 찾나 하는 놀이다. 아주 작은 글씨의 지명을 대는 잔꾀를 쓴다고 꼭 이기는 게 아니다. 큰 글씨의 지명을 못 찾는 경우도 허다하다. 이 놀이를 많이 하다보면 지명과 지명이 이어지면서 어느 나라 옆에 어떤 나라가 있는지, 어느 큰 도시 옆에 어떤 작은 도시가 있는지 파악하며 찾는 속도가 빨라진다. 지리, 사회, 역사 시간에 여러 지명과 연관된 스토리를 알게 되고, 소설과 영화와 노래에 나오는 지명과 이야기들까지 연결하면서 지명 찾기 속도는 더 빨라지고 머릿속에서 하나의 세계가 구성된다. 방구석은 세계로 통하는 열쇠 공간이 되는 것이다. 이 세계에 언젠가는 가보리라! 상상은 나래를 편다. 마음속 여행의 시작이다.

디지털 방구석 세계, 축복인가 저주인가?

요즘 시대의 디지털 방구석 세계는 확실히 다르다. 상상의 세계가 아니다. 아예 다 알려주고 다 보여준다. 도대체 여백이란 게 없다. 궁금증, 호기심, 상상의 여지를 없앤다. '알고 싶어? 여기 있어! 보고 싶어? 여기 있잖아!' 더 나아가서 '이건 어때? 여긴 어때?' 하며 알아서 펼쳐준다. 인터넷, 구글링, 유튜브, OTT, VOD 등, 클릭 하나로 어디든 가고 무엇이든 알 수 있다. 신기한 것을 더 보여주고 유혹거리를 더 늘린다.

그뿐 아니다. 현실 이상의 세계까지 보여준다. 게임 세계가 전형적이다. 단순한 승부, 점수에 대한 집착 정도가 아니다. 이제는 아예 게임 안에 새로운 세계관을 투영한다. 그 인공의 세계 안에서 싸우고 개척하고 도전하고 정복하고 획득하는 과정에 유혹 이상으로 중독이 된다. 현실 세계의 불만과 좌절을 뒤로하고, 마치 자신이 주인이 되어 새로운 세계를 창조한다는 도취감에 빠지게 만든다. 최근 뜨는 메타버스meta-verse 기술이 더 발전한다면, 인간의 상상력이 구축한 인공의 세계가 현실 세계보다 더 리얼하게 될지도 모른다. 우리 모두 SF영화, 판타지영화의 한 장면 안으로 성큼 들어갈 가능성이 높다. 「마이너리티 리포트」(2002)의 그 장면? 「매트릭스」(1999)의 그 장면? 「반지의 제왕」(2001~2003)의 그 장면? 「스타워즈」(1997~)에 나온 그 행성? 「닥터 후」(1963~)의 그 우주? 「닥터 스트레인지」(2016~) 「에브리씽 에브리웨어 올앳원스」(2022)에 나온 '멀티버스'의 그 세계?

인터넷 웹이 나왔을 때 진심으로 "야호~" 부르짖었고, 영화광으로서 비디오 가게에서 비디오를 고를 때마다 영화 VOD 서비스가 어서 나오기를 갈망했던 나였다. 세상에 할 수 있는 일이 더 많아지고, 시간은 더 절약되고, 길에서 시간을 허비하지 않아도 즐길 수 있는 일이 훨씬 더 많아지리라, 얼마나 큰 축복이랴 하면서 디지털 세계의 등장을 반겼던 나다.

그런데 아무래도 심상찮다. 방구석에서 클릭 하나로 할

수 있는 게 너무 많아졌다. 시간이 훅훅 지나간다. 아예 시간 개념이 없어지기도 한다. 낮인지 밤인지, 아침인지 저녁인지 모르고 빠진다. 방구석에서 나와도 스마트폰이라는 손바닥 세계까지 등장했으니 방구석은 어디로나 연장된다. 지하철에 들어서면 모두 귀에 이어폰을 끼고 스마트폰 화면에 눈이 고정돼 있다. '그래, 이것도 나쁘지 않아. 다들 피곤한 세상을 등지고 자기만의 세상에 빠질 수 있는 거잖아?' 한동안 좋게 생각주던 나도 요즘은 '어디로 가는지 모르고 취해 있는 좀비들이 가득 찬 지하철'이라는 생각이 들 정도다. SNS로 수다 떨 때는 그나마 아직 타인과 연결되어 있다. 드라마, 게임, 영화, 유튜브에 흠뻑 빠진 사람들은 자신이 어디에 있는지조차 잊은 듯하다.

아날로그 방구석 세계와 디지털 방구석 세계가 다른 점은 확실하다. 아날로그 방구석이 나가고 싶은 갈망을 키운다면, 디지털 방구석은 나가고 싶지 않게 만든다. 아날로그 방구석이 절절하게 외로움을 느끼게 만든다면, 디지털 방구석은 풍성한 도취감마저 준다. 온통 내가 컨트롤할 수 있는 디지털 세계에서 자유자재로 세상을 주무르고 흔들고 누비며 나의 세계를 만들 수 있을 것 같다. 하지만 이 자만

심과 도취감이 나락으로 빠지는 것은 한순간이다.

디지털 방구석의 축복을
놓칠 순 없다

그렇다고 디지털 방구석을 포기할 수는 없다. 너무 매력적이다. 우리는 무방비한 어린아이는 아니니까, 단속보다는 운용의 묘가 필요하다. 내가 디지털 방구석 여행을 워낙 즐기기 때문에 변명을 찾는 것이기도 하지만, 디지털 방구석 여행은 실제 여행보다 더 리얼하고 찬란할 수 있기 때문이다. 특히 디지털 중독증이 심해진 지난 코로나19 팬데믹 3년 동안 나는 나름의 패턴을 개발했다.

여행을 갈 수 없을 때, 내가 방구석에서 가장 많이 하는 짓은 역시 이미지 검색이다. 컴퓨터를 켜면 검색 소프트웨어가 띄워주는 지구 곳곳의 이미지를 은근히 기다릴 정도다. 끌리는 이미지가 나오면 기분이 좋아진다. 혹해서 관련 이미지들을 한동안 찾아보는 경우도 허다하다. 특히 내가 하지 못할 여행을 자극하는 이미지일수록 더 매혹된다. 별이 쏟아지는 사막의 밤, 오로라가 유령처럼 배회하는 극지의 밤, 지옥의 불이 혓바닥을 날름거리는 것 같은 화산구,

이 세상 같지 않은 해저의 세계, 도저히 지구 풍경 같지 않은 얼음 강 등 도대체 사진가들은 어떻게 이런 강렬한 이미지들을 얻는지, 지구가 선사하는 광경은 얼마나 오묘한지 모른다. 『라이프』 『내셔널 지오그래픽』이 오랫동안 대중의 사랑을 받은 이유일 것이다. 요즘은 다들 동영상을 선호하지만, '한 장의 사진'의 힘은 그토록 강력하다.

　여행 못 가서 속상할 때 나는 여행 갔다 온 사람들의 유튜브는 절대 보지 않는다. 보나마나 자랑이 들어 있을 테니 내속을 뒤집어놓을 게 빤하기 때문이다. 어떤 사람들은 남들의 여행을 보며 위안을 받는다고 하는데, 나는 질투심이 많은 건지도 모르겠다. 사실은 따라 하고 싶지 않다는 마음이 크다. 루트를 따라가거나 느낌까지도 흉내 낼 위험이 농후하기 때문이다. 자료 유튜브는 꽤 찾아보는 편이다. 역사·문화·사건·인물·도시·건축물 등 분류가 잘 되어 있다. 유튜브에는 지나치게 생략된 자료만 나오는 함정이 있지만 참조할 만하다. 더 깊은 자료를 찾고 싶으면 구글링을 한다. 수십만에서 수억 개의 파일이 나와서 질리지만 유용한 자료의 가치를 판별하는 눈도 길러진다.

　여행에 대한 꿈을 키울 때, 나는 다큐영화를 잘 찾아본다.

예능보다 다큐가 훨씬 더 효과적이다 예능은 근사하게 또 재미있게 보이려 드는 설정과 인위적인 연출이 들어가지만, 다큐는 상대적으로 정직하기 때문이다. 가보지 못할 가능성이 농후한 장소를 다루는 다큐는 더욱 열심히 찾아본다. 갈라파고스섬, 이스터섬, 페루의 나스카 지상화, 북극과 남극, 화산, 아마존, 고산지대 등 이 세상엔 직접 가보지 못할 데가 더 많다. 다큐를 보고 내가 실제로 가본 곳은 '차마고도'가 유일하다. TV 다큐를 감동적으로 봤다가 중국 윈난성 호도협 계곡을 따라 실크로드의 맛을 살짝 봤다. 그렇다고 내가 다큐광은 아니다. 지나친 지식은 언제나 느낌을 방해한다.

내가 놓쳐버린 여행에 대한 로망을 키울 때 영화만큼 위로가 되는 게 없다. 「티베트에서의 7년」(1997)을 보며 놓쳐버린 포탈라궁의 속살까지 더듬어봤고, 「월터의 상상은 현실이 된다」에서는 내가 절대로 못 할 항해도 해봤고, 「어디 갔어, 버나뎃」(2019)에서 남극의 1인 카약도 타봤다. 숲속 모험을 다루는 영화는 많이 무서워한다. 길 찾기 가장 힘든 데가 숲이라는 것을 잘 알기 때문이다. 그럼에도 눈 쌓인 숲속의 늑대 무리와 대결하는 영화 「더 그레이」(2011)는 인상적이었다. 생존을 위해 인간이 발휘하는 극한의 역량에 경의를 금치 못하면서도 자연의 힘에 승복할 수밖에 없는 순간에 겸허하게 인간의 존엄을 지키는 모습이 좋았다.

정작 여행지를 고를 때는 어떻게 하느냐? 여행을 많이 해보지 못했던 젊은 시절에는 내 책상 근처에 지구본을 두거나 세계지도를 한장 걸어두었다. 세계관을 키우는 데 아주 도움이 된다. 내가 아이들에게 주는 최애 선물이기도 하다. 그렇다고 직접 세계지도를 보고 여행지를 고르지는 않는다. 분명 세계지도를 열심히 연구했을 여행사가 제시하는 그룹투어 프로그램을 참조한다. 시간과 비용까지 고려해서 짠 좋은 루트들이 많다. 특히 지역 밀착형의 '착한 투어'를 지향하는 여행사들이 펼쳐놓는 각종 자료는 아주 좋은 참조가 된다. 가끔은 한 번에 북유럽―라틴유럽―이베리아반도―동유럽―중미―남미 동부―아프리카 북부―아프리카 남부―터키―아랍―동남아시아―내륙아시아―중국 북부―중국 남부―호주―뉴질랜드―희귀한 섬―남극까지 전세계 여행을 한꺼번에 주파하는 '미친 짓'도 한다. 누가 뭐라든, 디지털 방구석이 선사하는 최고의 선물이다.

여행지 검색을 하다가 인간이 만든 구조물들이 빚어내는

이미지들에 경탄하는 것은 나도 마찬가지다. '죽기 전에 꼭 봐야 할' 시리즈가 그렇게 많은 이유를 알 만하다. 하늘 위에서 조감한 것, 인공위성으로 찍은 것, 초고성능 줌으로 확대한 세계, 그런가 하면 일상의 장면, 아름다운 전원, 매혹적인 길, 중세도시, 고대도시, 현대도시 등 주제도 가지가지다. 만약 내가 고른다면 무엇을 넣고 무엇을 뺄까 상상하는 재미까지 추가된다.

도시가 배경으로 나오는 영화는 평소에도 자주 찾아본다. 영화에서 그 도시를 어떻게 그리는지 궁금하기 때문이다. 이탈리아 토스카나 지역의 시에나가 나온다고 해서 「007 퀀텀 오브 솔러스」(2008)까지 찾아봤을 정도다. 조개 모양의 캄포광장이 아름다운 중세도시 시에나가 영국 MI6 정보부의 거점으로 그려지고, 단아한 건물의 뒤편에서 각종 음모가 일어나고, 제임스 본드가 시에나 특유의 기와지붕 위를 질주하며 액션을 펼치는 게 참 그럼직했다. 시에나는 지금의 로맨틱한 분위기와는 달리, 르네상스 시절에 피렌체와 패권을 다투던 도시다. 피비린내 나는 전쟁에서 패배하고 역사의 뒤안길로 접어들었지만, 한때의 권력 욕망은 하늘을 찔렀던 도시다. 나를 시에나에 처음 매혹되게 만들었던 캄포광장의 팔리오^{Palio} 경주가 이 영화에서 제대로 나온다. 시에나 각 동네의 기수들이 근사한 말을 타고 이 크지 않은 광장을 몇바퀴 도는 경기인데, 팔리오를 처음 봤을 때 씩씩거리는 경주마들의 거친 호흡, 근육질 기수들의 땀냄새, 광장 내부를 빼곡하게 메운 관객들의 환호가 엉켜서 그야말로 희열의 광장을 만드는 광경에 매혹됐었다. 팔리오의 격정과 제임스 본드의 액션이 아주 그럴듯하게 매치된 영화였다.

로맨스 영화에서는 곧잘 도시가 배경이 되지만 지나치게 관광포스터처럼 찍는 영화는 그리 재미없다. 앞에서 얘기했던 '비포'시리즈가 괜찮았던 것은 빈, 파리, 그리스를 그저 이야기의 배경으로 그렸기 때문이다. 이런 점에서 현대 도시들의 무성격하고 드라이하고 비정한 모습들은 범죄 사건의 배경으로 역할하기에 너무 적절하다는 게 찜찜하다. 이런 느낌에 질리면 몇백년 전 모습을 그대로 그리는 시대극을 찾아보곤 한다. 이를테면 「전망 좋은 방」(1985)에 나온 피렌체를 보며 추억을 더듬고, 「반지의 제왕」을 통해 스페인과 포르투갈의 아랍문화가 혼재된 도시들의 판타지 가득한 맛에 흠뻑 빠져본다.

이쯤 되면, 내가 얼마나 디지털 방구석을 애호하는지 다 보일 것이다. 1년 열두달 365일 방구석에 처박혀 있는 것 아닌지 의심될 정도 아닌가?

동서고금, 시간여행, 쿨 냄새와 땀 냄새

언제 방구석 여행을 하기 좋은가? 당장 할 일이 없거나 시간 여유가 많을 때 하기 좋을 것 같지만, 사실은 미션이 확실하고 시간적으로 바쁠 때 더 유용하다. 당장 할 일에서 도피하는 구실로 좋거니와 일하면서도 노는 것처럼 느끼게 만드는 마력도 있기 때문이다. 집중해서 일한 후에 30분, 자료 조사하면서 30분, 일하는 분위기를 올리며 30분 등 잘 활용하면 분위기 전환에 아주 유용하다. 잠깐만 한다면서 방구석 여행에 빠져버리는 것이 언제나 문제가 되지만, 뭐 인생에는 그런 시간도 필요하다.

내가 방구석 여행을 좋아하는 이유는 세가지다. 첫째는 동서고금을 종횡무진으로 누빌 수 있다는 점, 둘째는 현재와 미래와 과거를 오가는 시간여행을 할 수 있다는 점, 셋째는 쿨 냄새와 땀 냄새를 오갈 수 있다는 점이다.

동서고금은 말 그대로 동서고금이다. 최초의 계획도시였던 중동의 모헨조다로에 갔다가 중국 베이징의 격자도시로 갔다가 뉴욕의 격자도시로 향할 수 있다. 기원전 그리스 유적에 갔다가 11세기 전성기의 크메르문화에 갈 수도 있다. 2세기에 만든 로마의 판테온에 갔다가 21세기에 만든 런던의 밀레니엄 브리지에 갈 수도 있다.

시간여행을 선택할 수 있다는 것은 디지털 세계에서 가장 흥미로운 부분이다. 영국 TV시리즈 「닥터 후」에서처럼 미래와 현재와 과거를 아주 근사하게 엮을 수 있다. SF로 갔다가 고대로 갔다가 중세로 갔다가 현재의 시시콜콜한 현장에 갔다가, 이렇게 여러 시간대를 다니면 상상력이 최대한으로 가동된다.

쿨 냄새와 땀 냄새를 오가는 것도 방구석 여행의 이점이다. 돈 안 들이고 쿨해질 수 있고, 힘 안 들이고 땀 낼 수 있다. 금속과 플라스틱과 실리콘으로 꾸며진 너무 세련된 공간에서 쿨한 매너에 질릴 때가 되면, 땀 냄새 나는 장면으로 찾아가면 된다. 차도 없던 시절, 기차도 자전거도 없던 시절이나 말 타던 시절, 또는 오직 걷기 외에는 할 수 있는 게 없는 장면으로 가는 것이다. '아, 참 좋았다. 저렇게 걷기만 해야 할 때가 너무 좋았다.' 이런 생각이 들면 직접 밖에 나가서 걸어야겠다는 깨달음의 순간이 임박했다는 신호다.

빨리 나가서 걷자,
지금이 떠날 시점이다

"디지털 방구석에 빠져 있다는 신호를 느끼면 빨리 나가서 걸어라!" 내가 주변에 자주 해주는 얘기다. 불안증에 빠지면 일단 걸어라! 무기력해진다고 느끼면 일단 걸어라! 우울해지면 일단 걸어라! 다 비슷한 상황에서 해주는 얘기다. 그만큼 디지털 방구석에 지나치게 빠지면 자칫 불안하고 무기력하고 우울해지기 십상이다. 집콕하면서 이런 현상에 한번 안 빠져본 사람이 없을 것이다.

나가자. 나가서 걷자. 걸을 수 있어 얼마나 다행인가? 걷는 행위는 일단 우리 몸의 존재를 느끼게 해준다. 발바닥에 있는 모든 촉들이 활성화된다. 후들거리던 무릎에도 힘이 돌아온다. 허리가 꼿꼿해진다. 두 팔을 저으며 활보하면 힘이 붙는다. 보인다. 들린다. 냄새가 난다. 만지고 싶다. 온몸의 감각이 다시 살아난다. 걸으면 머리도 반짝반짝해진다. 생각하고 명상하고 철학을 하는 데 있어 걷기는 최고의 자극을 준다. 걷기란 그만큼 가장 원초적이고 가장 인간다운 행위다. 인간의 오래 걷기 능력은 다른 동물보다 월등하게 발달했다. 이 능력을 제대로 쓰자.

여행이란 기본적으로 걷기의 행위다. 아무리 문명의 이기를 자유자재로 이용하더라도 걷기가 수반되지 않는 여행은 없다. 하루 20킬로미터씩 걷는 강행군은 못하더라도 10킬로미터는 가능하다. 2킬로미터에서 시작해서 5킬로미터까지만 걸어도 된다. 이동을 위해서 걷는 것이 아니라 걸으면서 보고 듣고 찾고 생각하고 감각을 발동시키기 위해서다. 이제 떠날 시점이다. 어디로 떠날지에 대한 선택은 방구석 여행에서 시작한다.

누구나 방구석 여행을 한다.

어린 시절에 그리고 어른이 되어서도.

방구석 여행을 한껏 즐겼으면 이제 진짜 여행을 하자.

에필로그

여행만 했던 걸까? 다시 여행 프롤로그를 쓴다

책을 쓰고 보니 마치 평생 여행만 한 것 같다는 느낌이 든다. 그럴 리야 없다. 실제 여행에 쓴 시간은 아마 내 인생의 5퍼센트 내외일 것이다. 1년에 대략 20일 정도? 해외와 국내를 다 합해서 그렇다. 여행의 진수라 내가 정의하는 '홀로여행' 기준으로 따지면 비율은 훨씬 더 줄어들 것이다. 그런데도 여행에 엄청난 시간을 쓴 것처럼 느껴지는 이유는 무엇일까?

두가지 이유를 짐작한다. 첫째는, 딱히 여행이라는 말을 붙이지 않더라도 일상 속에서 오가는 시간을 여행의 시간으로 여겼다는 것이다. 일상의 여러 순간들과 하루 중 일정한 시간을 여행처럼 만드는 습관을 들였다. '인생 자체가 여행'이라는 말과 통한다. 둘째는, 여행의 시간에서 느낀 체험의 밀도가 높아서 기억속의 시간이 무척 길게 느껴진다는 점이다. '기억속에서 더욱 빛나는 여행의 시간'이라는 경험치와 통한다.

여행의 시간은
인생의 시간을 늘린다

여행은 인생의 시간을 확장하는 효과가 뚜렷하다. 잠깐만 낮잠을 자도 하루에 '세컨드 윈드'^{second wind}가 불며 기운이 나듯, 여행은 인생에 새로운 바람을 불어준다. 시간은 누구에게나 똑같이 흐르지만 어떤 에너지를 불어넣느냐, 어떠한 자극을 어떤 강도로 받느냐에 따라 바람의 향방과 세기가 달라지고 우리가 느끼는 시간감각도 달라지는 것이다.

여행을 떠나면 반나절 정도 지났는데도 완전히 다른 시간, 다른 공간에 와 있음을 깨닫고 깜짝 놀라곤 한다. 집에 있었더라면 밥 먹고 차 한잔 마시고 스마트폰을 검색하거나 TV 채널을 돌리면서 소파 근처에서 빈둥대며 시간을 흘려보냈을 텐데 떠나니까 이렇게 다른 세상이 있구나, 귀중한 시간을 제대로 붙들었다는 느낌이 든다. 특히 여행 첫날은 왜 그리 길게 느껴지는지 모른다. 하루에 할 수 있는 경험이 이렇게 많다는 게 믿기지 않을 정도다. 그런가 하면 여행길에서 돌아오는 날은 마치 아무것도 하지 않은 것처럼 순식간에 지나가버린다. 빠르다기보다는 마치 그 시간이 사라져버린 듯하다.

기억속에서 여행은 완전히 다시 태어난다. 마치 꿈을 꾼 것처럼, 마치 시간여행을 한 것처럼 말이다. 여행 속의 시간감각마저 기억속에서는 다시 태어난다. 왜 이렇게 긴 시간으로 느껴질까? 아니, 정확히 말하자면, 왜 이렇게 '많은' 시간으로 느껴질까?

여행에서는 수없이 많은 사건들이 압축되어 하나하나가 특별한 시간으로 기억된다. 인상적인 기억은 우리 머릿속에서 끊임없이 재생되면서 확장되고 증폭되기 때문일 것이다. 영화를 처음 볼 때는 순식간에 100분이 지나가지만, 인상적인 영화를 머릿속에서 반복적으로 리플레이하면 영화 속 시간이 아주 길게 느껴지는 것과 비슷하다. 영화 「인셉션」에서 꿈속의 꿈을 여러 단계 더 들어갈수록 시간의 길이가 기하급수적으로 늘어난다는 이론이 나오는데, 적어도 인식의 흐름에서는 맞는 이론으로 보인다.

우리가 진짜로 시간여행을 할 수 있다면 그것은 우리가 하는 여행과 비슷한 체험일 것 같다. 다른 시간대에 떨어져 낯선 환경, 낯선 인물, 낯선 사건을 겪고 돌아왔을 때 그 시간은 현재에서는 순간에 불과하지만 시간여행을 했던 그 시간은 자신의 인생에 덧셈이 되며 기억의 시간을 늘리는 것이다. 그래서 소설이나 영화에 나오는 시간여행자들이 그렇게 현명한 사람으로 그려지는지도 모른다. 경험의 폭이 넓으니 얼마나 많은 산전수전을 겪고, 얼마나 많은 생각을 했겠으며, 얼마나 많은 시행착오를 하고, 얼마나 마음이 많이 흔들렸겠는가? 우리가 시간여행을 할 수는 없지만, 인생에서 여행의 시간을 보탬으로써 아주 조금이나마 시간여행의 맛을 볼 수 있다.

마음속의
여행 에필로그

여행에 대한 진짜 에필로그란 여행기나 출장 보고 같은 것이 아니라 우리 마음속에 쓰는 에필로그다. 이 마음속 에필로그는 여간해서 곧바로 정리되지 않는다. 사건, 풍경, 장소, 인물, 음식, 놀이 등이 인상적으로 남아 있지만 그런 하나하나가 여행의 전부는 아니다. 여행 중에 느꼈던 감정, 생각, 영감, 의문, 아이디어 들은 일상에서 떠올려지고 곱씹어지고 이야기되고 또 지금 내가 하고 있는 것처럼 글로 쓰이는 과정에서 익어간다.

이 세상에 나쁜 여행이란 좀처럼 없지만 그래도 좋은 여행이 아닌 여행은 있을 것이다. 이런 정의는 어떨까? 프롤로그만 잔뜩 길고 에필로그가 별로 없는 여행이라면 그리 좋은 여행이라 보긴 어렵다. 여행 계획을 너무 빼곡하게 세우지 말라는 얘기다. 그 계획을 실행하느라 쇼핑하듯 돌아다니는 여행이 좋은 여행이 되기는 어렵다. 할 때는 신나게 몰입하더라도 여행길이 끝나면 헛헛함이 찾아올 수 있고, 이런 여행이 계속되다가는 헛헛함이 여행길 자체를 삼켜버릴 위험이 있다. '무엇을 보겠다, 인증샷을 남기겠다, 더 나아가 무엇까지 느끼겠다' 하는 프롤로그는 여행이 선사하는 예측 불가능한 놀라움을 미리 차단할 위험이 높다. 여행 프롤로그는 짧게 쓰자.

최고로 좋은 여행을 정의하기는 어렵지만, 에필로그가 영 정리가 안 되는 여행이야말로 아주 좋은 여행이 아닐까 싶다. 일목요연함이 여행 에필로그의 덕목은 아니다. 정리가 잘 안 되는 여행이 더 좋은 여행일 수 있다. 복합적인 느낌이어서, 여러 감정들이 엉켜 있어서 쉽게 정리가 안 되지만 뭔가 충만하다는 느낌이 남아 있으면 최고의 선물이다. 좋은 여행기를 쓰는 프로 여행가들에게 미안한 말이지만 너무 정리가 잘되어 있는 여행기를 내가 그리 달가워하지 않는 이유이기도 하다. 그런가 하면 여행의 시간이 꽤 지난 후에 쓴 여행 에세이에서 아주 풍성한 의미를 발견할 때, 아주 기분이 좋다. '그렇게 익었구나. 여행은 이 사람을 이렇게 조금 변화시켰고 더 성숙하게 만들었구나. 고맙다!' 안심이 된다.

앙코르 여행에서 얘기했지만 여행 후를 바쁘게 만드는 여행은 아주 좋은 여행이다. 여행 중 솟아올랐던 의문을 해소하기 위해서 열심히 자료를 찾아보게 되고, 생각을 더듬어보면서 더 깊이 생각하게 되고, 느낌이 끈질기게 남아 있어서 시시때때로 떠올리는 여행이라면 최고다. 일상에서 여행의 기억을 환기할 장치가 필요하다. 나는 앙코르 여행에서 사 온 캄보디아 문화유적 책을 화장실에 두고 가끔씩 열어본다. 나만의 에필로그 방식이다.

여행의 시간이란 일상의 시간으로부터의 탈출임에 분명하지만, 도피여행에 대해서도 잘 관찰할 필요가 있을 것이다. 도피 목적의 여행이란 분명 인생 어느 상황에서 필요하지만 도피가 습관이 되어서는 곤란하다. 여행 역시 일종의 습관이다. 자칫 나쁜 습관에 길들여지는 상황을 경계하고 이왕이면 좋은 습관을 익히는 게 필요하다. 마음속 에필로그를 쓰는 습관은 좋은 여행 습관을 들이는 데 분명 도움이 된다.

또다시
여행 프롤로그를 쓰련다

이 책은 나의 인생에서 걸어왔던 여행길에 대한 에필로그다. 좋은 여행길을 걸어왔다고 할 만큼 충분한 에필로그일까? 아직도 다 쓰지 못한 에필로그가 여전히 남아 있다는 느낌이 드는데, 이 느낌이 신선하다. 쓰지 못하고 남아 있는 에필로그가 새로운 여행의 프롤로그를 쓸 동기가 될 것이다. 여행은 또다른 새로운 가능성을 열어주리라.

느끼는 만큼 음미하는 힘은 커진다. 아는 만큼 훨씬 더 모르는 게 많아진다. 모르는 것을 인정할수록 더 호기심이 커진다. 다니는 만큼 우리의 느낌, 앎, 모름, 호기심은 커진다. 이 짧은 인생에서 우리가 할 수 있는 것은 아주 크기도 하고 아주 작기도 하다. 세상은 정말 넓고 우리가 직접 가고 볼 수 있는 곳은 제한되어 있다. 우리가 할 수 있는 것은 느낌, 앎, 모름, 호기심의 넓이를 더 넓게, 깊이를 더 깊게 하는 것이다.

여행은 이것을 가능케 한다. 인생의 체험을 농밀하게 해주고, 더 많이 느끼게 만들고, 더 많이 생각하게 만들고, 더 많이 묻게 만들고, 더 많이 알고 싶게 만들며, 더 많은 호기심을 끌어낸다. 더 많이 걷게 만들고, 더 많이 몸을 움직이게 만들고, 평소 안 쓰던 근육을 쓰게 해서 근력이 붙게 만든다. 여행 근력이 붙으면 순발력도 생기고 모험심도 강해지고 용기도 자라난다. 대범해지고 섬세해지기도 한다. 무엇보다 답을 찾지 못하더라도 답을 구하는 과정 자체가 얼마나 소중한지, 의문을 하는 것 자체가 얼마나 괜찮은 느낌인지 새삼 깨닫게 만든다. 여행이 인생을 훨씬 더 행복하게 만든다고 장담하진 못하더라도, 인생의 시간을 더 풍부한 의미로 채워 넣는 것만은 분명하다. 여행은 일상의 시간을 빨리 흐르게 하지만 기억의 시간을 훨씬 더 깊이 있게 만드는 것 역시 분명하다.

내 인생의 여행 에필로그를 마무리하며, 새로운 여행 프롤로그를 또 시작해보련다. 앞으로 어떠한 여행의 시간이 펼쳐질지는 나도 전혀 모른다. 하지만 한가지는 확실하게 안다. 여행의 시간은 계속되리라는 것을!

특별부록

김진애의
도시여행법
인생은 여행·도시는 여행

1. 딜레탕트 스타일
돌이 말을 걸어올 때까지

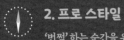

2. 프로 스타일

'번쩍' 하는 순간을 위하여

3. 고수 스타일

어디에도 있고 어디에도 없는

김진애의 도시여행법

인생은 여행·도시는 여행

"도시여행이란 자연여행과 근본적으로 다르다.

자연여행의 본질이 지구와 우주의 마음을 헤아리는 것이라면,

도시여행의 본질이란 궁극적으로 인간의 마음을 헤아리는 데 있다.

인간의 흔적에 대한 확인과 감탄과 공감과 판단과 해석이 이어지는 여행,

그래서 도시여행은 끝없이 흥미롭다."

도시여행이란 하나의 '사건'이다. 온몸으로 그 시간, 그 공간을 통과하는 사건이 도시여행이다. 마음에 무언가 흔적을 남기는 순간, 쌓아온 경험과 새로운 체험이 만나는 순간, 온몸의 촉수가 생생하게 살아나는 순간이다. 소리가 들리고 냄새에 끌리며 손에 만져지고 발바닥에 닿는 촉감과 눈에 걸리는 장면들이 어우러지면서 모든 감각이 깨어나고 머리가 팽팽 돌아가며 가슴에 '출렁' 파동이 치는 순간이 찾아온다. 그 사건은 언제, 어디에서, 어떻게 일어날지 모른다. 그 사건으로 자신이 어떻게 변화할지 누구도 알지 못한다.

나의 첫 본격적인 도시여행지는 '전주'였다. 대학교 2학년 때 친구 고향집이 있는 임실에 가서 여름방학을 보내다가 인근 도시인 전주로 원정을 떠났다. 그전에도 방방곡곡 여행을 떠나봤지만 이 여행은 완전히 달랐다. 휴가, 휴식, 안온함 대신 자극, 탐험, 더 알고 싶은 호기심이 들어섰다. 그때 발견했던 경기전과 그 앞에서 버드나무 이파리가 하늘하늘 흔들리던 장면, 단아한 전동성당과 지금은 없어져버렸지만 성당 안의 반들반들 빛났던 정교한 마루, 거리를 걷다보면 이 골목 저 골목 사이사이로 나타났다 사라지기를 반복하는 성곽의 모습에서 느꼈던 이상야릇한 시간의 혼합이 강렬한 인상으로 남아 있다. 전주는 이제 수많은 여행객이 찾는 '한옥마을' 도시가 되었는데, 다들 어떤 인상을 받으시는지 궁금하다. 첫 전주 방문이 불러일으켰던 감흥은 그 이후 나의 도시여행에 불을 붙였다.

도시여행이란 자연여행과 근본적으로 다르다. 자연여행의 본질이 지구와 우주의 마음을 헤아리는 것이라면, 도시여행의 본질이란 궁극적으로 인간의 마음을 헤아리는 데 있다. 인간의 손이 거친 데라면 어디나 그렇다. 농촌이든, 전원이든, 무덤의 돌 하나든, 밭떼기 하나든, 오솔길 하나든 말이다. 누가, 왜, 어떤 동기로, 언제, 어떻게, 어떤 소망과 어떤 욕망을 담으려 했나를 더듬는 과정이 도시여행의 흥미를 돋우어준다. 인간에게 인간만큼 흥미로운 존재가 있는가? 인간의 흔적에 대한 확인과 감탄과 공감과 판단과 해석이 이어지는 여행, 그래서 도시여행은 끝없이 흥미롭다.

도시여행을 하는 데에 정석은 없다. 쳇바퀴 같은 일상에서 벗어나 마음껏 자유를 맛보는 게 여행이라면 그야말로 내키는 대로 하는 게 여행의 정석이다. 다만 그 '내키는 대로의 버릇'을 어떻게 들일지가 관건이다. 이를 생각한다면 인생 내내 찾아올 여행의 시간이 더 뜻깊어질 것이다.

도시여행법을 세 단계로 나눠본다. '딜레탕트 스타일―프로 스타일―고수 스타일'로 일종의 초급―중급―고급이라 할까?

여행에 급수를 나눌 수 있을지는 모르겠으나 이렇게 나눠보면 바라볼 무엇이 더 생길 것이다. 딜레탕트^{dilettante}, 즉 애호가로서의 여행으로도 충분하고도 남지만, 프로^{professional}로 만들어줄 어떤 변화가 인생에 등장할 수도 있고, 여행의 경험이 깊어지다보면 자기도 모르게 고수^{高手}의 여행을 하고 있는 자신을 발견할 가능성도 커질 것이다.

'딜레탕트 스타일'이란 우리 인생 내내 추구하는 스타일일 것이다. 무엇을 좋아하든 조금 더 근사하게 좋아하고자 하는 것이 딜레탕트의 심정이니, 인생을 애호하는 방식일 터이다. 무엇이 펼쳐질지 모를 인생이기에 호기심이 발동하고 또다른 체험, 더 낯선 체험에 기꺼이 자신을 여는 것이다. '프로 스타일'이라 하면 좀 긴장되지만, 딜레탕트로 시작해서 일과 관련된 여행으로 전개되는 상황이 생기고 보면 좀더 프로페셔널하게 여행할 방법을 생각해볼 만도 하다. '고수 스타일'이라 한다면, 그렇게 되어도 좋고 그저 마음에만 담고 있어도 뿌듯해지는 여행 스타일 아닐까? 고수란 열심히 한다고 되는 것은 아니니 말이다. 여행의 경력이 쌓이다보면 우리도 어쩌다 고수의 경지에 이를지도 모른다.

딜레탕트
스타일

돌이 말을 걸어올 때까지

1. 단 하나의 호기심만 있다면
떠날 이유로 충분하다

도시여행도 다른 어떤 행위나 마찬가지다. 단 하나의 호기심만 있으면 충분하다. "꼭 한번 보고 싶다! 꼭 한번 걷고 싶다! 그 자리에 앉아보고 싶다! 만져보고 싶다! 그 소리를 듣고 싶다! 그냥 걷고 싶다!" 등 그 주제가 사람이든, 소설이든, 그림이든, 공연이든, 거리든, 건축물이든, 풍경이든 상관없다. 그 무엇에 대해 호기심이 동하면 떠날 이유는 족하다.

'인물'에 호기심이 생기면 사실 최고다. 사람은 그 자체로 끝나지 않기 때문이다. 글, 그림, 행적, 사건, 불운과 행운, 그 사람이 접했던 사건들이 모두 공간을 배경으로 한다. 태어난 곳, 자란 곳, 연애하던 곳, 작업하던 곳, 산책하던 곳, 고통받던 곳, 노후를 보낸 곳, 죽은 곳 등 장소마다 이야기를 담고 있으니 그곳을 걷다보면 또다른 곳에서 헤매고 있는 자신을 발견하게 될 것이다.

물론 '예술작품'도 좋고 '사건'도 좋고 '풍경'도 좋다. 하나의 단서는 다른 단서로 이어지며 꼬리에 꼬리를 물고 다음의 물음표를 끌어낸다. 그러니, 호기심이 있다면 그곳으로 향하라. 평소엔 마음으로 향하고 있다가 드디어 온몸으로 향하는 것이다. 그리고 스토리를 엮어보라. 기억 어딘가에 있던 그 무엇을 찾아내는 것만큼 신기한 일이 있으랴? 갑자기 과거의 나와 현재의 내가 만나는 것 같고, 알지 못하던 나와 알고 있던 내가 조우하는 것 같은 느낌이 든다면 충분하지 않은가? 그날 밤에 꿈속에서 그 도시의 그 누군가가 찾아와 당신의 호기심을 채워줄지도 모른다.

2. 길을 잃는다, 무작정 걷는다

도시에서는 모쪼록 길을 잃어보는 게 최고다. 길을 잃어야 보인다. 길을 잃어야 기어코 길을 다시 찾아낸다. 자신이 알고 있던 자신을 잃어보는 사이에 잃어버렸다고 여겼던 자신을 다시 찾을지도 모른다. 우연에 몸을 맡기고 우연을 운명으로 받아들이게 될지도 모른다. 누가 아는가? 길을 잃는 과정, 길을 찾는 과정에서 그 무엇이 떠오를지는 누구도 모른다. 영화 같은 연애, 소설 같은 만남이 아니더라도 마음을 사로잡는 장면, 날개가 돋을 듯한 순간, 후에 기억나고 또 기억나는 체험을 만나게 될지도 모른다.

가이드 투어가 좋지 않은 것은 길을 잃는 모험을 원천적으로 배제하기 때문이다. 완벽하게 짜인 일정에 완벽하게 설정된 '포토존'에서 사진을 찍고 서둘러 다음 일정을 소화하는 여행이란, 아무래도 재미없다. 그렇다고 누구나 어디서나 자유여행을 할 수 없는 것도 현실이니 차선책이 있다. 여행 일정 도중에 자유시간을 가질 수 있는 투어프로그램을 선택하는 것이다. 식사 후 휴식 시간, 목적지에서의 자유로운 배회 시간 등 잠깐이라 할지라도 모험심에 사로잡히는 기분이란 확실히 색다르다.

길을 잃어보면 정말 많은 것이 보인다. 우리의 위험 인지능력이 갑자기 풀가동한다. 어디가 안전한지, 어느 쪽이 위험할지, 누가 어디서 갑자기 튀어나올지 파악하려고 모든 촉수를 세운다. 마치 수렵시대의 유전자가 살아나는 것만 같다. 위험

의 단서, 안전의 단서를 읽어내는 공간 추리력이 발동된다. 어느 쪽이 더 흥미로울지, 어느 쪽이 더 짧은 길일지, 어느 길이 더 목적지로 가는 길처럼 보이는지, 간판 하나에도 길모퉁이 표지판 하나에도 건물의 형태와 종류에도 가로수의 모양에도 눈길이 가고 즉각적인 판단을 내린다. 사람들의 행동을 유심히 관찰한다. '왜 모여 있지? 왜 빨리 걸어가지? 왜 저쪽으로 많이 가지? 왜 앉아 있지?' 등. 사람들의 행위를 관찰하는 것이야말로 우리의 다음 행위를 결정하는 데 가장 큰 영향을 준다. 무엇보다도 평소에 잘 안 쓰던 청각과 후각이 그렇게 예민해질 수가 없다. 나 자신이 마치 한마리 동물이 된 것처럼 느껴질 정도다. 이렇게 온몸의 감각을 쓰면 그것이 하나하나 자극이 되어 뇌를 가동시킨다. 멍하니 걸으며 마치 무아지경에 빠지는 것 같지만 머릿속에서는 온갖 시냅스들이 번쩍번쩍 불꽃을 일으키는 것이다.

3. 점·선·면 작전을 편다

여행을 떠나면, 특히 먼 길을 떠나면 다시 못 올 수도 있다는 생각에, 후회하지 않으려 '이것만은 꼭 봐야지! 여기까지 왔는데…' 하다가 무리하고 정신없이 뻗어버리는 경우도 적지 않다. 고백하자면, 나 역시 그렇게 무리했던 적이 꽤 있다. 그러나 모든 걸 보지 못해도 대세에 지장은 없다. 그 분위기에 한번 젖어보는 게 중요할 뿐이다. 못 가본 공간을 다시 찾을 핑계로 삼을 수도 있다.

도시여행의 즐거움은 '우연'을 만나는 데 있다. 아무리 잘 알려진 도시라 할지라도 숨은 보물들은 꼭 있고 관광안내 책자에 등장하지 않은 그 도시의 일상을 만나게 마련이다. 도시의 일상에 젖어보는 것이야말로 여행 최고의 순간이다.

어떻게 일상을 우연하게나마 만날 수 있을까? 그 작전으로 좋은 것이 점·선·면 작전이다. 아주 간단하다. 보고 싶은 공간을 점 찍어놓고 그 사이의 선을 따라 걷고, 다리가 아파지면 그 주변의 동네를 어슬렁거리며 차 한잔, 밥 한끼 먹는 시간을 갖는 것이다. 관광객들이 몰리는 데보다는 그 도시 사람들처럼 보이는 사람들이 많은 데가 더 좋다. 관광객처럼 보이는 당신을 약간 못마땅한 눈초리로 보는 데라면 적격이다. 그 사람들에게 방해되지 않게 마치 그림자처럼 다니다보면, 우연을 만나게 된다.

4. 가장 높은 곳에 오른다

"왜 그렇게 올라가려고 하세요?" 시에나 캄포광장의 시계탑 망루에 올라가겠다는 나에게 「알쓸신잡」 나영석 피디가 물었다. '바로 전날 피렌체의 두오모 성당 463계단을 올라가며 진을 뺐는데 또?'라는 의미가 깔려 있다. 그래도 올라가고 싶었다. 조개 모양의 캄포광장이 한눈에 들어오는 장면은 물론, 시에나의 독특한 벽돌이 연출하는 '번트 시에나'Burnt Sienna 색깔의 도시가 주변의 초록숲 배경과 대비되는 강렬한 풍경을 봐야 진짜 시에나를 보는 것이기 때문이다. 시에나는 자신도 이런 도시가 될지 모르고 만들어진 중세 시간의 도시다. 그 오랜 시간이 견뎌낸 풍경을 헤아리려면 골목을 쏘다니는 것과 함께 망루에 올라봐야 한다.

높은 곳에 올라가면 큰 그림이 그려진다는 장점이 있다. 새의 눈으로, 신의 눈으로, 또는 신이 되고픈 인간의 눈으로 도시를 하나의 큰 장면으로 잡아보는 것이다. 어느 도시에나 가장 높은 곳은 있게 마련이다. 아예 전망타워를 만들어놓은 도시도 많다. 위에서 보면 일상에서 놓친, 완전히 다른 게 보인다. 남산서울타워에 오르면 서울을 두른 내사산^{內四山}, 외사산^{外四山}은 물론 W자를 그리며 도시를 가로지르는 한강의 존재를 느낄 수 있다. 마치 지도 한장을 보면서 도시의 성장 과정을 헤아리듯이, 지도에서 추상적으로 표현된 전체 그림이 실제 풍경으로 펼쳐진 듯한 도시를 조감하는 체험은 경이롭다. 자연의 힘, 사람의 힘, 인간의 욕망, 기나긴 역사를 한꺼번에 통찰하는 기회를 던져주기 때문이다. 더욱이 그 안에서 올망졸망 살아가는 인간의 세계가 얼마나 작은 것인지 느끼면 겸허해진다.

(후일담: 그날 시에나 망루에 올라가는 건 결국 포기했다. 체력을 아끼기 위해서. 물론 아쉽다. 그래도 예전에 올라봤으니까. 또 다음에 오를 수 있을 테니까.)

5. 한끼만큼은 제대로 먹는다

바야흐로 '맛집' 기행에 '먹방'이 위력을 떨치는 시대이니만큼 사람들은 그 도시의 맛을 찾기 위해 갖은 계획을 짜곤 한다. 맛 자체를 즐기는 것도 좋지만 나는 맛의 분위기를 즐기는 데 더 주력하라고 하고 싶다. 맛이란 먹는 순간이 지나면 흩어지는 체험이지만, 맛의 분위기를 통해 그 도시의 풍물, 문화, 매너, 의복, 공간, 공예, 맛을 한꺼번에 느끼는 경험은 오랜 여운을 남기기 때문이다.

'어느 도시를 가든 한끼만큼은 제대로 먹는다!'는 것이 나의 철학이다. '제대로'란 미슐랭 가이드(세계 최고 권위의 레스토랑 평가서)에 등장할 만큼 멋지고 비싼 파인 다이닝을 찾는 것을 말하지는 않는다. 도시의 정취를 느낄 수 있는 식당이면 충분하다. 관광객에게 잘 보여주지 않는, 때로는 관광객을 홀대하기까지 하는 로컬식당에서 제대로 시간 들여서 한끼를 먹는다는 것은 아주 특별한 체험이다.

나는 여행 중에 대개 끼니를 그냥 밖에서 해결하곤 한다. 거리 음식이나 포장마차 음식을 손에 들고 우적우적 베어 물면서 걷는 것이다. 싸기도 하고 시간도 절약되며 무엇보다 그 도시 특유의 맛을 발견할 수 있어서 즐긴다. 걸어 다니다가 식당을 눈여겨봐둔다. 간판, 가게 앞, 건물, 기다리는 사람들이 다 힌트가 된다. 아, 저기라면 '제대로'라는 감이 온다. 이왕이면 옷도 차려입고 어느정도 돈 쓸 태세를 갖추고, 제대로 주문하고, 제대로 격식을 갖춰 먹는다. 이렇게 하면 자신이 괜히 근사해진 기분에 빠진다. 그 도시의 연인들, 커플들, 가족들의 모습을 볼 수 있다. 물론 이 과정에서 추억할 만한 에피소드가 생기는 것은 덤이다.

6. 한가지는 산다, 특히 길거리에서

쇼핑이란 그 자체로 즐거울 뿐 아니라 도시여행을 만끽하는 최고의 행위다. 여행지의 경제에 작은 기여를 함으로써 그 도시에 고마움을 표현하는 방식이 되기도 한다. 그래서 나는 여행지에서 무언가를 꼭 산다. 짐이 안 될 작은 것들, 그 도시에서의 추억을 떠올리게 할 특유의 것들로 고른다.

다른 데서도 살 수 있는 것을 사는 바보짓은 하지 않는다. 해외 사이트에서 인터넷 주문으로 살 수 있는 것도 패스다. 이를테면 '유명 브랜드' 로고가 찍혀 있는 것은 추억할 만한 가치가 전혀 없다. 그 도시, 그 거리, 그 공간에서만 살 수 있는 것이 좋다. 가격 경쟁력이 없거나 유통채널이 빈약해서 세계에

퍼뜨리지는 못하지만 자기 도시를 찾아온 사람에게 선물처럼 팔 수 있는 물건이면 최고다. 지역 아티스트와 장인이 특유의 재료와 디자인으로 공들여 만든 특산품이기 십상이다. 이런 지역상품이 풍부할수록 그 도시의 문화적 수준은 높을 것임에 틀림없다.

시장에 들를 수 있다면 금상첨화다. 지역 시장에서는 그 도시 사람들이 일상적으로 쓰는 물건을 팔기 때문에 우리의 일상용품과 완전히 다른 신기한 디자인을 만날 수 있다. 만약 주말이 끼어 있다면 벼룩시장에 가는 행운을 잡을 수도 있다. 누가 아는가? 도시 뒷골목의 어떤 집에서 오랜 시간 간직해오던 빈티지 물건을 살 수 있는 순간이 찾아올지도 모른다.

7. 사진은 물론 찍지만, 가슴에 새기는 흔적이 더 중요하다

여행 중에, 또 다녀와서 인스타그램, 페이스북, 트위터, 블로그 등 각종 SNS에 사진을 올리는 것도 물론 재미있다. 다만 그에 매이지 않는 게 좋을 따름이다. 사진 찍는 스트레스에 쫓기다가 막상 그 공간 자체를 즐기지 못하게 될 수 있으니 말이다. 어차피 좋은 사진은 다른 사람이 이미 찍어놓은 게 있다. 본인이 그 사진을 꼭 써야 하는 게 아니라면 사진으로 기록해야 한다는 의무감에 얽매일 이유가 없다.

여행은 시간이 지나고 나서야 익는다. 한참 후에야 그 여행이 가슴에 새겨놓은 흔적이 새삼 생생해진다. 그 흔적을 확인하기 위해 다시 떠날 수 있다면 얼마나 좋으랴? 마치 영화의 한 장면처럼, 마치 소설의 한 대목처럼 그 도시에서 느꼈던 감흥을 다시 느낀다면 얼마나 좋으랴? 물론 옛 흔적은 옛 흔적대로 남고 새 흔적이 떠오를 것이다. 그렇게 옛 흔적 위에 새 흔적이 겹치면서 우리는 깊어지는 것이리라. 직접 찍은 사진은 그 단서를 제공한다는 데 의미가 있을 뿐이다.

돌아보니, '포토존'에서의 사진은 찍어놓는 것이 좋다는 생각도 든다. 전형적인 관광사진으로 보이지만 내가 그 공간에 있었다는 기록으로는 최고겠다. 그 공간 속에 있던 나의 존재에 대한 기록을 거의 해놓지 않아서 뒤늦게 드는 후회이기도 하다. 하지만 그 시간 그 공간에서 가졌던 나의 느낌은 여전히 내 기억의 시냅스를 작동시킨다.

8. 돌이 말할 때까지, 젖어본다

"돌이 말하는 걸 들으세요." 내가 자주 하는 말이다. 지구에 사는 우리가 염두에 두어야 할 생각일지도 모른다. 돌은 어디에나 있다. 돌은 시간의 힘을 가장 오래 견뎠다. 사람들은 그 돌에 자신의 기억, 소망, 야망, 추억을 새겨 넣거나 쌓아 올렸다. 돌과 흙을 다양하게 가공하여 공간을 만들기도 했다. 오랜 시간 동안 쌓아온 이야기를 품고 있는 돌, 가만히 젖어들면 돌이 말하는 게 들리는 때가 온다.

물론 나는 과장하고 있다. 돌이 무슨 말을 하겠는가? 그러나 우리는 이런 상상을 하는 것이다. 무언가 느낌이 올 때 우리는 무슨 말이 들리는 것 같은 환상에 빠진다. 환청에 가까운 몰입 또는 무아경에 빠지는 것이다.

"아빠, 여기 나무들은 이야기를 안 해!" 숲속에 아빠가 손수 지은 집에서 자란 친구의 딸이 여행을 가서 비슷한 나무들이 있는데도 말을 안 한다는 얘기를 하더란다. 딸은 자신이 자란 공간에서 나무들이 해주는 이야기를 듣는 각별한 감성을 키우며 자란 모양이다. 현대 건축물은 점점 더 돌이 아닌 재료로 만들어진다. 철제와 플라스틱과 유리와 인공 합성물로 만든 공간들, 혹시 그래서 요즘 만들어진 건축물과 공간은 말을 잘 걸지 않는지도 모르겠다.

돌로 만든 구조물은 마치 자연의 한 부분이 된 것처럼, 폐허 속에서도 이야기를 품고 있다. 그 돌들이 하는 말을 듣는 것은 온전히 우리가 가진 능력이자 축복이다. 그 공간에서 그저 가만히 있어보자. 무언가 들리는 듯하다.

9. 사전 지식 없이 갔다가
돌아와서 공부한다

좋기는, 아무 사전 지식 없이 가는 여행이 최고다. 호기심으로, 막연한 동경으로, 얼핏얼핏 들은 이야기만으로, 그저 가서 느끼는 것이 가장 좋다.

우리는 대체로 너무 많이 준비한다. 다시는 못 갈지도 모르니 단단히 준비하고 가야 한다는 강박관념에 빠지기도 한다. 게다가 요즘엔 각종의 여행안내서가 쏟아지고 인터넷 서핑으로 온갖 정보를 미리 알 수 있다. 게다가 개인의 체험까지 세세하게 올려놓은 블로그도 많으니 마치 여행에서 느껴야 할 감정까지도 미리 준비하고 가라는 것만 같다. 이런 '선先 체험'이 너무 많으면 여행의 즐거움을 망치기 십상이다. 하지만 사전 정보 강박증에서 벗어나기란 그리 쉽지 않다. 흘러들어오는 정보도 많거니와 혹시나 해서 미리 자료를 찾아보게 되는 게 우리의 습관이다.

그렇기에 자신의 전략이 필요하다. 내가 하는 짓은, '여행 중 공부' 또는 '여행 후 공부'다. 여행길에 그 문화의 책을 대동하거나 현지에서 조달하기도 한다. 한밤이나 새벽에 또는 밥 먹고 차 한잔 마시면서 그 책을 들춰 보며 역사와 현장을 맞춰본다. "오, 그랬구나! 이런 사건도 있었구나!" 현장에서 알게 되면 잘 잊히지 않는다. 내가 좋아하는 여행책은 그 나라의 역사·정치·경제·사회·문화의 뿌리를 간략하게나마 짚어주는 책이다. 명승지나 맛집을 잔뜩 늘어놓는 책은 현지에서는 읽지 않는다.

여행 후에 하는 공부는 어쩐지 다르다. 마치 평소에 알던 사람도 막상 그의 집이나 직장에 가보고 나면 인상이 달라지고 호기심이 커지는 것과 비슷하다. 공간이라는 배경에 매치시킴으로써 여러 자극이 선명해지는 것이다. 왜 그렇게 되었을까, 어떤 이야기가 담겨 있을까, 누가 무슨 일을 했던 것일까 등 이어지는 의문은 '방구석 공부'로 답을 찾아낼 수 있다. 여행이 공부로 이어지는 이유다.

10. 홀로여행이 최고다

최고의 여행은 혼자 가는 여행이다. '떠난다, 그리고 돌아온다!'는 간단한 행위만으로 자신의 세계가 커지고 그윽해지고 또다른 가능성이 솟아오른다. 세속적이고 습관적인 삶은 완전히 새로운 국면을 맞고, 상투적 일상마저 다시 고마워질지도 모른다. 여행이란, '아무도 나를 모르는 곳에 홀로 떨어지는 것'이다. 익명의 세계에서 일개 익명의 인간으로서 떠도는 것이니, 모험하기에는 최고다. 인간관계에서 벗어나고, 익숙한 풍경에서 멀어지고, 온갖 기억이 얽혀 있는 집을 떠나서 일상의 습관을 떨쳐보는 것이다.

남녀노소 가리지 않고 홀로여행을 떠나는 경험이 필요하

다. 그룹여행은 어차피 평생 다채로운 방식으로 찾아올 것이
므로 그리 신경 쓸 필요가 없다. 홀로여행이란 '결단의 행위'이
자 '용기의 행위'이고 '모험의 행위'이자 '자신을 대면하는 행
위'다. 그만큼 두렵고 주저하는 시간이지만 그만큼 완벽한 시
간이 된다.

나의 홀로여행 중 인상적이었던 여행 하나는 첫 강아지 울
럼이와 했던 우리 도시 여행이다. 강아지와 같이하는 홀로여
행의 꿈을 드디어 이뤘던 여행이었고, 울럼이를 태우려고 새
로 장만한 SUV를 시험해보기에 안성맞춤이었던 여행이었고,
『우리 도시 예찬』을 쓰는 계기가 되었던 도시여행이기도 했
다. 울럼이는 물론 말이 없었다. 그러나 녀석의 반응은 다채로

웠다. 새로운 공간을 만날 때마다 코로 탐험하고 온몸으로 새로운 세상을 만나는 모습이었다. 물론 나에게도 전폭적인 신뢰를 보내주었다. 혼자였지만 혼자가 아니었던 여행인 셈이다. 그런 여행을 이 인생에서 또 만나고 싶다.

프로
스타일

'번쩍' 하는 순간을 위하여

치밀한 계획을 세워 갈 데와 볼 데를 미리 다 정해놓고 떠났는데도 마음이 요동치는 경험을 했다면, 그것은 천운이다. 대개 사람이란 예정하지 않은 사건을 우연히 만날 때 '번쩍'하는 순간을 마주할 확률이 높기 때문이다. 그런데 가끔은, 아주 가끔은, 의식을 깨움으로써 천운의 순간을 만날 수도 있다. 이것이 '프로'가 지향하는 순간일지도 모른다. 열심히 파고들다가 빠져들고, 열심히 빠져들다가 단서를 발견하고, 그러다가 '번쩍'하는 순간을 만날지도 모른다. 인생에 아주 드물게 찾아오는 그 순간을 만날 확률을 높일 수는 없을까? 앙상해진 마음 때문에 어쩌다 온 그 순간을 놓치는 우를 범하지 않을 수 있을까? 어떻게 그 순간을 온몸으로 마주할 수 있을까?

1. 해외 도시와 우리 도시를
   짝으로 묶어본다

낯선 도시들을 여행하다보면 거치는 단계가 있다. 처음에는 '어쩌면 이렇게 다르지?'라는 인상에 압도된다. '세상은 너무도 넓다'는 느낌에 취한다. 다니다보면 자츰차츰 '어디나 다 비슷한 데가 있다'는 단계를 맞이한다. '사람 사는 모습은 어디나 다 비슷하다'는 깨달음과 비슷하다. 그러다가 여러 여행이 쌓이다보면, '비슷한데 다르다'는 점이 눈에 보이기 시작한다. 급기야는 '와봤던 데 같다. 꿈에서 와봤던가?' 같은 느낌까지 출현한다.

각 과정이 다 흥미롭다. 그중에서 와봤던 데 같다고 느꼈던 순간을 각별하게 기억한다. 오히려 생소한 느낌이었기 때문이다. 분명 처음 와봤는데, '이 데자뷔의 느낌은 뭘까? 사진이나 영화의 잔상이 너무 많이 남아 있나? 내가 너무 매너리즘에 빠졌나? 아니 혹시 전생의 기억인가?' 같은 의심까지 든다. 딱히 공간이 비슷한 모양이라서가 아니라 그 순간, 그 공간, 그 풍경, 그 장면에서 떠오르는 느낌이 익숙하기 때문이라는 걸 나중에야 깨달았다. 홀로 걸을 때, 같이 걸을 때, 앉아 있을 때 동작의 차이가 느낌을 만들고, 온몸으로 느끼는 햇살과 바람

특히 냄새가 영향을 미치고, 하늘과 구름과 비가 만들어내는 색조가 도시를 물들이는 미세한 느낌이 연상작용을 일으키는 것이다.

무척 비슷한데 아주 다르다거나 분명히 다른데 어쩐지 비슷한 이유를 곰곰 생각해보면 아주 흥미롭다. 일종의 도시 대비 방식이다. 우열을 따지는 비교가 아니라 성격을 대비하는 태도가 좋다. 내가 『도시의 숲에서 인간을 발견하다』(2019)라는 책을 썼던 방식이기도 하다. 대비란 강렬한 효과를 자아낸다. 통찰을 빛나게 한다. '번쩍'하는 순간을 가져올 가능성이 크다. 가령, 서울과 평양을 대비해보는 것, 뉴욕과 홍콩을 대비해보는 것은 아주 흥미로운 지적 모험이다.

저절로 떠오르는 대비도 있다. 두오모 위에서 오렌지빛 피렌체를 내려다보며 나는 짙은 기와지붕이 이어지는 '전주'를 떠올렸다. 프라이부르크에서 산들이 올망졸망 이어지는 사이사이에 자리잡은 동네들을 보며 '공주'를 떠올렸다. 비슷한 문화권의 도시에서는 오히려 다른 점이 눈에 띈다는 게 너무 신기하다. 우리에게는 아시아권 도시들이 그렇다. 문화 유전자를 공유하면서도 차이를 만들어내는 변수가 무엇일까 궁금해지는 대목이다. 예컨대, 오사카에서 부산의 모습이 보일 때(전통적인 모습이 아니라, 건물과 간판 등 현대적 모습이 더 그러했다) 진화하면서 비슷해지고 또 달라지는 문화 유전자의 모습이 새삼 신기해졌다.

결국 도시여행이란 인간이라는 종이 서로 공유하고 또 각기 개별화하는 문화 유전자를 발견해나가는 즐거움이 아닐까? 그래서 '짝'으로 대비해보면 각 도시의 문화 유전자들이 선명해진다. 비슷해 보이는 도시들에서는 다른 점이, 다르게 보이는 도시들에서는 같은 점이 보이는 것이다.

2. 기관을 예약 방문해본다

박물관, 미술관, 궁전, 사찰, 교회, 성당, 도서관, 유적 등은 대외적으로 공개하는 공간들이다. 무료나 유료로 일반 공개를 하기도 하지만 그중에는 '제한 공개'만을 하는 공간이 있다. 가이드까지 붙어서 설명해주는 특별 방문이다. 비용도 꽤 들고, 여러달 전 사전 예약이 필요할 정도로 붐비기도 하지만, 방문하고 나면 그 공간의 깊은 속을 알기에 더없이 좋다. 인생에 아주 특별한 방문이 될지도 모른다.

예컨대, 뉴욕의 유엔본부 건물을 전문 가이드와 함께 방문해보면, 인류가 공간 속에 어떤 뜻을 담으려 애쓰는지, 제2차 세계대전이 끝난 후 인류의 절망과 그 속에서 떠오르는 희망을 새삼 생각하게 된다. 사람들이 그리 많이 찾는 바르셀로나의 가우디 건물들을 가이드의 설명과 함께 만나면 또다른 수준에 이르게 된다. 이런 방문은 일반적인 가이드 투어와는 상당히 다르다. 물론 요즘 여행가이드의 수준도 상당히 높아졌지만, 이런 예약 방문은 대개 전문가가 설명해주는 경우가 많아서 내용의 깊이가 다르다.

이런 기회를 만들기 어렵다면, '오디오 가이드'를 끼고 들어가기를 권한다. 바로 그 공간에서 실물을 보며 설명을 들으면 귀에 쏙쏙 들어온다. 게다가 오디오 가이드의 원칙이 '들을 귀 있는 자는 들어라!'가 아닌가 싶도록, 상당히 깊은 내용을 담고 있다. 독일 뮌헨에서 유대인 수용소에 오디오 가이드를 장착하고 들어갔었다. 주변이 완전히 침묵으로 들어가고, 오디오가 전해주는 끔찍한 사건들이 시간을 건너 눈앞에 펼쳐지는 듯했다. 괴롭고 절망스러웠지만, 그 침묵 속에서 인간의 폭력행위에 대하여 생각할 수 있었다.

3. 그 도시 사람과 이야기해본다

여행지에서 그 도시 사람과 얘기를 나누는 경험은 아주 색다르다. 해외라면 세계 공통의 언어가 되어버린 영어로 얘기를 나눌 확률이 높지만, 그 나라 언어를 쓸 줄 아는 사람이라면 아마 열배, 스무배 더 많이 알고 느끼게 될 것이다. 글만 읽을 줄 알아도 아주 많이 도움이 된다. 메뉴를 읽고, 간판을 읽고, 텔레비전 자막을 읽고, 신문 헤드라인을 알아보는 것만으로도 상당한 힌트를 건질 수 있기 때문이다. 가령 한자 문화권에서는 내가 서구 사람들보다 엄청난 우위에 선다. 실제 같이 여행했던 서구 사람들은 마치 내가 라틴어라도 하는 듯 감탄을 금치 못했다. 별것 아닌 정보라 하더라도 그저 고맙고 신기한 것이다.

여행 최고의 즐거움이 내가 아는 사람도 나를 아는 사람도 없는 익명의 세계에서 누리는 모험과 자유라면, 그 익명의 세계에서 일어나는 사람과의 만남은 아주 특별해진다. 다시는 만나지 못할 사람, 곧 떠날 사람이라는 서로 간의 인식이 독특한 관계를 만든다. 경계를 하지만 또 경계를 풀게 되기도 한다. 감춰온 욕망, 말하지 못했던 소망에 대해서 훨씬 더 솔직하게 털어놓을지도 모른다. 그러다보면 비밀까지 털어놓을지도 모른다. 물론 쓸 만한 정보를 주기도 할 것이다. 이것이 익명성이 기본인 도시에서 가능한 관계 아니겠는가.

꼭 해외뿐만 아니라 우리나라의 지방도시에 가서도 마찬가지로 이런 만남이 일어날 수 있다. 관광이 목적이 아닌 대화를 할 수만 있다면 말이다. 뜨내기지만, 속 깊은 뜨내기로서, 서로 내일을 생각하지 않고 이 순간의 인간적 만남에 충실할 수 있는 경험이란, 축복이다.

4. 라이브를 체험한다

예전과 달리 요즘 해외여행에는 심심찮게 민속공연, 팸 투어, 트레킹 투어, 쿠킹 클래스 등 체험행사가 메뉴로 등장한다. 호텔의 안내데스크 옆에 진열된 안내서를 살펴보면 아주 다양한 행사가 펼쳐지고 있음에 깜짝 놀라게 된다. 예전과 달라진 것은, 그 도시 사람들이 주로 갈 것 같은 음악회, 연극, 페스티벌 행사들에 대한 안내다. 관광에만 머물지 않고 문화까지 체험하고 싶은 여행자들이 그만큼 많이 늘었다는 신호일 것이다. 하루 저녁은 라이브 공연에 푹 젖어보는 것도 아주 의미 있다.

박물관이나 기념관, 미술관은 정적이고 오브제 중심이지만, 라이브 공연은 동적이고 사람 중심이다. 사람의 체온이 느껴지고, 땀 냄새도 물씬 나고, 사람들의 숨결이 고대로 들린다. 그 나라 말의 리듬이 들리고 높낮이가 들리며, 소리와 운율과 몸짓을 알아챌 수 있다. 여행지의 기운에 흠뻑 빠져보는 아주

고도의 문화체험이다.

볼 때는 뭐 이런 게 있나 싶었지만 그후로 자꾸 귀에 맴도는 베이징 경극의 쟁쟁거리는 음색, 입장료가 너무 비싸서 저 높은 데 좌석 하나를 구해서 겨우 보았던 런던의 뮤지컬, 이탈리아 작은 소도시의 야외 아레나에서 달밤에 본 오페라 등은 두고두고 기억난다. 무엇보다도 공연 전후의 풍경이 잊히지 않는다. 그 도시 사교생활의 진수가 보인다고나 할까? 근사하게 빼입은 남녀, 캐주얼한 차림의 가족들, 전위적인 차림의 청년들, 완연히 유목민으로 보이는 여행객들, 눈에 별을 달고 다니는 연인들, 인생의 향기를 내뿜는 노년들, 커피 향기, 와인의 풍미, 맛난 심야식당 등. '아, 이들은 이렇게 사는구나!' 하는 느낌이 물씬 난다. 나도, 그 순간을 살고 있다.

5. 그 도시를 담은
영화, 문학, 그림, 음악을 찾아본다

예술이란 놀랍도록 신선한 체험을 던져준다. 실물체험 그 이상의 본질을 포착하게 한다. 작가의 감성과 특유의 표현력을 통해 걸러진 생각, 느낌, 감동을 전해주니 그렇고, 단순하게 때로는 복합적으로 표현함으로써 완전히 새로운 세계를 펼쳐

준다.

특정한 예술작품에 대해서 알고 여행을 떠났다면 두말할 것 없이 여행이 풍성해진다. 그 장소, 그 날씨, 그 분위기를 찾아 헤매는 경험 자체가 즐겁다. 그런데 여행 중에 포착한 단서로 여행 후에 찾아보는 경험 역시 각별하다. 내가 어떻게 여태까지 이걸 모르고 살았을까? 약간의 후회와 함께 앞으로는 또어떤 세계가 펼쳐질지 두근두근하게 된다.

문학은 어떻게 그리 상상력을 자극하는가? 영화는 어떻게 그리 도시 공간의 캐릭터를 과장되게 또 단순하게 잡아낼까? 그림은 어떻게 실체를 사라지게 만들면서 더욱 실체가 드러나게 만드는 걸까? 극사실적인 묘사의 욕구를 자극하는 공간은 어떤 공간일까? 초현실적인 상상을 자극하는 공간은 어떤 성격일까? 추리소설이 나오는 공간의 속성이 있을까? SF적 상상은 어떤 공간에서 나올까? 의문은 꼬리에 꼬리를 물고 이어진다.

모든 시각예술 작업은 도시 공간과 각별히 관계가 깊지만, 나는 음악에 조금 더 방점을 찍고 싶다. 음악과 공간은 그리 상관관계가 없을 거라고 생각하기 쉽지만, 소리와 공간의 관계는 정말 크다. 전통 악기든, 민요든, 양식을 갖춘 클래식이든 '왜 이 문화에서는 이러한 음악이 나왔을까? 어떤 감정을 증폭시키고 싶었기에?' 하는 의문이 떠오른다.

예술작품들은 기억의 시냅스를 작동시켜준다. 귀에 들리고 눈에 걸리던 작품이 도시여행의 느낌을 수시로 다시 떠올리게 해준다. 그리고 예술작품을 만날 때마다 그 느낌은 증폭된다. '그랬던가? 그렇게 볼 수도 있구나!' 다시 가보고 싶어진다.

6. 한달은 머물러본다

여행 사이사이에 잠시 머무는 시간을 갖는 것으로 도저히 만족할 수 없다면, 길게 살아보는 게 최고다. 스테이 여행이 각광을 받는 것은 이런 묘수를 사람들이 알아챘기 때문일 것이다. 수요가 먼저인지 공급이 먼저인지는 알 수 없으나, 펜션뿐 아니라 게스트하우스가 성행하고 에어비앤비 민박까지 가세한 덕분일 것이다.

한달이라면 일상이 들어온다. 여러 종류의 행위를 섞는 게 가능해진다. 말하자면 '밥해 먹기'가 가능하고 점심 후의 가벼운 산책, 나른한 낮잠, 하얗게 밤을 새우고 늦잠 자기도 가능하다. 명승지만 다니는 게 아니라 동네 산책할 시간도 넉넉하고, 작은 뒷동산에 오르고 작은 개울에 발을 담그는 시간을 보낼 수 있다. 바쁜 새벽시장도, 주말 벼룩시장도 들러볼 수 있다. 한 도시에 닻을 내리고 주변의 작은 마을을 찾아보고 전원에서 소요할 수 있다. 한적한 여유가 느껴진다.

일단 머물러보라. 사실 머무는 행위란 어디라도 상관없는 게 아닌가 싶다. 머물면 알게 된다. 삶을 이루는 것은 명승지나 위대한 건축이나 화려한 공간이 아니라는 것을. 하루 중 여러 시간, 요일마다 달라지는 시간의 느낌이 얼마나 다채로운 변화를 만들어내는지를. 눈에 스치듯 지나갔던 장면 하나하나가 얼마나 소중한지를. 나무 한그루, 샘물 한잔이 얼마나 고마운지를. 밤에 들리는 소리의 정체가 뭔지를. 밤이 그렇게 고요할 수 있다는 것을. 흥분과 전율이 아니라 잔잔하고 꾸준하게 밀려오는 감정이 우리의 삶을 꽉 채울 수 있다는 것을.

7. 우연의 여행자가 되어라!

여행 최고의 기쁨은 우연이다. 세렌디피티^{serendipity}(우연적 발견, 뜻밖의 기쁨)라는 말이 도시여행에 딱 어울린다. 진정한 프로라면 우연에 몸을 맡긴다. 우연한 만남이 찾아올 때 거부하거나 회피하지 않는다. 무엇이 나를 동하게 만드는가, 나는 왜 끌리는가, 왜 나는 더 알고 싶어지는가? 이런 질문들에 온몸과 마음을 맡긴다.

물론 호기심 없이 떠날 수도 있다. 비즈니스 여행이 전형적인 경우다. 재수가 없으면 여행 내내 회의장이나 호텔 또는 공장이나 작업장에서 갇혀 지내야 하는 재앙을 맞을 수 있지만 뒤돌아보니 출장 때 짬을 내서 도시의 맛에 빠졌던 건 최고의 시간 중 하나였다. 그렇게 갇혀 지낸 시간 속에서 또다른 배움이 있었던 것도 알게 된다.

비즈니스 여행에서는 사람을 직접 만나는 경우가 꽤 많다. 여기저기서 온 사람이든, 그 지역에서 일하는 사람이든 가지각색의 사람을 만나는 경험 자체가 흥미로운 기회가 된다. 업무와 얽혀서 골칫덩이가 되는 사람도 있겠지만 신선한 만남이 되는 뜻밖의 사람도 있게 마련이다. 타지에서 만나니 더욱 각별하게 소통이 가능하다. 업무 후 시간을 같이 보낼 수 있을

지도 모르고, 여행 후에 인연이 이어질지도 모른다.

　그렇게 우연처럼 찾아온 체험이 어떤 단서로 당신을 이끌고 갈지는 아직 모른다. 인생 내내 모를 수도 있다. 적어도 인생 내내 간직할 수 있는 의문이 생긴다는 것만으로도 충분하다. 가슴에 의문을 품고 살아간다는 것, 그것이 여행자의 기본 태도가 아니겠는가? 인생을 여행하는 우리도 가슴에 의문을 품고 살아간다. 설령 답을 찾지 못한다 하더라도. 어차피 이 인생도 우연일지 모르니, 우리는 '우연의 여행자'다.

고수
스타일

어디에도 있고 어디에도 없는

고수 스타일이라니, 무척 무섭게 들린다. 고수는 고급과는 다르다. 고급이라면 최고의 휴양지와 최고급 호텔, 파인 다이닝에만 다니는 것 같지 않은가? 그런 종류의 고급 여행은 그럴 만한 여유가 있는 사람들에게 맡겨두자. 우리 대부분은 고수를 지향함으로써 얇은 지갑의 허기와 마음의 허영을 채운다. 특별한 목적 없이 정처 없이 다니다가 자신도 모르게 여행의 고수가 되면 최고일 것이다. 어려운 듯 보이지만 그게 또 그리 어려운 일이 아닐 수도 있다.

역사를 돌아보면 부러운 풍습들이 눈에 띈다. 하나는 순례다. 종교적 이유에서 비롯되었으나 실제 순례를 못 떠나더라도 마음속에 언젠가 가봐야 할 곳을 품고 산다는 것만으로도 얼마나 설레는 인생이랴? 삶에 미션을 준다는 것만으로도 순례의 의미는 족한 것이다. 불교에도 이슬람교에도 기독교에도 있는 이 순례 의식의 가치는 하나하나의 인생에 언젠가 이룰 또는 이루지 못하더라도 특별한 목적을 부여해준다는 데 있다.

다른 하나는 유럽의 한 시대(17세기부터 19세기 초까지)를 풍미했던 그랜드 투어Grand Tour라는 풍습이다. 비행기는커녕 기차도 자동차도 없던 시절에, 마차나 말을 타거나 때로는 걸어서 하는 여행이다. 귀족 자제들이나 당대의 뉴부르주아들이 누릴 수 있는 사치였지만 돈 없는 지식인이나 웅지를 품은 청년들도 그 나름의 값싼, 지금으로 치면 배낭 무전여행 같은 길을 떠나기도 했다. 가는 길만 해도 몇달씩 걸리는 그 여행이 얼마나 마음을 흔들었을까? 한번 떠나면 몇년은 걸리는 여행이다. 특별히 유학이랄 게 없던 시대에 공부 겸, 놀이 겸, 세상 체험 겸, 모험 겸 떠났던 그랜드 투어를 이 시대의 우리는 조금 다른 방식으로 시도해볼 만도 하다.

시간이 지나면, 이른바 세계화시대인 20세기 말부터 21세기 초까지의 세상을 바꾼 풍습으로 모든 사람의 여행자화를 꼽을지도 모른다. 글로벌시대에 등장한 진짜 코즈모폴리턴이라고 할까? 다른 세계로 넘나들기, 세계의 융합, 새로운 세계 인식이 등장하고 있는 것은 분명하다. 이런 시대에 어떤 여행 고수가 되어볼까?

1. 1년 이상 살아보는 여행은 어떨까?

이게 여행일까? 1년 이상 산다는 것이? 적도의 도시가 아니라면 1년은 계절의 변화를 느낄 수 있는 시간이다. 우리 기후처럼 뚜렷한 사계절은 아니더라도, 우기와 건기로 나뉘는 열대성 기후라 할지라도 계절 변화는 뚜렷하다. 날씨에 따라 얼마나 도시의 분위기가 완연하게 달라지는지 특히 자기 내면의 무드가 달라지는지 느낄 수 있다는 것은 큰 축복이다.

같은 도시에 가더라도 봄, 여름, 가을, 겨울에 따라 분위기는 달라진다. 열대지방에는 주로 비 한방울 안 떨어지는 건기에 여행을 가지만, 어쩌다 우기에 여행을 가면 완벽하게 변신한 도시 모습에 깜짝 놀랄 정도다. '아, 이 사람들은 이런 기후를 겪기에 그런 심성, 그런 생활습관, 그런 집들이 생긴 거구나!' 새삼 깨닫게 된다.

만약 이방 도시에서 1년 이상 살면 어떤 기분이 들까? 여행지를 바꿔가며 세계여행을 하는 것과는 아주 다를 것이다. 노마드이지만 정착을 그리워하는 노마드라고 할까? 떠남을 기

약하면서 머무름을 선택하는 노마드라고 할까? 이 세상을 뜨기 전에 꼭 해보고 싶은 여행법이다. 나도 여태 여행의 고수는 못 되고 있는 것이다. 은퇴하면, 도시를 바꿔가며 집을 교환해 살면서 2년씩 떠돌며 살고 싶다는 생각을 마음속에 품고 있다. 외국이 아니더라도 한반도의 여러 도시를 다니며 그 도시 특유의 집에서 살아보고 싶다. 고장마다 특유의 분위기, 맛, 정취가 있으니 삶의 자극이 아주 풍성해지지 않을까? 설령 이번 생에서 이루지 못한다 하더라도 이런 꿈을 품는 것만으로도 고수에 한 발자국 다가서는 것 아닐까?

2. 그 문화의 언어를 입에 담아본다

어떤 문화에 관심이 깊어지면 당연히 그 문화의 언어에 관심이 생긴다. 1년쯤 살아보는 도시라면 그곳의 언어를 습득할 가능성이 커질 것이다. 영어권 문화라면 살기에 상대적으로 쉽겠지만 재미는 외려 줄어들지도 모른다. 관광객이 늘면서 유럽이나 동남아시아의 작은 소도시에서도 영어가 통할 때 나는 안심하면서도 실망감에 사로잡히는 이중적인 감정에 빠진다. 손짓과 발짓, 단어 한마디로도 충분히 소통하던 예전의 경험이 그리워진다.

언어에는 참으로 놀라운 힘이 있다. 일단 몇마디 단어라도 입에 올리면 가까워진다는 느낌이 든다. 우리가 가장 많이 익히는 '감사합니다, 안녕하세요, 미안합니다' 같은 말도 다른 문화 사람들과 만나는 현장에서 입에 올리면 느낌이 달라진다. 짧은 말이라도 의미가 통하면 그리 기쁠 수가 없다. 정이 든다. 애착이 깊어진다. 이야기를 나눌 수 있다면 그동안 보지 못했던 것, 느끼지 못했던 것들이 보인다. 글까지 쓰게 된다면 또다른 경지에 오를 것이다.

작가 줌파 라히리는 미국사회에서 인도인 2세가 이방인으로서, 미국인으로서 두 문화를 넘나들며 살아가는 모습을 정교하게 그린 소설을 통해 주목받았는데 그가 수많은 수상을 하고 나서 한 일은 또다른 놀라움을 안겨준다. 언어 자체에 매혹되어 뒤늦게 배운 이탈리아어로 마침내 책까지 쓴 것이다. 그의 변은 이렇다. "너무 익숙해진 언어의 틀과 표현에서 벗어나고 싶다. 아직도 서툰 외국어로 글을 쓰면 생각도 시각도 표현도 정제되고 간결해진다." 참 대단한 고수다. 이방인이 영어를 통달하는 것도 쉽지 않은 일인데, 그 단계를 넘어 새로 배운 외국어로 또다른 시각과 느낌과 생각을 표현하며 새로움을 찾아간다니 말이다. 너무 익숙한 언어로부터 벗어난다는 것은 자신의 틀을 깨고 새로운 영역에 발을 들이는 용기의 행위이기도 하다.

영어권 사람들이 안돼 보이는 이유 중 하나는, 그들이 '영어는 언제나 통한다'는 고정관념에 사로잡혀 있다는 점이다. 다른 언어를 익히지 않으니 얼마나 세계가 좁아지는가? 우리나라 사람들이 영어를 잘하지 못한다고 입을 다무는 것도 안쓰러운 일이다. 영어가 안 되면 차라리 그 문화 언어를 입에 올려보자. 완전히 신세계가 열릴 것이다. 이방인의 땅에서 사람과 사람 사이의 소통이 완전히 가능하다는 사실을 깨달을 때 인간에 대한 따뜻한 믿음이 솟아오른다.

3. 아예 진짜 공부를 한다

공부하러 가는 여행이라면 얼마나 큰 축복이랴. 물론 통념
적인 유학을 말하는 것은 아니다. 유학이란 타지에 떨어진다
는 측면에서는 하나의 여행이라 볼 수 있으나, 그 자체가 일상
이 되어버리고 워낙 목적이 분명한지라 또다른 스트레스에
빠지기 십상이다. 그러나 어느정도 인생이 익은 후에 또는 변
화를 갈구하는 상태에서 공부 주제를 가지고 떠나는 여행이
라면 의외로 영양가 높은 열매를 딸 수 있을지도 모른다.

이 경우에는 자기 일과 긴밀하게 관련되거나 아니면 완전
히 다른 주제가 좋을 수도 있다. 너무 포괄적인 주제보다는 구
체적인 주제가 더 좋을 것이다. 가령 내가 도시 공부를 하러 간
다고 하면 너무 큰 주제라 얻을 게 별로 없을 것이다. 하지만
'이상도시의 흔적이 남아 있는 도시'라는 주제로 좁혀서 간다
면 무척 흥미로울 것이다. 중세 이후로 유럽에는 종종 이상도
시론이 등장했고 여러 시도들이 있었기 때문이다. 중국에서
라면 『주례』의 「고공기」의 원리대로 만들어진 도시'로 한정해
보는 것도 흥미로울 것이다. 그렇다면 우리의 옛 성곽도시들
에 관한 공부도 적잖이 될 것이다(해보고 싶었으나 정작 못 해
본 공부 주제를 예로 든 것이다. 작은 주제를 떠올리자면 한도